LE LIT DÉFAIT

DU MÊME AUTEUR

Chez le même éditeur :

UN PEU DE SOLEIL DANS L'EAU FROIDE, roman.
DES BLEUS A L'AME, roman.
UN PROFIL PERDU, roman.
UN PIANO DANS L'HERBE, théâtre.
DES YEUX DE SOIE, nouvelles.

Aux éditions Julliard :

BONJOUR, TRISTESSE, roman.
UN CERTAIN SOURIRE, roman.
DANS UN MOIS, DANS UN AN, roman.
AIMEZ-VOUS BRAHMS..., roman.
LES MERVEILLEUX NUAGES, roman.
LA CHAMADE, roman.
LE GARDE DU CŒUR, roman.

FRANÇOISE SAGAN

LE LIT DÉFAIT

roman

“ Face aux rideaux apprêtés
Le lit défait vivant et nu
Redoutable oriflamme
Son vol tranchant
Éteint les jours franchit les nuits
Redoutable oriflamme
Contrée presque déserte
Presque
Car taillée de toutes pièces pour le sommeil et l'amour
Tu es debout auprès du lit ”

PAUL ÉLUARD

FLAMMARION

Il a été tiré de cet ouvrage :

TRENTE EXEMPLAIRES SUR VERGÉ BLANC DE HOLLANDE
DONT VINGT-CINQ EXEMPLAIRES NUMÉROTÉS DE 1 A 25
ET CINQ EXEMPLAIRES, HORS COMMERCE,
NUMÉROTÉS DE I A V.

TRENTE-CINQ EXEMPLAIRES SUR PUR FIL
DES PAPETERIES D'ARCHES,
DONT TRENTE EXEMPLAIRES NUMÉROTÉS DE 26 A 55
ET CINQ EXEMPLAIRES, HORS COMMERCE,
NUMÉROTÉS DE VI A X.

CINQUANTE-CINQ EXEMPLAIRES SUR VÉLIN D'ALFA
DONT CINQUANTE EXEMPLAIRES, NUMÉROTÉS DE 56 A 105
ET CINQ EXEMPLAIRES, HORS COMMERCE,
NUMÉROTÉS DE XI A XV.

Le tout constituant l'édition originale

Printed in France

ISBN : 2-08-060924-6

à Isabelle Held

I

« C'est drôle, disait la voix de Béatrice — très haut, bien plus haut que lui-même, semblait-il, sur le lit — c'est drôle que tu ne m'aies pas oubliée depuis cinq ans... »

Il ne répondait pas. Il écoutait son cœur battre, il recherchait son souffle essoufflé par l'amour, il essuyait la sueur de son front contre ce flanc si familier et si perdu. Il n'avait rien à lui répondre sinon que depuis cinq ans en effet, grâce à elle qui l'avait rejeté, il marchait près de ses chaussures, près de son propre corps et de son propre cœur, il marchait comme un vagabond à la fois inconscient et conscient de sa ruine, et que ce n'était que maintenant, sur cette épaule où il s'abandonnait, qu'il reconnaissait sa seule patrie.

Son silence intriguait Béatrice. Quelques années auparavant, elle avait connu ce jeune homme, alors courtier d'assurances, chez des amis communs. Il était alors plutôt pitoyable, bien qu'il ressemblât à un chevreau, mais elle l'avait admis dans son écurie six mois durant, comme favori. Il était charmant et tendre, les yeux et les cheveux marron, et pensait-elle, un peu terne. Elle, elle se savait brune et belle, avec (comme le lui indiquaient et ses critiques et ses amants), un air violent et désarmé, des pommettes hautes et une bouche pleine. Béatrice s'était bâti une brillante carrière au cinéma comme au théâtre — dans un théâtre dit de facilité mais qui n'était pas si facile ces années-là. Et à présent, il semblait que le jeune Édouard, ce chevreau égaré sur ses longues, trop longues jambes, soit en passe de devenir l'un des meilleurs auteurs de « l'autre théâtre », celui dit incommunicable. C'était là d'ailleurs querelle de snobs. Les gens à cette époque riaient, pleuraient ou s'ennuyaient tous ferme aux mêmes spectacles, et seul le succès (mis à part les subventions d'État), l'argent donc, assurait la survie aux bateleurs des deux bords. Trois ans plus tôt, Édouard Maligrasse, abandonné depuis longtemps par Béatrice qui l'avait aimé inconnu, avait osé commettre — pour elle d'ailleurs — un petit acte qu'il trouvait insignifiant ; et bien que ce petit acte, ayant été trouvé génial par l'ami d'une amie, ait été joué en public et aussitôt découvert par dix critiques sérieux et neuf cents mondains, bien qu'il ait compris que Paris pouvait, d'une certaine façon, lui appartenir à lui, Édouard, fils de retraités, lui, Édouard, jeune homme égaré, amoureux et triste, il n'avait quand même pas imaginé qu'il y aurait, un jour, corrélation entre ce coup de chance littéraire, parisien, et l'occasion de retrouver celle qui était l'objet de son amour, de sa chaleur, de sa sensualité ; bref de tout ce qu'il avait pu, dès son arrivée, gagner et perdre à Paris : Béatrice.

Ils étaient allongés dans le noir, lui un peu en travers d'elle, comme préparé d'avance à quelque crucifixion. A travers les cheveux noirs de Béatrice, il regardait sur le tapis beige, les tulipes mauves d'ores et déjà réveillées et oscillantes devant la fenêtre. Cinq ans plus tôt, il avait vu, lui semblait-il, ces mêmes tulipes et cette même fenêtre, et cette même peau mate et rose au premier plan, et il avait alors ressenti, ou plutôt cru ressentir un bonheur impérissable. Il n'avait cessé depuis d'en rêver, mais ce n'était que maintenant qu'il s'en rendait compte, à l'instant où cette femme lui disait ces mots, ces mots faussement modestes et comme suspendus dans le noir : « C'est drôle que tu te souviennes encore de moi après cinq ans... » Elle lui tirait les cheveux à présent, elle riait d'un rire bas, furieux, il n'entendait pas très bien ce qu'elle lui disait mais il comprenait qu'elle exigeait une réponse. Et déjà, il voulait, il devait se taire, et déjà il s'y obligeait.

« Et qu'ai-je fait pendant cinq ans », se demandait-il toujours enfoui dans cette épaule nue, « mais qu'ai-je fait sinon tenter de l'oublier en devenant célèbre — comme ils disent — en supportant ces conversations glacées et ces dialogues idiots avec des journalistes semi-intelligents, en rêvant à ce que j'avais écrit et ce que je voulais écrire, et ce que je pourrais peut-être écrire ? Mais qu'ai-je fait, sinon désirer revenir là ? J'ai passé cinq ans à tenter d'oublier cette femme, tel un héros romantique d'Alfred de Musset, et comble de l'absurde, je ne savais même pas que c'était elle, mon bourreau, mon épouse, ma sœur, et elle seule que je voulais oublier. » Alors, comme elle lui tirait toujours les cheveux et s'inquiétait d'une voix railleuse de cette soudaine syncope, il se mit à rire aussi, releva la tête, posa ses lèvres au coin de ses lèvres à elle, et il lui dit en souriant et d'une voix distraite — enfin d'une voix qu'il voulait distraite — « qu'il n'avait jamais cessé de l'aimer mais que néanmoins, il boirait bien un verre de quelque chose ». Elle se leva aussitôt et disparut vers l'office. Et lui qui n'avait qu'une vague idée de lui-même, de sa nature comme de son avenir, eut la sensation, soudain, d'être l'objet d'un destin inexorable, sensation aussi baroque qu'évidente et que lui confirma la voix de Béatrice, revenue dans la chambre avec deux verres.

— Je ne me rappelais pas, dit-elle, je ne me rappelais pas que tu faisais si bien l'amour.

Il relevait déjà la tête pour lui répondre : « C'est parce que tu ne m'aimais pas », mais il se replongea dans le lit défait et articula nettement, à son cœur défendant :

— J'ai appris depuis... qu'est-ce que tu veux...

II

Le lendemain, il lui proposa de l'emmener déjeuner dehors, car il se rappelait trop bien, et cela presque avec masochisme, le goût de s'afficher qu'avait Béatrice : ce goût qui, pensait-il, l'avait fait se débarrasser de lui, cinq ans plus tôt, pour un autre amant plus représentatif. Pour sa part, il était, de nature, tout à fait indifférent à ce qu'on appelait les échos, les potins, bref les pétards mouillés du succès. Mais ce matin-là, sachant qu'elle y était sensible, et étant décidé à déguiser ses désirs à elle en initiatives de sa part, ayant déjà peur, surtout, de se retrouver seul — dans la rue, sur un lit ou n'importe où — seul, privé de son parfum et de sa voix, il aurait volontiers convoqué tous les habitués des bars et des restaurants en vogue à un déjeuner de retrouvailles officielles, si elle l'avait désiré le moins du monde. Il se rendait compte au rythme de son cœur, au tremblement de ses mains à quel point il avait été privé de sang, d'oxygène et de nerfs durant cinq ans. Il n'essayait même pas de savoir pourquoi il avait été si fou de cette femme, ni comment il avait pu espérer l'oublier. Ni pourquoi il s'en souvenait à présent, si violemment. Il s'inclinait devant elle comme devant le Saint Sacrement. Il ne dirigeait plus ses pas, il se bornait à les suivre.

A sa grande surprise, Béatrice refusa ce déjeuner. Elle préférait, disait-elle, rester seule avec lui, et elle fit apporter dans leur chambre des sandwiches, du vin blanc, des fruits et du café. Elle dessinait d'un air mi-hostile, mi-plaisant, des signes cabalistiques sur sa poitrine ; elle lui touchait le cou, puis l'épaule, puis le pied, puis l'aine. Elle semblait reprendre possession de quelque chose qui lui appartenait depuis toujours, sans qu'elle le sache, et un instant, il se demanda si elle n'était pas soumise au même phénomène que lui ; si cette impression théâtrale de possession et de fatalité ne la frappait pas autant que lui-même. Mais cela faisait longtemps maintenant qu'il vivait à Paris, qu'il en connaissait les rythmes et les détours bien plus quotidiens que stendhaliens, et il ne se hasarda pas à lui poser la question. En même temps, il repoussait une voix secrète, la même voix qu'il y a cinq ans, sinistre et jalouse, entêtée à lui demander pourquoi elle ne voulait pas sortir avec lui, l'exhiber triomphalement dans ce restaurant où tout déjeuner était un aveu et où lui-même, Édouard, ferait un complice très convenable. Voulait-elle encore le cacher ? Pourtant il savait bien que le secret qui avait pu exister entre eux, en sa saison, n'était plus nécessaire : il était connu, elle était connue, ils étaient en droit de partager des harengs Baltique à deux heures de l'après-midi, dans cette brasserie faussement familiale où cela revenait à dire : « Nous sortons du même lit, nous nous sommes plu, nous avons faim. »

— Tu as honte de moi ? dit-il.

Elle le regardait, elle caressait ses cheveux, elle semblait l'étriller, elle tâtait le grain de sa peau, elle souriait en le regardant, ironique, pensive et tendre, intelligente peut-être ? En tout cas, elle ressemblait au rêve qu'il avait fait d'elle durant de longues années, lorsqu'elle l'avait quitté et qu'il l'avait, croyait-il, oubliée.

— Honte de toi ? dit-elle, non. Tu es beau, tu sais. Mais pourquoi veux-tu aller dehors ? Il fait jour, il fait soleil, cela m'agace.

Et elle s'abattit contre lui, chercha la veine à son cou et lui dit d'une voix un peu sauvage, quoique froide :

— A présent, je vais te marquer, mon petit garçon. Tu vas être oblitéré en bleu, là, pendant deux semaines, et tes femmes n'y pourront rien.

Elle le mordait, elle aspirait son sang à sa gorge, elle était le vampire de sa vie.

— Tu veux vraiment rester seule avec moi ? dit-il empêtré dans ses idées, ses souvenirs et dans les draps qui enroulés déjà autour d'elle et de lui semblaient comme soulevés par le vent, le vent de leur plaisir, sans doute.

Elle ne répondit pas et là, il n'y avait plus de questions à se poser.

A quatre heures ils étaient assis à une table de brasserie, également défaits, pâlis et triomphants. Les cernes sous leurs yeux étaient autant de couronnes et de lauriers pour les vieux habitués. A quatre heures, les mains lasses et le regard trop clair, ils échangèrent des harengs, des pommes à l'huile et des serments. Tout cela périssable, bien sûr ; mais tout cela épié, surveillé et enregistré par ces infatigables fureteurs, ces chiens d'arrêt, ces gens de bien et de mal qu'on appelle le Tout Paris ou les copains, bref les autres. Et l'un disait à l'autre : « Mais oui, tu ne te rappelles pas, il y a cinq ans, ils avaient eu une histoire ! » Et l'autre s'indignait : « Enfin, ce n'est pas croyable, elle joue le boulevard. Et ce qu'il écrit, c'est autre chose, il me semble, non ? » Et le premier concluait : « Oui, la recherche théâtrale, je veux bien, mais elle est salement belle, dis-donc ! » Et tous ces regards égayés, curieux, semblaient autant de projecteurs ennemis ou amis qui les balayaient, les rapprochaient et les éloignaient dans une espèce de cinéma perpétuel ; mais sans réalité pour eux car elle lui disait : « Tu ne manges pas assez, Édouard. Est-ce que tu m'aimes ? », et lui, tout en se servant d'une main lasse des pommes de terre dont il n'avait nulle envie, lui répondait : « Je t'aime, je n'ai jamais aimé que toi. En revanche, je crois que je n'aime pas ces harengs. » Et alors souveraine, elle levait la main, le maître d'hôtel devenu complice dès l'instant qu'il les avait vus entrer, se précipitait vers eux et les harengs disparaissaient. Et à quatre heures de l'après-midi, en plein soleil, enfin en pleine ombre mais on sentait le soleil s'agiter dehors, derrière la véranda de verre, ils commandaient deux boissons fortes, tels des héros de Fitzgerald, que la fatigue, le désir et l'alcool aidant, ils se sentaient devenir. Et plus personne ne pouvait les voir ni les entendre car ce jour-là, Édouard et Béatrice étaient ensemble au comble du bonheur.

Depuis de longues années, Béatrice tenait son journal. C'était un calepin en cuir rouge, de papier vélin, avec un vague cadenas 1930 qui ne marchait d'ailleurs pas, et qu'elle avait pris l'habitude, délicieusement enfantine et désuète, pensait-elle, de cacher dans ses lingeries. Ce jour-là, ayant quitté Édouard abruptement à son habitude, elle prit sa plume et y inscrivit ces quelques phrases :
« Retrouvé Édouard. Toujours autant de charme. Toujours cet air affamé qui me l'avait fait aimer il y a ?... ans ». Elle s'arrêta là. (Ce point d'interrogation était plus plaintif que cynique. Faute de pouvoir se rappeler avec précision ses trop nombreux amants, Béatrice en était arrivée à déplorer l'absence, chez elle, de ce qu'elle nommait aimablement la mémoire des dates. Faculté qui, au demeurant, l'eût conduite sinon au remords, du moins au vertige.) Elle reprit : « En dehors de son talent, on sent en lui un tel besoin de chaleur, il y a un tel appel dans ses yeux brun-doré (elle mit le petit tiret avec application et délectation) que j'ai décidé de tout casser, de tout effacer de ce qui fut ma vie avant. Demain, je romprai avec B... (Ces points de suspension, en revanche, n'étaient mystérieux pour personne, tout Paris sachant qu'elle vivait avec Bruno Kane, le producteur) et je dirai à Édouard que je suis à lui. »

Ayant ainsi accompli ce magistral chef-d'œuvre de ponctuation et de mauvaise foi, et sa dernière phrase lui semblant définitive, en tout cas pour l'année, Béatrice referma son cahier avec la clé gothique et le remit dans ses chemises de nuit. Comme beaucoup de gens sensuels, violents et libertins, Béatrice se sentait disculpée par le fait d'annoncer ou d'écrire ses décisions, si cruelles soient-elles. Puis elle alla se peigner, se remaquiller et s'installer, modestement, les genoux repliés sous le menton, dans une méridienne grenat visiblement conçue pour ce genre d'attitude. Elle essaya de trouver un l vre qui séduirait Édouard lorsqu'il rentrerait. Mais elle n'était pas sotte et elle avait beaucoup lu. Aussi hésita-t-elle longuement. Une Série Noire risquait de lui donner l'air futile, un Proust, l'air prétentieux, et un Valéry, pensa-t-elle, l'air indéfinissable. Elle opta donc pour ce dernier.

Pendant ce temps, comme un fou, Édouard marchait dans Paris, se demandant à chaque instant s'il avait une chance, une simple chance, une faible chance de revoir Béatrice. Elle l'avait quitté si brusquement devant chez Lipp... Il achetait des fleurs, des disques, des livres, tout ce qu'il aimait, et tout cela pour elle, avec le frêle espoir que le concierge de Béatrice ne les raccompagnerait pas à coups de pied jusqu'à la chaussée, lui et ses cadeaux. Il était fou, il était faible et il avait été imprudent ; il aurait dû poser des jalons, dire : « On se voit quand ? Et où ? » Ce n'était pas parce que Béatrice lui avait dit : « Je t'aime » qu'ils avaient pour cela un rendez-vous précis. Il aurait dû penser que de même, quand quelqu'un vous dit « Je t'aime », il n'indique que la date de son désir immédiat, le sien, jamais la vôtre, et qu'amoureux comme il l'était, et son amour étant permanent, tout rendez-vous ne pouvait être qu'un délai et toute date qu'un affront, une souffrance, le malheur, quoi...

Bien sûr il avait passé la nuit dans les bras de cette femme qui l'avait assuré de son amour, et bien sûr il pouvait téléphoner. Mais elle avait tourné les talons si vite devant le restaurant, et lui avait si gaiement dit « Au revoir » qu'à présent il ne savait plus. Il doutait de ses sens, de sa mémoire, de sa chance, enfin bref, il doutait de lui-même. Dans son égarement, il heurta plusieurs passants qui durent le prendre pour un fou, un de ces fous qui se croient à Noël en septembre, ce qui était son cas, et c'est ainsi que, résigné au pire, il arriva devant l'immeuble de Béatrice.

Il était alors sept heures du soir et à force d'ennui, elle en était arrivée à mettre en doute son fameux pouvoir de séduction. Depuis son désinvolte et d'ailleurs habituel au revoir, devant le restaurant, il ne s'était rien passé : pas un coup de téléphone, pas une fleur, pas un signe. Elle recommençait à se haïr, car curieusement, quand les choses ne marchaient pas comme elle le voulait, Béatrice ne songeait pas plus à se plaindre qu'à s'interroger ; elle se haïssait, tout uniment, comme elle haïssait tout échec. Et puis on sonna à la porte, elle entendit les explications embrouillées de Guillaume, le concierge-valet de chambre-cuisinier, dans l'entrée, mais pas un instant, bizarrement, elle n'eut l'intuition que ce pût être Édouard. Et lorsqu'elle le vit devant elle, débordé de paquets et de fleurs malgré l'aide de Guillaume, lorsqu'elle vit ces deux hommes aussi ébahis l'un que l'autre, aussi épouvantés, apparemment, par sa présence à elle, Nefertiti, reine de ces lieux, elle eut un véritable élan d'amour vers Édouard. Il était revenu, il était à elle, il justifiait le cours de sa vie, il était la réponse à la grande question, l'affreuse question, celle qui la hantait depuis son enfance : « Est-ce que je plais ? ». Et elle dut avoir une expression de soulagement telle que, pour une fois, Édouard, le distrait, le rêveur Édouard la remarqua. Il lâcha ses paquets — et tandis que Guillaume s'éclipsait avec une célérité depuis longtemps acquise — il prit Béatrice dans ses bras et lui dit avec une assurance extravagante — étant donné l'enfer dont il sortait — « Je t'ai manqué, hein ? »

Et il ne fut pas surpris quand elle acquiesça, ni quand, relevant la tête vers lui, elle l'embrassa avec lenteur au coin de la bouche, ni quand elle ouvrit son manteau d'abord, puis sa veste, ni quand elle dégrafa sa ceinture toujours sans le regarder. Ils étaient pourtant debout tous deux, dans cette entrée si violemment éclairée, ils étaient peut-être surveillés, mais apparemment elle s'en moquait, et lui, sentait le sang retrouver le chemin de ses veines. Il s'obligeait à ne pas bouger, le coin de sa propre bouche contre celle de Béatrice, il se disait, il se rappelait que l'amour était une chose sublime. Maintenant, elle glissait la main entre sa chemise et sa peau à lui, Édouard, le mal-aimé, elle allait à sa rencontre ; et là, dans ce hall toujours stupidement illuminé, elle l'appuyait contre elle, soupirait, disait son nom, « Édouard, Édouard » d'une drôle de voix. Il avait mal aux lèvres, à présent, il respirait très vite, il se disait que c'était fou, tout ça, extravagant, qu'ils n'avaient que deux pas à faire pour entrer dans la chambre bleue et retrouver le lit, leur lit. Que faisaient-ils donc là, empêtrés dans leurs vêtements, titubant l'un contre l'autre comme des lutteurs exténués ? Mais obscurément, il sentait qu'elle avait raison, qu'ils n'avaient pas le temps de faire ces quelques pas et que la main suppliante accrochée à son dos, comme la main exigeante posée sur lui, avaient toute leur sagesse en même temps que leur folie et leur précision maniaque. Il tourna un peu la tête, rencontra de plein fouet la bouche de Béatrice et aussitôt, il cessa de lutter, écarta la robe de chambre écarlate et ne s'étonna pas une seconde de la trouver nue, et l'attendant, alors qu'une heure auparavant, il se fut fait tuer pour cela. Alors, l'appuyant contre le mur le plus proche, entre deux plantes distraites et vertes, il s'empara d'elle ; la bouche de Béatrice s'ouvrit sous la sienne ; elle dégagea sa main provocante et tenta de rejoindre l'autre, l'épouvantée, accrochée au dos d'Édouard ; elle commença à lui frapper doucement les côtes, à lui mordiller le visage, à marmonner des mots incompréhensibles. Puis — mais là il était si heureux et si près du précipice qu'il devait, à s'en faire mal, serrer les poings contre ce maudit mur — elle se souleva vers lui et commença à gémir très bas, tandis que ses deux mains se rabattaient définitivement sur le dos maintenant rigide d'Édouard. Et sa voix (devenue plus basse, étrangère et superbe) lui ordonna « Viens », sur un tel ton qu'il s'abandonna aussitôt à elle, tandis qu'elle mordait le revers de sa veste dans un ultime et tardif effort de décence.

Elle était pétrifiée contre lui, à présent. Ils restaient tous deux debout, hagards et épuisés, les yeux ouverts sous le lustre et ses lumières fades, tellement fades après le plaisir et ses éblouissants courts-circuits, déclenchés sous leurs paupières. Béatrice se sépara de lui lentement, sans le regarder, elle l'embrassa sur la bouche, mais rêveusement, semblait-il, et il se laissa faire, immobile, inondé de sueur, de peur ou de bonheur, comment savoir ?

— Quels sont ces paquets ? demanda-t-elle.

Il releva la tête et la regarda. Elle l'aimait, il le sentait, elle l'aimait à ce moment-là, et quoi qu'il arrivât par la suite, là du moins, elle l'aimait.

— Je ne sais pas, dit-il, des cadeaux pour toi.

— Je ne veux pas de cadeaux de toi, dit-elle doucement. C'est toi que je veux, toi seul.

Elle sortit, et il resta un instant dans le hall, puis, guidé par la lumière, retrouva la chambre bleue et les tulipes. Béatrice gisait en travers du lit, la main sur la bouche. Il la regarda et s'allongea sur elle. Et là, quand elle se mit à l'appeler, puis à le supplier, puis à l'insulter, là, il sut qu'il ne s'en remettrait jamais et qu'il avait été créé en somme pour la fidélité.

III

— C'est extravagant, claironnait Tony d'Albret (née Marcelle Lagnon à Provins) il n'y a vraiment que toi pour faire des choses pareilles...

Il y avait dans sa voix une nuance d'admiration en même temps que de reproche qui combla Béatrice. Depuis sept ans, elle faisait partie de l'écurie de Tony et avait tout lieu, ainsi qu'une douzaine d'autres acteurs, de se féliciter de son impresario. Petite, rablée et vive (elle parlait volontiers d'elle comme d'un vif-argent) Tony d'Albret joignait à une âme d'esclave, une avidité, un sens des affaires et une mauvaise foi qui en faisait un des agents les plus efficaces de Paris. Selon leur degré de sensibilité, les gens qui la connaissaient la disaient tonique ou effroyable, mais tous reconnaissaient qu'il valait mieux l'avoir de son côté, car elle était un danger public. Elle adorait d'ailleurs cette définition d'elle-même.

— Qu'as-tu pu faire depuis une semaine, sans me téléphoner? A part l'amour, ajouta-t-elle avec un petit rire gras et qu'elle voulait complice.

En effet elle jouait aussi l'amie, la confidente, voire la mère, elle jouait tous les rôles vis-à-vis de ces malheureux enfants éblouis par les spots, égarés dans leurs propres reflets qu'étaient très souvent devenus les comédiens. Elle misait sur tout : sur leur avidité, leur courage, leur vanité et leurs vices, s'ils en avaient. Il n'y avait pas de terrain sur lequel elle n'essayât de gagner. Elle était un guide, dans tous les sens du terme, et elle avait tendance à assurer ses prises le plus bas possible.

Béatrice, dupe et pas dupe, la regardait entre ses longs cils. Comme d'habitude, Tony était plutôt mal habillée, mal maquillée, et comme d'habitude Béatrice, qui ignorait que c'était par habileté, se sentait condescendante et amusée.

— A part l'amour, je n'ai rien fait d'autre, avoua-t-elle.

— Et peut-on savoir avec qui?

Tony feignait l'impatience. En fait, dix témoins avaient vu Béatrice déjeuner en tête à tête avec le jeune auteur Édouard Maligrasse, et depuis une semaine, plus personne n'avait entendu parler ni de l'un ni de l'autre. Après quelques recoupements, Tony était sûre de son fait.

— Tu ne connais pas, dit Béatrice rêveusement.

« Là quand même, elle exagère! » pensa Tony. Cela faisait la deuxième pièce d'Édouard que l'on jouait à Paris, et chaque fois avec succès. Théâtre intellectuel, certes, et qui ennuyait plutôt les gens pas snobs, naturels comme elle-même, Tony, mais néanmoins, gros succès d'estime. Le visage d'Édouard était apparu dans les pages d'une bonne douzaine de magazines. Elle voulait bien, par politesse, poser des questions, mais il ne fallait pas non plus qu'on la prît pour une sotte.

— Es-tu bien sûre que je ne le connaisse pas ? dit-elle en tentant d'allumer une lueur malicieuse dans ses yeux bleus, un peu protubérants.

— Tu connais peut-être son nom, bien sûr, dit Béatrice toujours rêveuse, mais lui, personne ne le connaît. « Vraiment », veux-je dire.

« Allons bon, elle va encore se croire amoureuse » pensa Tony qui, habituée aux foucades de Béatrice, savait qu'elle en cultivait de deux sortes : les unes, les plus classiques, « sans » sentiment, et les autres, beaucoup plus fatigantes pour son entourage (et plus rares d'ailleurs, Dieu merci) « avec » sentiment. Elle soupira, puis laissa échapper, pour une fois, une opinion sincère :

— Il a du talent, bien sûr, bien sûr, mais ce n'est vraiment pas notre genre de théâtre.

— Ne mélange pas tout, dit Béatrice sévèrement. Dans la lumière du matin, à contre-jour, elle était extrêmement belle, dût reconnaître Tony, et ne paraissait pas du tout les trente-cinq ans qu'elle avouait volontiers.

— Je te signale que tu pars en tournée dans huit jours, ma chère, dit-elle.

Béatrice hocha la tête d'un air vraiment mélancolique, pour une fois.

— Il supportera ça très mal, dit-elle. Il est très sensible.

Une voix joyeuse et virile s'éleva du côté de la salle de bains, une voix qui chantait un vieil air d'Opéra. La porte s'ouvrit brusquement, et l'homme sensible apparut, en peignoir de bain, décoiffé et, sembla-t-il à Tony, extrêmement jeune. Il s'arrêta net, sembla s'excuser et Béatrice, l'air languissant, comme si c'eût été là une situation des plus classiques, le présenta :

— Édouard Maligrasse, dit-elle, Tony d'Albret, mon ange gardien et ma maquerelle.

Elle éclata de rire tandis que les deux autres se serraient la main, et qu'Édouard rougissait à la place de Tony, visiblement enchantée.

— Tony est venue me rappeler, cruellement, que je partais en tournée la semaine prochaine, dit Béatrice.

— Ah ! dit simplement Édouard, et il s'assit au pied du lit, déconcerté.

Depuis une semaine, une semaine flamboyante et tendre, une semaine rouge et gris-perle, il avait oublié la vie, enfin ce que les gens appellent la vie, et cette petite femme brune et décidée, carrée dans son fauteuil, lui semblait terrifiante comme l'image même de la fatalité. Cette petite femme ordinaire et dont il devinait aussitôt le caractère, malgré toute son indulgence naturelle, cette petite femme, c'était le reflet de son époque, de son milieu, de cette mentalité qu'il haïssait depuis toujours et qu'il redoutait, à présent, comme la pire ennemie de son bonheur. Béatrice, il le sentait, il le savait d'ailleurs depuis toujours, Béatrice nageait souvent dans ces eaux-là et y prenait souvent plaisir.

— Nous commencerons par le Nord, par Amiens, dit l'envoyée du destin, puis nous nous rapprocherons de Paris avant de rejoindre le Midi. J'ai beaucoup aimé votre dernière pièce, Monsieur Maligrasse, « L'Orage Immobile ».

Elle s'était arrêtée après le mot « Monsieur », pensant qu'Édouard lui dirait aussitôt, « Appelez-moi Édouard », mais il n'y pensait visiblement pas et elle en fut irritée. « Après tout, ces intellectuels, qu'ils soient incommunicables ou pas — comme ils disaient tous — finissaient par faire le même travail qu'elle et ils se retrouvaient dans le même bateau... » Elle tiqua, Béatrice remarqua son mouvement d'humeur et s'en amusa. Par habitude, plus que par nécessité — car elle était à présent une comédienne très connue — elle avait besoin de Tony, mais elle se plaisait bien à la rabaisser, voire à la « moucher ». Elle était elle-même sensible à l'aura de force et de vulgarité mêlées qui se dégageait de cette femme. Et, ou elle riait avec elle, lui donnait des bourrades, l'embrassait et la cajolait, ou elle la tenait à distance par un réflexe quasiment animal, comme on s'écarte d'une fouine ou d'une créature grotesque. L'instinct remplaçait très souvent la réflexion, chez Béatrice, et généralement ce n'en était que mieux.

— Mais si tu pars, dit Édouard avec naturel, les mains ouvertes, qu'est-ce que je vais faire, moi ?

Il semblait si désarmé, si sincère que Tony sursauta. « Il est fou, celui-là » pensa-t-elle, « ou connaît-il si peu les femmes, en tout cas si peu Béatrice ? Il cherche les coups, ma foi ». Mais quelque chose semblait fondre, se dilater dans l'œil éclairé de Béatrice, et le sourire qu'elle eut pour lui avait un reflet que Tony n'y avait jamais vu et qui ressemblait furieusement à de la tendresse. Tony d'Albret décida dès cet instant, avec son flair implacable, que c'était là une histoire à suivre de près. En prétextant un rendez-vous, elle partit glaner ailleurs quelques renseignements complémentaires sur le petit Maligrasse.

Après son départ, Béatrice sourit à Édouard.

— Comment la trouves-tu ?

— Je ne la trouve pas, répondit Édouard.

Et en effet, il n'avait aucune opinion sur Tony d'Albret. Il savait simplement qu'elle avait ouvert la porte de cette chambre désordonnée, capitonnée et close dans laquelle il vivait depuis dix jours, et qu'avec elle, le vent de Paris, le vent des autres s'y était introduit. Il gisait sur le lit, en peignoir de bain, la tête tournée vers Béatrice. « Comme d'habitude, déjà... ! » pensa-t-elle.

Il y avait dix jours, en effet, que ce regard ne la quittait pas, à tel point qu'elle lui mettait parfois la main devant les yeux ; dix jours qu'elle ne voyait d'elle-même que ce reflet passionnel et il lui semblait qu'elle s'y était oubliée. Elle s'allongea près de lui, sur le lit, respira une fois de plus sur les draps le parfum de cet homme mêlé au sien, l'odeur têtue, violente et fade de l'amour physique, et soupira. Pendant ces jours et ces nuits, le paysage autour d'elle n'avait pas bougé : des rivières de moquette, des collines de drap, des soleils de sensualité ; et encore que son goût du plaisir y eût trouvé son compte, il lui semblait avoir participé involontairement à une pieuse autant que luxurieuse retraite ; elle s'en étonnait : il y avait longtemps que le souci de sa carrière, de ses ambitions avait découpé son temps en une série de rendez-vous pratiques, précis, et de ce fait, presque dédaigneux de l'amour. Elle s'étonnait donc, mais non sans une certaine satisfaction. En fait, son corps était si animal, si simple, et son esprit l'était devenu si peu qu'elle ressentait parfois en elle-même, une sorte de gêne, comme un étrange hiatus. Elle en était arrivée à trouver presque original d'avoir pu, sans s'ennuyer, passer dix jours et dix nuits aussi semblables et pour un peu, elle se fût félicitée de son propre tempérament. De même d'ailleurs, qu'elle eût félicité Édouard — dont elle avait gardé un souvenir assez confus — pour la violence, l'insatiabilité et l'habileté de son désir.

Elle ignorait que cette science qu'elle lui reconnaissait était de celles que donne la peur. Elle ignorait que chaque cri qu'il lui arrachait, bien avant que de l'exciter, le rassurait. Elle ignorait que, devenu avare et fou, il thésaurisait des paroxysmes, des aveux, des mots, des gestes. Qu'il tentait, aux moments les plus aveuglants, de saisir un détail, un repère, une borne où un jour, plus tard, sa mémoire pourrait revenir s'accrocher, pour s'en délecter ou pour en souffrir. Elle ignorait que chaque instant de ces dix jours avait été pour Édouard un instant volé, un sursis. Elle ignorait aussi que c'était la part la plus instinctive d'elle-même qui lui donnait son charme. Une fois dans son lit, on devenait son bien, son jouet, son bourreau ou son esclave selon ses humeurs, on était à elle, et elle le proclamait. Elle s'affirmait propriétaire de son corps, de celui de l'autre, avec des mots lyriques ou crus, des gestes humbles ou despotiques, qui faisaient d'elle une sorte d'idole baroque, implacable devant laquelle, Édouard, en bon sauvage affamé, ne pouvait s'empêcher de s'agenouiller. Oui, ces dix jours avaient été une trève dans le temps, mais la Vie, la vraie vie était dehors, il fallait bien qu'elle la rejoigne. Seulement, pour Édouard, la vraie vie, c'était là, à l'instant même ; elle le sentait confusément et déjà elle commençait à s'en irriter.

— Tu vas vraiment partir? dit-il.

— Mais oui. Tu viendras nous retrouver où tu veux.

Déjà elle disait « nous » ; et ce « nous » impliquait les autres comédiens de la tournée, son impresario, les machinistes, les directeurs d'hôtel, les amis, bref toux ceux qui déjà agaçaient Édouard. Cela dut se voir car elle se mit à rire et lui rebroussa les cheveux.

— C'est du joli, dit-elle, cet épi, là, dans tes cheveux. Ça fera sérieux quant tu seras à l'Académie française.

— Ne parle pas de malheur, dit Édouard faiblement.

— Pourquoi ? Tu serais très beau... Tu as les yeux un peu verts, là...

Et elle se penchait vers lui, retroussait sa lèvre entre ses doigts, inspectait ses dents, tirait sur sa joue, effaçait le cerne sous son œil, soupesait, jaugeait, s'amusait.

— J'ai l'impression de jouer « Chéri », dit-elle. Pourquoi fais-tu cette tête-là ? Nous ne pouvons quand même pas passer notre vie dans cette chambre sans sortir.

Édouard leva les yeux vers elle. Il y avait quelque chose dans son regard, un avertissement, une supplication ou une résignation, elle n'aurait su dire précisément quoi, qui troubla Béatrice et lui fit baisser les yeux.

— Et pourquoi pas ? dit-il tristement.

IV

Ils étaient assis côte à côte, dans le noir, dans une grande salle des Champs-Élysées, et Édouard tentait de s'intéresser au film. C'était leur première sortie, une Première de cinéma, et ils avaient recueilli à leur arrivée le nombre prévisible de regards, de semi-félicitations, de mimiques surprises et de chuchotements. Les photographes et leurs flashes les avaient escortés jusqu'à leurs places, et Béatrice avait fait la panthère. Elle avait eu une façon de lui tenir le bras, de lui donner son manteau, de se pencher vers lui, comme indifférente à tout le reste — comme s'ils étaient seuls, justement — qui avait à la fois gêné et comblé Édouard. Il s'était senti ahuri, gauche, envié et mal compris. Mais néanmoins aussi triomphant que ridicule. Cette femme qui lui souriait, que certains hommes saluaient avec l'ombre d'un souvenir dans les yeux ou dans la voix, cette femme que beaucoup lui enviaient, car elle était spécialement belle et arrogante, ce soir-là, cette femme qu'il avait cru perdue et si miraculeusement retrouvée, cette femme était la sienne. Et tous ces regards, bien qu'ils leur soient adressés par des gens qu'il ignorait ou craignait instinctivement, étaient quand même autant de preuves : elle était à lui. Du coin de l'œil, il regardait ces pommettes écartées, ces yeux obliques, cette bouche droite très ourlée, ce visage qu'il avait défait à sa guise et mené jusqu'aux larmes parfois, durant ces nuits interminables et si récentes, et il éprouvait l'orgueil absurde et délicieux du propriétaire. Lui, Édouard, lui qui méprisait plus que tout le sens de la propriété et qui, dans sa morale et dans ses écrits lui attribuait tous les malheurs du monde.

Béatrice sentait ce regard sur elle et souriait. Elle savait qu'elle était en beauté, ce soir ; le regard des femmes comme celui des hommes le lui avait appris, et elle savait que le délicat, le sensible et modeste Édouard ronronnait d'orgueil à ses côtés, tout comme ceux qui l'avaient précédé. D'ailleurs il était beau, lui aussi, avec sa longue dégaine, ses traits fins, sa nonchalance et ses grandes mains maladroites. Cela aussi, elle l'avait vu dans le regard des autres. Elle se tourna vers lui avec un vif sentiment de contentement et lui sourit dans le noir.

— Si on partait? dit Édouard à voix basse. Je m'ennuie.

Elle haussa les épaules. Décidément, il était enfantin. On ne quittait pas une Première comme ça pour se retrouver ensuite brouillé, avec les producteurs, et le metteur en scène et les comédiens. Il fallait vraiment qu'elle éduque Édouard — ce qu'elle n'avait pas eu le temps de faire cinq ans auparavant, lorsqu'il n'était qu'un caprice. Mais à présent qu'il était devenu lui-même quelqu'un, à présent qu'ils pouvaient équitablement partager leurs vies privées et publiques, il fallait que leur liaison se déroule dans les formes. Même si Édouard ne rêvait que d'être dans un lit, seul, avec elle — et cette idée la flattait — il était néanmoins indispensable qu'il restât tranquillement assis dans un fauteuil d'orchestre, puis à une table de restaurant, puis peut-être, dans une boîte de nuit à la mode, provoquant ainsi l'approbation générale. Comme tous les gens qui n'en font finalement qu'à leur tête ou plutôt qu'à leurs instincts, Béatrice avait en permanence une grande soif d'estime, voire d'approbation, notamment dans les galas.

Le film était fini à présent, et Tony, empanachée, leur serrait les mains avec chaleur et tous les signes d'une grande joie, comme si elle avait assisté à leur mariage. Elle semblait, par son enthousiasme, entériner leur union et signifier ainsi à un Tout Paris, à priori ébaubi, qu'effectivement cela était : qu'Édouard Maligrasse, jeune auteur fraîchement célèbre, et Béatrice Valmont, la belle comédienne, couchaient ensemble.

Édouard, jusque-là passif, se secoua tout à coup et agita la main. Kurt van Erck, un metteur en scène décrété d'avant-garde, se dirigeait vers lui. C'était un petit homme roux, aux yeux perçants, à la voix brève, qui avait monté les deux premières pièces d'Édouard. Il était craint, en général, pour ses jugements abrupts, sa sécheresse, et le mépris qu'il professait pour tout ce qui n'était pas le « théâtre engagé ». Édouard, content de retrouver un visage connu, le présenta à Béatrice qui lui adressa un sourire éclatant. En vain. Aux yeux de Kurt, elle était visiblement une comédienne de classe moyenne qui jouait du « Boulevard ». Il trouvait d'ores et déjà dommage qu'Édouard Maligrasse se compromît avec elle et perdît une partie de son temps dans son lit. Tout cela, naturellement, ne fut pas dit mais quasiment exprimé par sa manière de saluer Béatrice et d'adresser un bref signe de tête à Tony. Et naturellement, tout cela fut enregistré aussitôt par Béatrice qui tout aussi naturellement le détesta.

— Vous ne vous connaissiez pas? dit Édouard naïvement. C'est drôle, je sors peu dans ces endroits, (d'un geste vague, il désignait la salle) mais je croyais que tout le monde se connaissait, à Paris, dans le théâtre.

— La grande famille, hein? dit Kurt en ricanant.

— Bien sûr, nous sommes tous un peu dans le même bateau, dit obligeamment Tony.

— Vous trouvez?

La question de Kurt était au bord de l'insolence. Édouard lui-même, malgré sa distraction, se sentit gêné.

— Je ne trouve pas du tout, répliqua Béatrice aimablement. Et je dirai même : Dieu merci.

Elle eut vers Kurt un sourire encore plus aimable, en forme d'au-revoir, et se tourna vers Édouard.

— Édouard, dit-elle, mon ange, je meurs de soif.

Elle le regardait avec une telle tendresse, un tel bonheur apparent qu'Édouard oublia instantanément Kurt, leurs discussions du temps passé et leurs projets d'avenir, et le plantant là, il ouvrit vers le bar un chemin à ses deux femmes.

— Tu connais ce Kurt depuis longtemps? demanda Béatrice une fois qu'elle fut appuyée au bar.

Des amis ou des relations lointaines défilaient devant

eux, appâtés ou amusés par cette nouvelle liaison. Mais Béatrice ne semblait voir que lui.

— Depuis trois ans, dit Édouard. C'est mon meilleur ami.

Béatrice laissa échapper un petit rire plutôt gai, mais légèrement dubitatif, qui fut fidèlement repris par Tony.

— Mon pauvre chéri, dit-elle en haussant les épaules... Personnellement, reprit-elle d'une voix changée, j'aime mieux Nicolas.

Édouard se retourna vers la foule. Béatrice désignait du menton le toujours beau Nicolas Sainclair qui se dirigeait vers eux et ils tombèrent dans ses bras. Il y avait chez Nicolas quelque chose d'irrésistiblement attirant. D'abord, parce qu'il semblait irrésistiblement attiré par les autres, et qu'en effet, il l'était, à quarante-cinq ans et malgré l'usage immodéré qu'il avait fait et de lui-même et de son charme. Nicolas Sainclair, acteur raté, mauvais père, mauvais époux, déplorable scénariste, scrupuleux gigolo et mécène sans moyens, Nicolas respirait néanmoins l'amour de son prochain. Il avait été l'amant de bien des femmes à Paris qui en gardaient toutes un charmant souvenir, et plus curieusement, les hommes ne lui en voulaient pas. (Il faut dire que, n'ayant jamais réussi, il risquait moins d'être haï). Toujours fauché, parasite sans rancune et quelque peu ivrogne à présent, Nicolas vivait de l'air du temps ; on le rencontrait partout, fidèle jusqu'à la caricature à l'image qu'on se faisait de lui. Tel d'une traîne, il était suivi partout d'une atmosphère de frivolité obligatoire, d'un ton à la Feydeau qui ramenait toute situation, aussi dramatique soit-elle, dans les limites du « déjà-vu ». Sans se moquer de qui que ce soit, car il n'avait pas l'esprit critique,

Nicolas Sainclair dédramatisait tout et bien des maîtresses de maison s'étaient souvent félicitées de sa présence. Enfin, derrière tout cela, gémissait, ou plutôt se taisait, un petit garçon ulcéré, sensible et craintif qui dans mille lits et mille rôles, au cours de sa vie agitée, n'avait pu retrouver le « lait de l'humaine tendresse ». Il parut sincèrement heureux de voir réunis ses deux amis : Béatrice, entre les bras de laquelle il avait passé jadis une longue saison, et Édouard, aux crochets duquel il vivait depuis deux ans.

— Je ne savais pas, pour vous deux, dit-il, en les prenant par le cou.

Et à l'instant, chacun se sentit coupable de ne lui avoir pas téléphoné, dès le lendemain de leur première étreinte. Béatrice s'appuya de la hanche contre lui, comme toutes les femmes dès qu'elles étaient près de Nicolas, et Édouard posa son bras sur son épaule. A sa façon à lui, Nicolas était le « parrain » de toutes les liaisons parisiennes. Quand il se dégagea pour aller saluer quelque autre figurant de la soirée, Édouard et Béatrice échangèrent un regard attendri.

— J'ai passé tout un printemps avec lui, dit Béatrice, rêveuse.

— Ah, dit Édouard surpris, je ne savais pas.

— Voyons, dit Béatrice presque sévèrement, il a été si beau !

Il y avait dans sa voix une intonation qui signifiait qu'il eût été grossier, presque indécent de ne pas céder à une telle beauté. Il faut ajouter que cette intonation se retrouvait dans la voix de chacune des ex-femmes de Nicolas ; et comme les autres hommes, Édouard reconnut intérieurement qu'en effet, elle n'avait pas eu le choix. Mais aussitôt la terrible pensée qu'il y en avait eu d'autres que Nicolas le fit tressaillir, et il jeta autour de lui un regard furtif et inquisiteur, essayant de découvrir sur lequel, parmi ces visages glabres ou velus, débonnaires ou fermés, spirituels ou sots, avait pu se poser la bouche de Béatrice. Il en vit évidemment quinze plausibles et il en éprouva une sorte de colère.

— Et celui-ci? dit-il en désignant du menton un malheureux jeune homme, plutôt séduisant, qui les saluait.

— Tu es fou, dit Béatrice avec un petit rire. Ce demi-homme... D'ailleurs, ajouta-t-elle avec sincérité, je déteste les acteurs.

Et effectivement, Béatrice éprouvait un secret mépris pour ses pairs. Utilisant, en tant qu'actrice, toutes les roueries, les mensonges et les armes de la féminité, il lui était devenu impossible de dissocier cette féminité de son métier ; et pour elle, (malgré quelques expériences qui auraient dû la détromper) tout comédien digne de ce nom cachait un impuissant ou un pédéraste. Il lui faudrait expliquer tout cela à Édouard qui, s'il semblait aussi naïf qu'auparavant, semblait de plus être devenu un jaloux. Aussi hésitait-elle un peu : allait-elle dessiner d'elle-même la silhouette d'une vamp au trouble passé, ou celle, plus grave, d'une véritable actrice avant tout éprise de son art? Elle ne savait pas encore lequel de ces deux rôles lui plaisait le plus. Au demeurant, pas une seconde elle ne s'inquiétait des différents recoupements que pourrait, par la suite, faire Édouard, ni des plus qu'inévitables contradictions qu'il relèverait dans l'une ou l'autre de ces versions. La vérité, pour Béatrice, n'existait pas. La vérité de sa vie, c'était elle qui la savait, et elle seule. Et en cela, au cœur même de son mensonge, elle était d'une bonne foi admirable. Elle en était arrivée à un tel point d'auto-persuasion que, lorsqu'elle racontait sa vie passée, les quelques témoins qu'elle invoquait, se voyant obligés, ou de la contredire, ou de renier leur propre mémoire, choisissaient presque invariablement de se taire.

Elle oscillait donc entre deux désirs : éblouir Édouard, l'effrayer, le troubler par une suite d'allusions, de souvenirs, d'équivoques, ou bien, rôle plus maternel, le rassurer, lui laisser espérer chez elle une stabilité, un « fond », comme on disait, et pourquoi pas, une promesse d'avenir. C'était la première fois depuis bien longtemps, se rendit-elle compte, qu'elle envisageait le futur au sujet d'un homme. Il y avait maintenant plus de quinze ans qu'elle ne vivait que pour les dix jours à venir. Mais elle verrait bien... Cette phrase vague lui avait presque toujours tenu lieu de décision, et toujours pour son bien.

Nicolas revenait vers eux. Il disait : « Où va-t-on ? » comme s'il était inéluctable qu'ils aillent quelque part ensemble, et Édouard qui ne rêvait que de rentrer, de se retrouver seul avec elle, s'inclinait devant cette conviction. Et alors, encadrée par ses deux hommes, escortée par la beauté, l'amour et le talent, Béatrice, enchantée, fit une sortie aussi réussie que son arrivée.

Ils rentrèrent à l'aube, et la chambre bleue apparut à Édouard comme un paradis trop longtemps perdu. Il passa le premier dans la salle de bains, pendant que Béatrice s'effondrait toute habillée sur le lit. Par un accord tacite, il s'habillait et se déshabillait toujours avant elle, comme s'il était établi, en somme, que c'était elle que l'on finirait par attendre. Devant la glace, Édouard souriait à son reflet, celui de ce jeune homme avenant, bien rasé, rassurant, ce visage assez plaisant, en tout cas, pour se faire ouvrir la porte de cette chambre ; et y introduire ainsi subrepticement un sentiment aussi démesuré que dangereux. Pauvre Béatrice, crédule Béatrice... Croyant héberger un homme qui lui plaisait, elle hébergeait en fait un homme qui l'aimait. Édouard souriait de son hypocrisie et, plus tendrement, de certaines petites choses glanées au hasard de la nuit, en discutant avec Nicolas et d'autres comparses. Dont une notamment qui l'émouvait aux larmes : Béatrice trichait sur son âge : Nicolas avait éclaté de rire quand elle avait parlé de ses trente-cinq-ans ; puis s'était repris mais trop tard. Édouard s'était senti aussitôt submergé d'une vague de tendresse à l'idée que Béatrice si belle, si inaltérable à ses yeux, puisse d'une manière si enfantine retrancher quelques années de son état civil ; cela lui paraissait une sorte de faille inespérée, exquise, chez cette femme armée jusqu'aux dents. « Enfin, pensait-il, elle a peur de quelque chose : vieillir ». Il n'évaluait pas un instant la menace que cette crainte chez elle pouvait un jour signifier pour lui : les gens qui ont peur ont toujours envie de se rassurer ; il leur faut des preuves. Et pour Béatrice, les hommes qu'elle séduisait avaient toujours un peu fait fonction de preuves. Les hommes et pas un homme.

De plus Édouard avait appris avec stupeur que lors de cette lointaine liaison avec Nicolas, c'était celui-ci qui s'était lassé le premier. Non que Nicolas le lui ait dit d'ailleurs, car la goujaterie n'était pas son fort, mais il avait laissé échapper un : « Si j'avais su » qui signifiait, avec une sorte d'innocence, le regret de n'avoir pas deviné le brillant avenir de sa jeune amie. L'idée que l'on puisse quitter Béatrice dépassait l'entendement d'Édouard. Non seulement d'une manière instinctive, parce qu'il l'aimait et qu'il eût été incapable de la quitter, mais aussi parce que cela ne correspondait pas pour lui au personnage de sa maîtresse. L'image qu'il avait de Béatrice était stylisée, implacable et naïve à la fois, c'était celle d'une femme fatale, image dont rien, jusqu'ici, ne l'avait détrompé. Et là, en une seule soirée, il venait d'apprendre que cette femme avait supporté des ruptures et des rides, que cette statue avait des failles, des lézardes inconnues. Mais loin de diminuer son amour, cette pensée le redoublait. Par un phénomène classique pour les amants, tout ce qui se révélait dissimulé ou contradictoire chez cette femme, lui apparaissait comme autant de signes d'humanité. Il ignorait que ce que l'on appelle « les faiblesses » de l'autre attendrissent toujours avant de se révéler mortelles. Ce n'est pas sur un défaut qu'on se blesse mais sur l'absence d'une qualité. Et Édouard plus tard, ne souffrirait pas tant de ce que Béatrice le trompe que de ce qu'elle lui manque de fidélité.

En rentrant dans sa chambre, il trouva Béatrice, toujours allongée sur son lit, maquillée, habillée, les yeux clos. Il éclata de rire et tira le drap : elle n'avait même pas enlevé ses chaussures.

— Tu comptes dormir ainsi? dit-il.

Elle leva les yeux et le fixa.

— Je ne compte pas dormir, je compte réfléchir. Elle parlait sérieusement et Édouard s'assit, penaud, au pied du lit. Devant cette femme couverte de plumes noires sur un fond de draps blancs, il se sentait, dans son peignoir de bain, tout à fait négligé.

— Tu veux réfléchir à quoi? dit-il. C'est l'aube, ce n'est pas une heure pour réfléchir.

— Il n'y a pas d'heure pour ça, dit-elle, et elle lui jeta un regard méprisant.

Il se rappela alors qu'elle avait beaucoup bu, et

d'une manière qui l'avait frappé, dès le début de la soirée ; Béatrice prenait ses verres d'une main hésitante, les soupesait, puis comme après réflexion, les vidait d'un trait et sans respirer. Elle semblait boire pour s'enivrer et, apparemment, elle y avait réussi. Édouard, que l'alcool égayait et rendait tendre, se sentit tout à coup enchanté. Il était là, à cinq heures du matin, les pieds nus, le regard nu, lui semblait-il, au chevet d'une belle femme, toute de noir vêtue, les yeux brûlants sous un drap frais.

— Nous devons avoir l'air d'une gravure licencieuse de la belle Époque, dit-il, sauf que généralement, c'est l'homme qui est en habit et la femme en déshabillé. Tu ne trouves pas ?

Elle ne répondit pas et lui fit signe d'approcher, de l'index, jusqu'à ce que son visage fût près du sien. Il respirait doucement, il voyait cette bouche rouge tout près de la sienne, il aimait la légère odeur d'alcool, de tabac et de parfum qui émanait de ce corps livré à lui. Il avait les tempes battantes de fatigue et de bonheur.

— Je vais te dire un secret, dit Béatrice, un grand secret.

Il eut un mouvement d'effroi. Il craignit un instant que tout cela : cette chambre, cette femme, ce lit, cette soirée, ce bonheur, tout cela n'éclate en morceaux et redevienne ce qu'il craignait toujours que ce soit : un rêve.

— Finalement, reprit Béatrice, je déteste le monde.

Il se mit à rire de soulagement. Le monde, ce n'était pas lui.

— Pourtant tu ne voulais pas rentrer, dit-il. Tu n'avais pas l'air de t'ennuyer du tout, mais alors pas du tout...

Ivre, encore plus qu'à jeun, Béatrice détestait l'ironie. Elle jeta un regard sévère sur ce jeune homme attentif, « aussi attentif qu'il y a cinq ans », pensa-t-elle, « et aussi désarmé ». Elle ferma les yeux.

— Mon pauvre Édouard, dit-elle, et sur ses traits passa l'expression qu'elle espérait la plus proche d'une amère résignation, mon pauvre Édouard, c'est là mon masque. Comme tu me connais mal, toi aussi! Si tu savais...

Il ne devait pas en savoir plus, ce soir-là, car la seconde d'après, foudroyée par le sommeil comme elle l'était par le plaisir, Béatrice dormait. Et dans le cercle doré distribué par la lampe de la grande chambre de la rue Chambiges, il n'y avait plus de gravure licencieuse, mais un jeune homme penché, maladroit, qui recouvrait précautionneusement le corps abandonné, étrangement plumeux, d'une belle sirène, rejetée à ses mers.

V

Le tableau de Magritte représentait une maison bourgeoise, plutôt belle, dessinée contre un ciel bleu d'un bleu indéfinissable, un bleu d'aube, violent, pâle et cru, un bleu sombre, une maison flanquée d'un réverbère au premier plan, une maison que connaissait Édouard. Il avait passé son enfance dans cette maison, enfin une de ses enfances, il en était sûr. De même qu'il était sûr qu'il aurait voulu y vivre à jamais, et que Béatrice y vive et qu'il puisse entrer dans ce tableau, monter les marches de ce perron, gravir un escalier dans le noir, à l'intérieur, et retrouver derrière la fenêtre éclairée à droite, l'attendant assise sur une bergère démodée et folle d'inquiétude de son retard, Béatrice.

Le gardien de musée toussota et Édouard redescendit l'escalier précipitamment, referma la porte de la maison de Magritte et sortit du tableau puis du musée du Jeu de Paume. Béatrice l'attendait, en effet, à Amiens ; mais sûrement dans un hôtel anonyme et sûrement pas, hélas, folle d'inquiétude. Depuis une semaine qu'elle était partie en tournée, depuis huit jours que durait leur séparation, Édouard n'avait échangé avec elle, au téléphone, que des phrases imprécises, énervées, distraites. Il lui demandait, « Comment supportes-tu ça ? », « Ça » étant leur inhumaine séparation et elle lui répondait que « ça » était insupportable, mais pour elle, il s'agissait de la tournée. « Je te manque ? » demandait Édouard à cette chose noire, moite et froide, à cette horreur, ce sauveur, l'écouteur d'ébonite. « Mais bien sûr » disait Béatrice, « tu me manques ». Et Édouard avait envie de crier, « Bien sûr ! Pourquoi bien sûr! Tu as tant vécu sans moi. Comment es-tu sûre de souffrir loin de moi ? Comment puis-je, moi, être sûr que tu souffres ? ». Mais il disait seulement : « Tu n'es pas trop fatiguée ? », « Tu n'es pas triste ? », « Ta chambre est-elle silencieuse ? ». Il avait l'impression que lorsqu'en le quittant, elle lui avait dit « A samedi », — ce samedi qui était devenu pour lui le seul jour vivant et réel de la semaine —, elle aurait pu aussi bien lui dire « A mardi » ou « A lundi », c'était pour ne pas arriver trop tôt, pour ne pas avoir à traîner sur la route — c'est-à-dire à conduire lentement, donc pour lui distraitement — qu'il s'était arrêté devant le musée du Jeu de Paume. Il avait traversé l'exposition au galop. Tous ces tableaux, ces chefs-d'œuvre, ces morceaux de toile peinte où s'emmêlaient la sueur, le sang, les nerfs, l'âme d'un autre homme, n'avaient été que de petits obstacles, de petites haies ridicules entre lui et le début de l'autoroute du Nord. Seul, le Magritte l'avait arrêté vraiment. Et un instant, un long instant avant qu'il n'y fît habiter Béatrice, lui avait infligé ce bonheur sensuel, ce plaisir presque orgueilleux que peuvent donner certains tableaux.

A présent, il roulait. Le soir tombait déjà sur la route et Édouard pensa tout à coup que c'était l'automne. Depuis quelque temps, il n'y avait plus de saisons pour lui, plus d'avenues, plus de dates, sinon ce samedi, souligné en rouge, en noir, dans tous ses agendas, encadré d'un trait enfantin, maniaque, comme s'il eût pu l'oublier. Car depuis une semaine, chaque fois qu'il ouvrait son petit carnet devant quelqu'un, pour prendre un rendez-vous dont il se moquait, ce samedi souligné de rouge lui sautait aux yeux comme une promesse et presque une indécence. Derrière ces six lettres plates, il y avait le corps brûlant de Béatrice, ses mots d'amour, ses exigences, et Édouard refermait son carnet précipitamment, comme s'il y eût retrouvé par mégarde un texte licencieux adressé à lui seul.

Amiens... la plate ville d'Amiens était à ses yeux devenue Capoue. Il y arriva bien entendu trop tôt et se fit presque un devoir de s'y perdre ; il n'avait jamais pu oublier la réplique stupide que Béatrice prononçait dans une pièce, lors de leur première rencontre, cinq ans auparavant ; cette phrase qu'il venait écouter tous les soirs lorsque, rejeté par elle et fou de malheur, il utilisait ses derniers francs à louer une chaise de poulailler dans le théâtre où elle jouait. Elle avait le rôle minime, à l'époque, d'une soubrette, et et elle devait dire : « Sachez-le, Monsieur : pour une femme l'heure, ce n'est pas vraiment l'heure. Après l'heure, c'est quelquefois encore l'heure. Mais avant l'heure, ce n'est jamais l'heure ». C'était la réplique la plus longue qu'elle eût à prononcer, et bien qu'il la jugeât d'une platitude extrême, cette phrase avait toujours, chaque soir de cette triste période, serré le cœur d'Édouard ; car à cette époque-là, elle lui faisait penser que son heure à lui était passée et qu'elle ne reviendrait plus. Et sans aucun doute, une formule intelligente et sensible sur l'amour, le temps qui passe et ses ravages, l'eût moins frappé, en tout cas d'une manière moins cruelle et sournoise que cette niaiserie.

Pour devenir ce qu'elle était devenue : une actrice consacrée, une vedette, Béatrice, il s'en rendait compte, avait dû beaucoup désirer, beaucoup lutter et beaucoup supporter. Or Béatrice désirant quelque chose sans l'avoir tout de suite, Béatrice attendant, quémandant, Béatrice en butte à des rebuffades, tout cela était insensé et dérangeait une fois de plus son image d'Épinal. En tout cas, lui vivant, cela ne se reproduirait plus. Au volant de sa 504, la mâchoire serrée, Édouard Maligrasse, pourtant officiellement adulte depuis longtemps, promettait à sa maîtresse une vie enchanteresse, pavée de triomphes et d'amour, (le premier terme étant au pluriel mais bien sûr, pas le deuxième). C'était en fait un des plus grands charmes et une des plus grandes vertus d'Édouard : il ne rêvait pas d'une Béatrice abattue, démunie et appelant à l'aide ; il ne rêvait pas (sinon sur un plan passionnel) d'une Béatrice ayant besoin de lui. Il ne l'avait d'ailleurs jamais rêvé. Même aux pires moments de leur rupture, il l'avait souhaitée, voulue, heureuse et applaudie. Mais en fait, outre sa bonté naturelle, c'était aussi, et surtout, parce qu'inconsciemment sa sensualité était plus excitée par l'image d'une Béatrice triomphante. Et comme il était avant tout un écrivain, il évitait aussi instinctivement que rigoureusement, de modifier le cours de ses rêveries : dans sa vie, bien au contraire, il ne retenait que ce qui les étayait, il rejetait le reste. Sans le savoir, Édouard construisait son amour comme il construisait ses pièces. Il ignorait qu'en se faisant ainsi à la fois l'objet et le sujet de sa passion, il risquait d'en devenir deux fois l'esclave — voire la victime. Mais il venait juste de retrouver Béatrice, ces craintes ne l'effleuraient même pas, et c'était ce soir-là un vieux jeune homme et un jeune soupirant des plus allègres qui demandait à chaque piéton le plus court chemin pour l'hôtel de l'Univers.

— Tu ne sais pas ce que m'a fait Agostini, ce butor, ce soir en scène? Avec sa tête de casse-noix, il s'est mis à croquer une grappe de raisin qui traînait sur la scène et à en cracher les pépins, avec l'air réjoui, dans tous les coins du décor... J'ai failli y rester.

Béatrice riait. La salle à manger de l'hôtel était vide et, dans le petit coin que par faveur spéciale on avait laissé éclairé pour leur dîner tardif, Béatrice et Édouard chuchotaient comme deux pensionnaires. Il avait été happé dès son arrivée dans le tourbillon classique des valises, des baisers hâtifs, des taxis, des présentations. Puis il avait assisté à la pièce comme dans un rêve et enfin, ils se retrouvaient seuls, dans cet endroit lugubre. Après cette interminable semaine, il la retrouvait; et cette rencontre qu'il avait imaginée dorée et pourpre, prestigieuse quoi, se passait entre des murs beiges, sur une molesquine marron, devant un garçon de café gris de fatigue. « Et c'était toujours comme ça » pensait Édouard. Mais tout à l'heure, il leur suffirait d'éteindre pour que la chambre anonyme malgré ses sortilèges de fadeur, ses envoûtements d'insignifiance et ses excès de banalité redevienne, grâce à la nuit, le champ-clos de leur plus beau combat. Il y aurait l'éclair blanc des bras de Béatrice, il y aurait le noir de ses cheveux, plus noir que l'obscurité, il y aurait le rouge presque visible de son sang à sa gorge, quand il l'amènerait vers le plaisir, il y aurait toutes ces pâles et fulgurantes couleurs dont il avait été sevré durant ces sept, ces interminables nuits sans elle.

— ... Et d'ailleurs, je ne le supporte pas, achevait de dire Béatrice, je ne supporte pas ce genre de types, je me sens carrément hostile vis-à-vis de lui ; je me sens comme on dit bêtement, toute d'une pièce.

Cette dernière expression n'était pas totalement injustifiée : si Béatrice n'était pas tout d'une pièce, si même elle était, bien au contraire, faite de mille pièces rapprochées et contradictoires, elle était toujours et en tout cas complètement chacune de ces pièces. Et comme elle n'avait aucun recul vis-à-vis d'elle-même, elle pouvait être chaque fois complètement dure ou complètement tendre, complètement sotte ou complètement lucide. Elle ne se sentait jamais « partagée » en elle-même. Et c'était peut-être pour ça, parce qu'elle n'avait jamais pu admettre un partage dans ses propres sentiments, qu'elle n'avait jamais pu les partager non plus avec quelqu'un d'autre. En revanche cette carapace si fausse, cette armure si démantibulée, si hétéroclite que pas un chevalier du Moyen Age n'eût osé l'endosser, l'avait mise à l'abri de bien des plaies, sinon de bien des bosses. Elle ne s'était jamais laissée glisser sur les sentiers de l'amitié commode, de la confiance assurée, ou tout simplement, de l'habitude. Ses amis, ses amies, ses amants, ses relations en général, avaient toujours été, un jour ou l'autre, férocement maltraités par elle ou férocement adorés ; et aucun de ceux qui l'avait approchée n'était honnêtement en droit, à aucun moment, d'avoir confiance en elle ; mais s'ils pouvaient tout attendre de sa part, ils pouvaient aussi totalement se fier à cet imprévisible : ils étaient sûrs, absolument sûrs qu'elle était aussi capable de leur tendre la main pour les tirer de l'eau que d'appuyer le pied sur leurs têtes pour les y noyer. Et sûrs aussi qu'elle accomplirait ces deux gestes avec la même absence de calcul et la même bonne conscience.

En fait, c'était une des rares femmes, dans cette époque si morale, si prêcheuse et si conformiste dans son anti-conformisme prétendu, c'était une des rares femmes, parmi ces serins catéchisés et ces moutons bêlant au loup, qui fût aussi fière de ses vilenies que de ses bonnes actions. Seuls ses échecs lui faisaient remettre en doute son bon droit, c'est-à-dire sa chance. Ses échecs et, bien entendu, ses malaises, car une mauvaise grippe était pour Béatrice aussi humiliante qu'une mauvaise critique. Dans ces cas-là, d'ailleurs, par un coup de rein machinal, elle évitait de préciser sa rancune ; et au lieu d'accuser l'incompétence du critique ou la compétence du virus, elle se rabattait froidement sur le Destin : tout ce qui n'allait pas bien dans sa vie était aussitôt dévié, détourné, sur un plan astrologique, mystérieux et maléfique. En revanche, tout ce qui allait bien lui revenait de droit. Bien des hommes s'étaient ainsi cassé les dents, les nerfs et parfois le cœur, à vouloir lui prouver qu'elle avait, dans sa propre existence, une quelconque responsabilité.

— Ce type t'embête? demanda Édouard. Je le rosserai demain, si tu veux.

Béatrice éclata de rire, mais son œil brilla. Elle adorait que l'on se batte pour elle. Un instant, elle eut la vision d'Édouard sanglant, défait, allongé aux pieds d'un meuble d'époque, et elle, à genoux, mettant la main dans ces cheveux châtains poissés d'un rouge clair, elle, relevant cette tête chaude, avide et douce, elle, violant sur le tapis cet homme demi-évanoui... C'était étrange, à y penser, qu'elle n'imaginât pas, comme d'habitude elle le faisait avec ses mâles, Édouard debout, dédaigneux et secouant du pied un goujat par lui assommé. Comme il était étrange aussi de penser que cet amant si éperdu, ce garçon si bien élevé écrivait des pièces, et que ces pièces avaient du succès auprès des plus difficiles critiques dans cette ville déjà si difficile. Et quand elle regardait de près, de très près cet homme, si visiblement, si passionnément occupé d'elle, elle se demandait dans quelle soupente cachée dans sa tête, sous ces cheveux si doux, ces cheveux d'enfant, pouvait bien se dissimuler cette force inconnue, bizarre, peut-être malsaine, mais qu'elle respectait instinctivement : la possibilité d'écrire. Le regard d'Édouard, dans son désir, était si pur et son visage si ouvert, si lisse... Où était l'arrière-plan, le fameux arrière-plan ? Où était l'ivoire de la tour ? Où commençait l'inviolable chez cet homme déjà violé et qui ne demandait qu'à l'être à nouveau et toujours, de corps et de cœur ? Il faudrait bien qu'elle le sache un jour. Une envie inconnue s'allumait en elle, mi-curiosité, mi-volonté de puissance. Elle voulait tout savoir ; elle ignorait pourquoi, mais elle voulait que rien de cet homme ne lui échappe. « Et pourtant » pensait-elle confusément, « je ne suis pas amoureuse de lui, pas vraiment. J'ai toujours été sûre qu'il allait arriver, ce samedi, et le temps ne m'a pas semblé long... » Alors d'où lui venait cette sorte de vertige et cette grande faim sans réel appétit ?

Elle se secoua, sourit à Édouard d'un air las. Il appela le garçon gris qui apporta l'addition et un livre d'Or grenat. Béatrice le signa posément non sans un petit sourire mi-excédé, mi-résigné. Puis elle le passa à Édouard qui, les yeux baissés, confus, le signa aussi.

Ils jouaient à Lille le lendemain et Édouard, qui avait imaginé ce trajet avec Béatrice comme une escapade dans un paysage poétique et misérabiliste à la fois, avec les terrils noirs et les bleus et pâles soleils du Nord, eut en fait à conduire trois heures sous la pluie, trois heures rythmées par les essuie-glaces et les rares phrases de Béatrice qui s'était réveillée de mauvaise humeur. Elle avait d'ailleurs énoncé aussitôt : « Je suis grognon, ce matin » avec une sorte d'objectivité fataliste, comme elle eût dit : « Il pleut ». Elle considérait visiblement ses états d'âme comme des phénomènes naturels, imprévisibles, aussi indépendants de sa volonté que les perturbations météorologiques. Cette tonalité étant ainsi donnée à la journée, elle multiplia les agacements, les griefs, l'ennui, et elle arriva excédée dans un hôtel de Lille, tout aussi amusant que celui d'Amiens. Les bras ballants, Édouard accablé, la regarda ouvrir ses valises et ses armoires et lorsqu'elle lui demanda avec un petit rire amer s'il lui serait possible, à elle, Béatrice, d'avoir quelques heures tranquilles afin de se mettre dans la peau de son personnage, il battit vite en retraite et se réfugia dans le hall désert de leur hôtel. Il lut le « Journal du Nord » trois fois, sans rien y comprendre, fit deux pas dehors sous la pluie et ne découvrit dans une librairie que deux romans policiers qu'il craignait d'avoir déjà lus. A tout hasard, il racheta pour la dixième fois « Madame Bovary » dans le Livre de Poche. Dans un ultime effort, pour s'assurer une fin d'après-midi douillette, il commanda un thé, des toasts, et n'osant pas remonter dans la chambre, attendit deux heures en bas.

Il éprouvait d'ailleurs une sorte de plaisir dans ce hall désolé. C'était une journée sinistre, dans un endroit sinistre, mais il savait que pour rien au monde il n'eût voulu être ailleurs. « C'était l'un des grands charmes de la passion » pensait-il, « que celui de ne plus se dire : que fais-je ici ? mais au contraire : comment m'y maintenir ? » Béatrice, qui s'était vite ennuyée dans sa chambre, et à qui la présence d'Édouard finissait par manquer, ou plus précisément par manquer à sa mauvaise humeur, descendit, toute prête à lui chercher noise. Elle lui fit remarquer qu'il avait l'air d'un de ces héros minables chers à Simenon et que d'ailleurs son apathie, son absence de curiosité pour la belle ville de Lille étaient des plus significatives. Elle espérait confusément qu'il lui répondrait la vérité, à savoir qu'il était là pour ses beaux yeux, qu'il lui avait servi de chauffeur et qu'il n'était pour rien dans cette funeste et pluvieuse tournée. Mais Édouard n'était pas homme à se plaindre ni à se chamailler et, frustrée de sa scène, Béatrice lui conseilla de repartir pour Paris dès le lendemain matin ou le soir même, s'il préférait. Cette mise en demeure allait sûrement empoisonner la soirée d'Édouard, le faire réagir vers le chagrin ou la colère, bref après la représentation mettre un léger piment à leurs retrouvailles. En vérité, Béatrice aimait bien les « complications ». Les histoires sentimentales, pour elle, se devaient d'être tendues, spécialement dans un décor aussi plat.

Effectivement pendant une heure, Édouard, inquiet, malheureux, tourna en rond dans le hall. Il n'envisageait même pas de disparaître noblement : il y avait eu dans la voix de Béatrice une intonation qui voulait dire : « De toute manière, tu seras là à mon retour, je le sais » qui lui montrait le chemin du devoir. La vision qu'avait Béatrice de leurs rapports était la bonne pour lui, et il ne cherchait pas à la modifier. Il ne voulait pas étonner Béatrice, il voulait l'apprivoiser ; il fallait qu'il lui soit indispensable, qu'elle s'habitue à lui et que cette habitude devienne réellement une seconde nature et c'est ainsi qu'amoureux, jeune, passionné, il avait des tactiques de vieillard. La propriétaire de l'hôtel, apitoyée par sa solitude, lui indiqua un cinéma tout proche où il alla s'échouer. Il serait plus volontiers resté dans la chambre, à regarder le plafond, mais il savait qu'en rentrant, Béatrice lui demanderait ce qu'il avait fait et qu'en répondant « Rien », il se sentirait coupable. Autant donc être en mesure de lui raconter avec enthousiasme ou ironie, le scénario d'un film.

Bien sûr, ce qu'il aurait voulu, et passionnément, c'eût été parler avec elle de leur première liaison, des raisons de leur rupture, de leurs années de séparation, de leur bonheur actuel ; mais comme elle l'avait dit le matin, Béatrice était de mauvaise humeur et sa mauvaise humeur excluait toute introspection. Ce n'était que dans ses moments de bonheur, ou tout au moins de contentement de soi, que Béatrice consentait à gambader dans les chemins sinueux et verdoyants de la psychologie. Cela, et bien qu'il lui semblât avoir été, cinq ans auparavant, amoureux d'une femme bien autrement féroce, Édouard se le rappelait encore.

Le film se passait dans un Boeing à la dérive, et Édouard observa quelque temps les efforts désespérés d'une hôtesse de l'air plus que débordée pour sauvegarder ses passagers. Au bout d'une heure, excédé, il se leva. Comme beaucoup de gens nerveux, Édouard supportait fort bien de s'ennuyer tout seul, mais il ne tolérait pas qu'un élément extérieur l'y contraignît. Il rentra d'un pas décidé à l'hôtel, jeta ses chaussures en l'air et s'allongea sur le lit. Il était dix heures et demie. Dans un peu plus d'une heure, Béatrice serait là. Il n'avait qu'à rester tranquille. A attendre. Et attendre avec une certitude de son retour tout aussi délicieuse qu'aurait pu être insupportable le moindre doute.

D'une certaine manière, il se retrouvait dans la situation de Frédéric, le héros de sa nouvelle pièce. Il l'avait complètement oublié, celui-là, depuis quelque temps. Il y pensait parfois avec une sorte de timidité, de tendresse et de remords, comme on peut penser à un ami intime et cafardeux brutalement délaissé pour une femme. Il n'avait bien entendu parlé ni de sa pièce, ni de ses héros à Béatrice — d'abord parce qu'il n'abordait jamais ce sujet : son travail, cela lui semblant le comble de l'impudeur, — et enfin parce qu'il avait imaginé Frédéric, le personnage de Frédéric, avant de retrouver Béatrice ; et maintenant, il lui semblait inconvenant d'avouer à Béatrice la présence, dans sa vie, de qui que ce soit d'autre, cet autre fût-il imaginaire, ou plutôt imaginé. Seulement Frédéric était né dans sa tête et y trottait encore très souvent, avec beaucoup plus d'insistance qu'une vieille maîtresse. Il avait trouvé une idée, d'ailleurs, en roulant vers Amiens, pour le deuxième acte. Il se rappelait très bien ce qu'il voulait dire mais il ne voyait pas comment amener sa scène. Machinalement, il se leva du lit, ouvrit un tiroir, et barrant d'un trait énergique l'en-tête gravé à l'Hôtel de la Poste, il commença à écrire. Cela lui prendrait quelques minutes et cela l'avancerait.

Deux heures plus tard, il avait des feuilles gribouillées tout autour de lui, il n'était plus à Lille mais dans une ville de Louisiane, il sifflotait quatre mesures, toujours les mêmes, avec allégresse, et il sursauta quand quelqu'un ouvrit la porte derrière lui et qu'une voix inconnue prononça son nom. C'était Béatrice qui, ayant dîné avec des journalistes locaux, rentrait tardivement, nantie de vagues excuses et déjà excédée d'avoir à les faire. Seulement elle ne découvrit pas un jeune homme angoissé, arpentant nerveusement une chambre d'hôtel, elle découvrit un homme heureux. Et bien qu'il se levât d'un bond, radieux, en la voyant, elle eut une seconde, une seconde très brève mais très frappante, l'impression de le déranger.

Plus tard, dans la salle de bains, elle se brossait les cheveux rêveusement devant la glace, en racontant d'une voix gaie toutes les péripéties de la représentation à Édouard, dont elle entendait le rire en écho dans la chambre. Mais quand elle passa la tête par la porte, elle le vit debout près du petit guéridon où elle l'avait trouvé, en train de raturer soigneusement une de ses feuilles volantes :

— Tu ne m'écoutes pas ? dit-elle.

Il se retourna, comme pris en faute, le stylo à la main. Il eut l'air d'un écolier, tout à coup.

— Mais si, protesta-t-il, tu disais...

— C'est une nouvelle pièce que tu écris ?

— Oui, dit-il nerveusement, enfin c'est un brouillon. C'est l'histoire d'un type qui...

Il bredouillait. Elle revint devant la glace, posa la brosse sur l'étagère et se dévisagea. Elle avait mauvaise mine, elle avait une petite ride, près de la bouche, qui s'accentuait. Elle n'était pas en beauté, ce soir, malgré les applaudissements des Lillois. Elle était loin de Paris et elle se sentait tout à coup affreusement seule. Bien plus tard, dans la nuit, elle contemplait le papier triste sur le mur et le reflet des phares au plafond, sans remuer un cil. Édouard, comblé de bonheur, car elle avait été plus passionnée et plus tendre que d'habitude, dormait paisiblement à côté d'elle.

VI

A son réveil, le lendemain matin, Édouard était seul. Seul avec une lettre dramatiquement épinglée sur l'oreiller voisin. Avant même de l'ouvrir, au sortir des brumes douloureuses et fragiles de son sommeil, Édouard sentit son cœur cesser de battre, son sang se diluer, et il hésita une minute avant de décacheter l'enveloppe.

« Mon chéri » disait Béatrice, « je te quitte pour toi et pour moi. Nous ne devrions pas nous voir pendant cette tournée car ta présence m'empêche de me concentrer et je sais que pour toi, ce rôle de suivant n'est pas bon. Tu es un écrivain, (le mot « écrivain » était souligné) et je ne veux pas être celle qui t'empêche d'écrire. Cette séparation me sera aussi pénible qu'à toi. Je t'embrasse. Béatrice ».

Il y avait un post-scriptum rajouté d'une main plus pressée et moins lisible :

« N'oublie pas que je suis sotte, que je n'ai pas ta valeur et que, même sans le faire exprès, je ne peux que te faire du mal ».

Le post-scriptum était le plus important mais c'est à peine si, dans son abandon, son chagrin violent comme celui d'un enfant, Édouard y fit attention. Il ne songea qu'à fuir cette chambre et une heure plus tard, il refaisait en sens inverse, la route triomphale de l'avant-veille.

Il conduisait mal, nerveusement, remâchant sa défaite. Car c'était bien une défaite. Il était parti rejoindre sa maîtresse, passer une semaine avec elle, et au bout de deux jours, elle l'avait abandonné. Et il lui semblait que les panneaux publicitaires, tout au long de l'autoroute, lui aboyaient : « Défaite ! Défaite ! » à bout portant. Les « Bières Munchen » lui signifiaient qu'il n'en boirait jamais avec Béatrice, la « TWA » que ses beaux avions ne les emporteraient jamais ensemble sous des cieux tropicaux. A un moment, il faillit emboutir un camion et grelottant de terreur rétrospective et de désarroi, il se réfugia dans un café — enfin plutôt dans un de ces sinistres couloirs bondés qui recueillent à présent les rescapés de l'autoroute. Il aurait voulu demander un café chaud à une servante au grand cœur mais il dut, à la place, changer un billet de dix francs contre des pièces, puis introduire une de ces pièces dans un engin nickelé et sale à la fois, qui lui rendit en échange, un café sans goût dans un gobelet de carton. Décidément, ce monde nouveau n'était pas fait pour lui. Il ouvrit sa valise et y retrouva une petite boîte de pilules psycho-toniques dont il faisait usage de temps en temps. Mais cette fois-ci, ce ne fut pas sans remords. Édouard se fût volontiers piqué à l'héroïne si cela lui avait permis d'écrire dix pages éblouissantes, mais l'idée de stimuler ou d'étouffer chimiquement ses humeurs l'humiliait profondément. En tout cas, cela lui permit de rester attentif jusqu'à Paris.

En arrivant, il se rendit machinalement devant l'appartement de Béatrice, devant sa maison, la, leur maison. Et c'est en la regardant qu'il se rappela tout à coup le tableau de Magritte et c'est là que vraiment, le désespoir le prit. Il était garé devant cette porte close, il n'avait pas le droit de pénétrer jusqu'à la chambre bleue, il en était peut-être exclu pour toujours. Il resta là une heure, inerte, la tête contre la vitre, regardant sans les voir des passants lointains, pressés, qui avaient l'air triste. Ne pouvant pas non plus rentrer chez lui, il finit par téléphoner à Nicolas qui Dieu merci, était là, et Dieu merci, prêt à l'accueillir.

Nicolas, bien qu'il fût corrompu, égaré et amoral, était resté un homme tolérant. Il ne comprenait pas — l'ayant conquise et l'ayant quittée — que l'on puisse souffrir par Béatrice, qu'au demeurant il aimait beaucoup. Néanmoins, il admettait parfaitement bien qu'Édouard, pour lequel il éprouvait mille fois plus d'estime et d'affection, en fût amoureux fou. Il lui semblait même tout à fait normal que dans l'horrible bataille qu'étaient les amours parisiennes, cette implacable machine de guerre nommée Béatrice triomphât du civil désarmé nommé Édouard. C'était dans la logique même des choses.

— Tu es tombé sur une bête sauvage, dit-il. C'est une femme qu'il faut aimer moins qu'elle ne vous aime. Ou en tout cas, il faut faire semblant. Tu pars battu.

— Je ne pars pas battu, dit Édouard d'une voix

subitement posée (car il n'avait jusque-là, en racontant son week-end manqué, que balbutié des mots hachés et désespérés) je ne pars pas battu puisque je ne pars pas battant. Je déteste les rapports de force.

— Cela finit toujours comme ça, pourtant, dit sentencieusement Nicolas, et surtout avec Béatrice. Tu te conduis comme un niais.

Édouard soupira. Il était dans ce petit studio minable mais charmant de célibataire coureur et sans travail. Il s'était plaint, il avait parlé de ses sentiments — chose qui ne lui arrivait jamais, chose plutôt qui ne lui était pas arrivée depuis très longtemps, depuis plus de cinq ans exactement, puisque depuis cinq ans, depuis Béatrice, il n'avait aimé personne.

— Je suis peut-être niais, dit-il, mou et lâche, mais ça m'est égal. Il y a une chose que tu ne comprends pas Nicolas, à mon sujet : du moment que c'est par Béatrice, je me moque tellement d'être détruit, que ça me rend indestructible. Cela m'est égal que mille personnes me méprisent du moment que Béatrice m'embrasse.

— Mais parmi ces mille personnes, il y a des gens plus intelligents, plus valables, plus sensibles que Béatrice, non ?

Nicolas s'énervait.

— Qu'ils gardent leurs qualités, dit Édouard.. Je n'en ai rien à faire. J'aime cette femme qui est belle et peut-être méchante, comme tu dis, mais il n'y a que près d'elle que je me sente vivre.

Nicolas leva les bras au ciel et se mit à rire.

— Eh bien, mon cher, souffre ! Aime et souffre, que veux-tu que je te dise ?... Cela sera peut-être très bien pour ta pièce.

— A propos de ma pièce, commença Édouard étourdiment, j'ai eu une idée !...

Il s'arrêta net, avec une impression de sacrilège. Il s'agissait bien de sa pièce, Béatrice l'avait quitté !

— Ce que je n'ai pas compris, reprit-il très vite, c'est la fin de sa lettre.

Il la tira de son portefeuille, relut le post-scriptum et leva vers Nicolas un regard incertain.

— Elle dit qu'elle est trop bête pour moi, c'est curieux, et qu'elle m'empêche peut-être d'écrire.

Nicolas sourit :

— C'est bien la première fois que je lui vois un réflexe d'honnêteté, ou plutôt d'humilité.

— Tu crois qu'elle le pense vraiment? dit Édouard. Tu crois qu'elle a vraiment peur de gâcher ma vie?

Et brusquement, parce que cette hypothèse était la seule qui le délivrât de son chagrin et qui même le transformât en bonheur, Édouard eut l'impression de découvrir la vérité, de comprendre la vérité : Béatrice, cette belle, tendre et folle Béatrice se croyait vraiment inférieure à lui, intellectuellement, elle croyait vraiment que c'était important ; et c'était déchirée, sans doute, qu'elle était, ce matin-là, partie de Lille.

— Attention, dit Nicolas, ce n'est quand même pas la Dame aux Camélias ! Béatrice n'a aucun sens du sacrifice, je te signale...

Mais déjà Édouard était debout, triomphant et bouleversé.

— Quand je pense, dit-il, quand je pense que je n'ai pas compris ! Hier soir, en rentrant, elle m'a trouvé en train de travailler, elle a dû penser... Oh mais elle est folle !, dit-il, elle est exquise, mais elle est folle...

Déjà il courait vers la porte, déjà il volait vers Béatrice, déjà il brûlait de la consoler, de la rassurer et de s'excuser.

Pris d'une gratitude tardive, il se retourna vers Nicolas :

— Au revoir, Nicolas, dit-il, et merci.

— De rien, dit Nicolas avec un petit sourire.

Et par la fenêtre, il vit Édouard traverser la rue en courant, se jeter dans sa voiture et repartir vers son destin. Il évoquait un de ces papillons de nuit, effondrés, inertes dans l'obscurité, mais qui, dès qu'une lampe se rallume, repartent s'y crucifier avec, chaque fois, le même énivrement. Et Nicolas haussa les épaules.

Mais déjà sur la route de Roubaix, des chopes de « Bière Munchen » se tendaient vers les mains d'Édouard et Béatrice, déjà des avions piaffaient au sol impatients de les emporter sur une plage dorée, et Édouard chantait. Il ne pouvait pas savoir que l'après-midi même, Béatrice ayant cru à ce qu'elle avait écrit, oubliant que c'était parce qu'Édouard l'ennuyait qu'elle s'était déclarée ennuyeuse, et parce qu'il lui pesait qu'elle s'était crue légère, Béatrice avait sincèrement et douloureusement renoncé à son rôle d'égérie ; et que résignée à n'être qu'une comédienne charnelle, elle s'était, dans son élan, laissée glisser deux heures dans le lit du jeune premier.

Il arriva au petit matin, se fit annoncer et monta aussitôt. Béatrice était allongée dans son lit, l'air las. Agostini, le jeune premier, était un piètre amant, et passer près du plaisir avait toujours cerné les yeux de Béatrice alors qu'y parvenir lui donnait une mine reposée et presque enfantine. D'ailleurs Édouard attribua aussitôt ses cernes au chagrin. Lui-même, après cette journée infernale, ces routes et ces pilules, avait l'air hagard, mal rasé, et il semblait flotter dans sa veste de velours. Béatrice, tout à fait revenue de son rôle de courtisane, se demanda comment elle avait pu préférer un cabot abominable au jeune homme séduisant, épuisé et attendrissant qui se tenait devant elle. Comment avait-elle pu le faire souffrir ? Et comment avait-elle pu le tromper ? Mais ces deux dernières questions, elle se les était posées si souvent dans le passé, et si vainement faute de pouvoir les poser à voix haute, qu'elle n'en cherchait plus la réponse. Elle tendit les bras vers Édouard qui s'y jeta. Il retrouvait le parfum familier, la chaleur, la douceur de la peau, la voix basse, il revenait enfin chez lui. Il se disait, « C'est fou, c'est fou d'être si heureux », et Béatrice qui entendait les à-coups de son cœur, s'en alarma.

— Calme-toi, dit-elle, tu trembles... D'où viens-tu, à cette heure-ci ?

— De Paris. Ce matin, j'étais furieux, en me réveillant, à Lille, et je suis rentré. Puis j'ai relu ta lettre et je suis reparti. Dès que j'ai compris...

— Que tu as compris quoi ?

Béatrice avait un peu oublié les termes de sa propre lettre. Elle lui avait semblé, sur le coup, fort habile et fort émouvante (et une partie de la journée, fort juste). A présent, elle se la rappelait, mais après cette parenthèse déplorable avec Agostini, elle ne pouvait que la renier. Non, elle n'était pas une de ces femmes faciles, enfin, facilement comblées. Sa tête, comme son cœur avait ses exigences. Bref, se sentant frustrée, elle se sentait une âme. Édouard qui ne pouvait être au fait de tous ces revirements moraux, ou du moins mentaux, continuait son discours :

— Tu es folle, Béatrice. D'abord, tu es intelligente, et souvent plus intelligente que moi. Tu m'aides à écrire, à vivre. Je ne pourrais plus rien faire sans toi, je n'aurais plus envie de rien faire, tu comprends?

Il avait relevé la tête, il la regardait, il semblait éperdument sincère. Béatrice sourit : bien sûr il avait besoin d'elle en ce moment puisqu'il l'aimait, et bien sûr elle l'empêcherait d'écrire un jour s'il souffrait trop. Et bien sûr il s'en remettrait aussi, un autre jour. En attendant, c'était un enfant. Elle posa la main sur son visage, elle dessina ses sourcils, ses pommettes, la courbe de sa joue, puis le contour de sa bouche avec son index. Elle ferma les yeux. C'était un enfant, bien sûr, mais c'était aussi un amant, et un très bon amant. Cela, elle se le rappelait très bien.

— Déshabille-toi, dit-elle.

— Oui, dit Édouard, oui...

Il était déconcerté. Il était venu pour parler de quiproquos, d'incompréhension, de sentiments, mais le regard de Béatrice qu'il avait imaginé traqué, luisant de larmes, devenait à présent opaque, animal, lointain, dans son désir. Que s'était-il passé toute la journée? Cette journée de fou furieux, tous ces kilomètres pour se retrouver devant cette seule source de vie, cette bouche pleine, arquée en haut et droite en bas, qu'une très fine sueur recouvrait à présent. « Mon destin », pensa-t-il, « mon destin... » La fatigue et la relâche de ses nerfs multipliaient l'envie qu'il avait d'elle. Il tremblait à présent, au bord de ce lit. Elle ferma les yeux et il se pencha.

Plus tard, elle lui disait, « Tais-toi : tais-toi », et pourtant, il ne disait rien. Plus tard, elle le mordit à la naissance du cou, et plus tard, elle se retourna sur le ventre et lui dit :

— Tu sais, finalement, lorsque j'écris des choses

déplaisantes sur moi, comme ce post-scriptum, c'est que je le pense.

Mais elle ne voulut pas répondre, ensuite, à ses questions, et elle s'endormit d'un coup, le bras replié sur sa propre nuque, comme si elle craignait le froid ou un éclat d'obus.

VII

C'était une matinée grise et bleue, une matinée avec des odeurs, des bruits de rue, des variations de lumières qui semblaient toutes avoir été concertées par un seul homme. Proust, par exemple. Quelqu'un, dehors, dirigeait cette gigantesque et naïve machinerie du monde, orchestrait les nuages, les vents, les klaxons des autobus et les parfums des lilas avec le doigté, la ferveur et l'habileté d'un grand artiste. Pour Édouard, qui ne croyait pas en Dieu, cette harmonie était la preuve de l'existence de l'Art. Allongé dans son lit, seul, il fermait les yeux de bonheur. Car il devenait rare, à présent, que sa vie, sa vie qui courait toujours de profil à son côté, s'arrêtât soudain et se tournant vers lui, lui avouât brusquement : « Eh oui, j'existe et l'Art existe, et la beauté, et l'harmonie, et c'est à toi de les décrire, de les traduire et de les prouver aux autres. » Et alors, un sentiment violent de bonheur et d'impuissance mêlés envahissait Édouard. Il lui donnait envie à la fois de remercier le Ciel d'écrire et envie de casser ses crayons. Il aurait voulu, à ce moment-là, ne plus aimer personne, ne plus être aimé de personne, il aurait voulu être simplement plus intelligent, plus sensible, et rester là, attentif, avide, prêt à tout enregistrer, tout comprendre et tout traduire en mots. Pour lui, d'abord, et ensuite, pour les autres. Bien sûr, cette traduction pour les autres serait fausse d'une certaine manière, car les mots, une fois rassemblés, devenaient des traîtres. Mais dans ce rassemblement arbitraire et unique, le sien, il toucherait, lui, sa vérité.

Et même il savait que c'était dans cette différence entre ce qu'il aurait voulu dire et ce qu'il finissait par dire, (et quels que soient ses efforts pour réduire cette différence) que c'était là que résidaient son style, sa voix, et peut-être son talent. Les mots étaient ses maîtres et ses valets à la fois. Il savait que dans la vie, souvent, il n'était devant les autres qu'un partenaire désolant, désolé, dans cette mauvaise pièce réaliste qu'ils s'obstinaient tous, tous les vivants, à jouer gravement ou platement selon les jours. Il savait qu'il balbutiait devant eux et commettait des erreurs de psychologie ou de conduite, et qu'il s'en voudrait en les quittant. Mais plus tard, tout à l'heure, il serait seul dans sa chambre, avec son papier blanc, et tous les chevaux, tous les violons de l'imagination galoperaient avec lui. Et qu'importerait alors que tous ces chevaux soient des tocards ou que ces violons jouent faux ? De toute façon, ils l'entraîneraient avec eux et la vie redeviendrait réelle, lourde de sens et de sang. Il se jetterait à l'eau et il s'enfouirait dans les recoins les plus sombres de sa propre pensée, tel un sous-marin frénétique et aveugle. Il ne resterait de lui, à la surface, que son corps, sa tête, ses mains installées sur la table. Il resterait même son regard, si on le dérangeait, mais un regard qui ne reflèterait rien, rien d'autre que ce qu'il verrait lui-même dans le périscope de son imagination, et que nul autre ne pourrait voir à son tour. Sinon en décodant les signes embrouillés et noirs que sa main, tel un télégraphiste en catalepsie, tracerait sur le papier.

Après, bien sûr, il faudrait réintégrer ce corps, ces mains, ce regard. Il lui faudrait retrouver les autres et, comme ils disaient, « replonger dans la vie ». Seulement, c'est justement à cet instant-là qu'il se sentirait, lui, en émerger, et émerger en plein rêve, qu'il se verrait resurgir, tel un noyé, sur la surface vide et sans couleur de la réalité : cet effrayant océan de la réalité où les seuls îlots se nommeraient Béatrice; tout au moins les seuls où il puisse aborder; car près d'elle, en l'aimant comme en écrivant, il rêvait, c'est-à-dire qu'il vivait. Le reste du temps, il habitait son corps et son époque avec toute la peur et la bienveillance possible, et les autres le sentaient bien, aussi égarés qu'ils puissent être dans leurs déductions. « Toi, disaient-ils, tu penses encore à tes personnages, non? A tes histoires. » Et ils souriaient avec indulgence. Édouard, trop content de cette noble excuse, acquiesçait volontiers. En fait, il ne pensait jamais vraiment à ses héros sinon lorsqu'il y travaillait. Le plus souvent, il se déroulait dans sa tête un film confus, mal mixé, un patchwork fait de bouts de poèmes, de musiques inachevées, de répliques manquées et de situations inextricables, qu'il se plaisait à rendre inextricables. Dans ces dernières, Béatrice jouait toujours le premier rôle. Il ne rêvait pas de la sauver des flammes ni de l'avoir à ses genoux, folle amoureuse de lui. Jamais. La réalité était déjà si éblouissante pour lui, malgré ses doutes et ses paniques, qu'il ne songeait pas à y ajouter un iota. Il ne voulait pas que ça change, il voulait simplement que ça continue. Ni en mieux ni en pire, puisque de toute façon, rien ne pouvait être mieux que Béatrice se glissant dans ses bras, et rien ne pouvait être pire que Béatrice s'en dégageant. Et cela lui arrivait dix fois par jour : cet éblouissement et cette déchirure. Il tremblait à l'idée que se dérange ce beau désordre, se freine cette chute ou que se consolide cet échafaudage. Il voulait que rien ne bouge à l'intérieur de cette toupie affolée qu'était devenue sa passion. Ni elle, ni lui.

En attendant, c'était le printemps, à Paris. Béatrice devait rentrer le lendemain, sa tournée finie, et il était là, chez elle, la fenêtre ouverte, parfaitement heureux. Et de plus, sachant qu'il était parfaitement heureux. Il pouvait paresser dans ce lit, ou se lever et aller lire le journal dans son hamac. Béatrice avait installé en effet, dans le petit jardin qui prolongeait son rez-de-chaussée, deux hamacs et une table de fer qui semblaient aussi lugubres l'hiver que romantiques l'été. Édouard adorait cet endroit. Il pouvait aussi téléphoner à son ami Nicolas et aller déjeuner avec lui dehors, où on lui demanderait des nouvelles de Béatrice — car déjà, partout on lui demandait des nouvelles de Béatrice ce qui le comblait de joie — ou retrouver Kurt au théâtre, et assister à une de ces féroces et minutieuses séances dont le metteur en scène avait le secret. Il pouvait aussi travailler, mais là, mille liens le retenaient cloué au lit brusquement, comme un vieillard : la paresse, le doute, la peur, l'impuissance, l'humilité, le vertige ; il lui fallait passer à travers tous ces cerceaux enflammés, tel un chien de cirque, afin de rejoindre son héros, Frédéric. « Vous avez de la chance, vous écrivez ce que vous voulez, vous êtes libre. » Ah oui, certains jours, il la leur souhaitait, cette liberté ! Il était libre, oui, de recevoir des gifles, et données par lui-même quand ça ne marchait pas.

La femme de chambre de Béatrice, la douce Catherine, surnommée Cathy, bien entendu, entra. Elle avait un faible pour Édouard. Elle avait connu depuis dix ans tous les amants de Béatrice, et avait pris l'habitude de les juger avant tout sur leur courtoisie et leur générosité. La sensibilité évidente d'Édouard l'attendrissait, et lui faisant présager une rupture prochaine, lui donnait vis-à-vis de lui une attitude d'infirmière. Voir cette femme de soixante ans, toute habillée au pied de son lit, à midi passé, gêna Édouard. Il choisit donc le plus austère de ses projets : il irait voir Kurt et il lui parlerait un peu plus longuement de sa pièce. Voir le reflet de Frédéric se lever dans l'œil d'un autre, savoir que Frédéric existait déjà en dehors de lui, que ce n'était pas seulement un phantasme, le rassurerait et l'aiderait à continuer. Et à part Kurt il n'y avait personne à qui il puisse en parler ; il sentait bien que Béatrice ne comprendrait rien à Frédéric, qu'elle n'était pas de la même espèce, de la même complexion ; et il s'en désolait comme s'il eût dû présenter l'un à l'autre une maîtresse adorée et un frère hostile. Il sentait que Frédéric ne plairait pas à Béatrice, et chose plus curieuse, il n'était pas sûr que Béatrice plaise à Frédéric. L'éventualité d'une rencontre, entre eux deux, dans le petit salon, par exemple, le glaçait d'horreur et de gêne. Il se rendit compte qu'il délirait, se mit à rire tout seul et se leva.

La salle était petite, sombre, et sur le plateau nu, deux acteurs hirsutes attendaient visiblement quelque chose. Assis dans l'ombre, au premier rang, Kurt van Erck semblait attendre aussi. Édouard posa la main sur son épaule et s'assit près de lui, sans un mot. Il connaissait cette technique de Kurt : le silence. Laisser réfléchir les acteurs et les laisser penser. Par moments, d'ailleurs, Édouard avait l'impression que certains comédiens profitaient de ces pauses pour penser à autre chose, et même, sacrilège, que Kurt en faisait autant. Néanmoins, il savait qu'il était inconvenant de troubler ce silence, et son arrivée lui avait déjà semblé gênante. Kurt faisait répéter une pièce d'un auteur tchèque assez hermétique, pièce qu'Édouard avait lue et relue avec difficulté, bien qu'il y trouvât une certaine beauté, et il était curieux de voir ce que Kurt saurait en faire. « Ce que tu ne comprends pas, ce que tu ne vois pas, avait coutume de dire Kurt, c'est à moi de le montrer. Ce qu'il y a entre les lignes, c'est ce qui m'importe. » Édouard avait tendance à penser que c'était les lignes elles-mêmes qui importaient mais il savait que c'était là une notion un peu primaire, on le lui avait expliqué assez souvent.

Au demeurant, il s'en moquait. Du moment que ses propres mots étaient dits sur le ton qui lui convenait par des servants au physique approprié, il était content. Il lui semblait que tout reposait sur les comédiens, sur leur talent, et que celui du metteur en scène se bornait à leur préciser leurs rôles, à les faire entrer et sortir, et à les éclairer quand il le fallait. Mais de cela, naturellement, après une première explication des plus orageuses, il ne reparlait plus jamais à Kurt qui l'aurait traité d'égoïste, d'aveugle et de retardataire. (L'affection réelle qui les liait leur semblait d'ailleurs à tous deux incompréhensible.) Au bout de deux minutes, il s'ennuya franchement. Il faisait beau, dehors, si beau, la rue était si vivante, si gaie au soleil. Que faisait-il là, dans le noir, avec ces gens prostrés ? Kurt dut le sentir car il se leva.

— Recommencez, dit-il.

Les deux comédiens reprirent leur place et la fille, une petite blonde à l'air las, se tourna lentement vers son partenaire.

— Où veux-tu aller ? dit-elle, tu n'as pas de ticket, pour rien, tu n'as pas de ticket pour la vie, tu n'en as même pas pour l'autobus !...

Le jeune homme hirsute boudait visiblement.

— C'est vrai, je n'ai pas de ticket, je n'ai jamais eu de ticket, je suis un homme sans ticket...

— Attends !

La voix de Kurt était impérative :

« Attends, Jean-Jacques. Quand tu dis que tu n'as pas de ticket pour la vie, tu le dis pourquoi ? Tu es schizophrène, tu crois, ou simplement velléitaire ? Qu'en penses-tu ? Et toi, Armanda, quand tu lui parles de son absence de ticket, c'est avec pitié ou avec reproche ? Alors ? ? »

— Je n'en sais rien, dit la nommée Armanda, j'aimerais même bien que tu me le dises...

— Mais d'après toi ? insista Kurt.

Elle regarda son partenaire, puis Kurt, et haussa les épaules d'un air d'impuissance.

— Bon, eh bien tâchez de réfléchir, reprit Kurt, relisez le texte, peut-être... Je reviens dans dix minutes.

Il emmena Édouard jusqu'au bistrot d'en face. Il grommelait :

— Tu entends ça ? On a fait dix lectures, je leur ai expliqué vingt fois ce qu'ils étaient, ça fait huit jours qu'on répète et tu les vois...

— La petite n'a pas l'air mal... dit Édouard par pure gentillesse.

— Et toi ? interrompit Kurt, commençons par le plus important. Où en est ta pièce ?

Tout à coup, Édouard n'avait plus du tout envie de parler de Frédéric. Un rayon de soleil traversait le café, faisait mousser la bière blonde dans le bock d'un gros monsieur au comptoir, réveillait les commandes des flippers, semblait jouer avec tous les éléments luisants de ce café. Frédéric était bien au chaud, à l'ombre, dans sa tête. Frédéric n'avait besoin de personne d'autre que lui pour vivre. Une pulsation nouvelle gonfla, une seconde, le cœur d'Édouard, un sentiment d'orgueil, de propriété et de secret.

— Ça marche, dit-il, ça marche.

Et il leva la main d'un geste décidé qui, il le savait, interdisait à Kurt, selon les codes en vigueur, d'insister. Il y avait, Dieu merci, cette convention pompeuse et comique, nommée le mystère de la création, derrière laquelle le plus timide des auteurs, même lui, Édouard, pouvait se réfugier d'un air altier et pudique.

— Je n'insiste pas, dit Kurt. Bon, eh bien alors, (et il réprima ou fit semblant de réprimer un léger bâillement) comment vont tes amours ?

— Bien, dit Édouard sur le même ton léger. Tout va bien.

— Si tu n'as rien à me dire, ni sur ton travail ni sur tes amours, de quoi veux-tu qu'on parle ? dit Kurt avec une intonation de reproche.

— Je suis passé te dire bonjour, dit Édouard innocemment, je ne voulais pas te déranger.

Il y eut un silence et les deux garçons se dévisagèrent. Édouard constata distraitement, une fois de plus, que Kurt avait les sourcils plantés très bas, la mâchoire forte, des yeux bleus et des mains carrées, « des mains de travailleur manuel » comme il aimait à dire. Et aussi qu'il semblait agacé :

— Je passais par là, reprit-il, et comme je n'avais rien à faire...

— Mais nous, nous répétions, dit Kurt.

— Bon, dit Édouard en se levant, excuse-moi.

Kurt l'attrapa par sa manche et l'obligea à se rasseoir.

— Écoute, dit-il, passe la main, OK ? Je suis content que tu sois venu. Il fallait que je te parle. (Et là, il prit un temps, un très long temps, comme dans ses mises en scène). Ta Béatrice ne vaut rien. Comme actrice, elle passe ; mais pour toi, pour « toi » elle ne vaut rien.

— Mais... dit Édouard interloqué, je sais ce que je fais.

— Non, dit Kurt, tu es un enfant et tu ne sais rien. D'ailleurs peux-tu me dire ce que tu as fait depuis trois mois ? Tu as écrit quelque chose ?

— Oui, une scène, dit Édouard, et j'ai pensé à la pièce, je t'assure.

— Tu y as pensé entre deux trains, j'imagine, entre deux rendez-vous. Tu y as pensé quand Madame Béatrice Valmont t'en a laissé le temps. Une pièce qui commençait si bien ! Elle devrait être finie à l'heure actuelle, et à cause d'une bonne femme...

Édouard se raidit tout à coup. Il lui semblait que Kurt l'avait connu adolescent et qu'il ne voulait pas se rendre compte qu'il était, grâce à Béatrice, devenu adulte. Et surtout pour la première fois, Kurt lui parlait faux, et grossièrement : Édouard détestait que l'on parlât de « bonnes femmes » ou de « bons hommes ». ou de « types valables. »

— Est-ce que tu sais ce que ça veut dire, travailler ? reprit Kurt.

— Oui, dit Édouard tranquillement.

Et il se leva et sortit.

Dehors, il marcha à grands pas pour calmer sa colère, et instinctivement prit le chemin de « la maison ». La maison où l'attendaient, pêle-mêle, les vêtements de Béatrice, son parfum, leur lit, leur hamac, et du papier blanc. Il ne laisserait personne s'interposer entre lui et ces choses-là. Néanmoins, il éprouvait une légère tristesse. Après tout, Kurt était bien l'un de ses meilleurs amis, avec... Avec qui d'autre, au fond ? Il marchait dans la ville, cherchant à se rappeler le nom des quelques êtres humains dont il avait partagé le temps, les émotions, les idées, parfois le lit. Il cherchait à se rappeler un visage, une voix, un personnage, dans l'énorme comédie humaine de son passé. Mais il ne voyait plus que des figurants anonymes. Piéton ailé dans un désert surpeuplé, il brûlait tous les feux verts et tous les clous qu'il avait jadis respectés. La seule circulation dont il supporterait désormais les règlements était celle de son sang. Parce que oui, il savait ce que c'était que de travailler, il aurait pu le dire à Kurt. Oui, travailler, c'était autre chose que de faire ânonner par des souffre-douleur incompréhensifs un texte écrit par un autre. Oui, il savait, lui, ce que c'était que de travailler. Et dès qu'elle serait rentrée, il présenterait Frédéric à Béatrice.

VIII

A peine arrivée, et après une brève étreinte, Béatrice s'était précipitée dehors et sillonnait les rues de Paris, affichant la frénésie d'une provinciale ou d'une exilée, alors qu'il n'y avait, en fait, que deux mois qu'elle était partie. Elle n'avait, disait-elle, plus rien à se mettre et Édouard devait donc choisir ou de rester dans son hamac un après-midi de plus, ou de la suivre dans ses achats. C'est ainsi qu'à cinq heures, fourbu, il se retrouva tassé sur un petit tabouret dans le salon d'un couturier, assistant au dixième essayage de Béatrice. Il se sentait de trop, démodé et un peu ridicule, il se faisait l'effet d'un vieux beau 1900. Béatrice le consultait parfois, d'un bref coup d'œil, sur le choix d'une de ses robes, mais constatant qu'à travers tous ces voiles, il n'y avait que sa peau nue qui fascinait Édouard, elle résolut de ne plus s'occuper de lui. Peu à peu, l'envie qu'elle avait de ces robes était devenue un véritable besoin comme toutes ses envies d'ailleurs — et elle s'énervait, ronchonnait contre des vendeuses débordées. A présent, elle surveillait, à ses genoux, une petite jeune fille rousse, qui d'abord un peu hautaine et sûre d'elle, s'était vite radoucie devant le ton impératif et les manières cassantes de sa cliente.

— Voilà quatre fois que vous me piquez ! dit Béatrice, vous me prenez pour Saint Sébastien, ou quoi ?

A la grande consternation d'Édouard, et d'ailleurs à la grande stupeur de Béatrice, la jeune fille éclata en sanglots et sortit en trébuchant. La première vendeuse fut aussitôt là, visiblement contrite :

— Excusez Zoé, Madame, dit-elle à Béatrice, cette chaleur... nous sommes très énervées, ici, en ce moment. Laissez, je vais finir l'essayage moi-même.

— Je vous attends au café, en face, dit Édouard.

Et il sortit. Il était furieux et bouleversé. Il ne supportait pas que l'on s'attaquât aux garçons de café ni aux vendeuses, ni aux maîtres d'hôtel, ni à tous les gens en somme qui ne pouvaient se défendre. Cela lui semblait le comble de la vulgarité. Aussi lorsque Béatrice entra, triomphante, dans ce café, et lui sourit en demandant un grand Gin Fizz d'une voix allègre, il se borna à répéter sa commande au garçon d'une voix plate, sans lever les yeux.

— Mon Dieu, dit Béatrice, quel après-midi ! Cette robe orange est ravissante, tu ne trouves pas ?... Qu'est-ce que tu as ?

— Je pense à cette fille, dit Édouard, cette pauvre fille qui doit pleurer dans son atelier, en face. Tu as dû gâcher sa journée ; et sa soirée.

— Elle voulait m'imposer une longueur qui ne me va pas, dit Béatrice. Crois-moi, elle a des clientes autrement dures que moi... Oh ! et puis Édouard, je t'en prie, explique-toi.

Édouard se lança alors dans un discours confus et humanitaire (et qui se révélait peu à peu plus confus qu'humanitaire) sur le niveau social des gens, sur les rapports de force, sur la dignité d'autrui, etc... Béatrice l'écoutait sans mot dire, en tapotant simplement de temps en temps son verre avec sa bague. Son visage était froid et lorsque Édouard, dépassé par la pompe de son propre discours, se fut arrêté, elle leva vers lui un regard aimable, approbateur presque, qui lui fit peur.

— Tu as raison, dit-elle, j'ai sûrement été un peu trop dure avec cette petite. Je vais essayer d'arranger ça.

Depuis quelques minutes elle regardait l'avenue, et soudain, abandonnant son sac, elle se leva et la traversa d'un pas ferme. La maison de couture se vidait et Édouard, stupéfait, vit Béatrice cingler vers le groupe des employées, en attraper une (sa victime) par le bras, et engager avec elle une discussion souriante. Curieusement l'autre semblait nier quelque chose, se défendre, s'excuser presque, puis cédant tout à coup, elle suivit Béatrice qui la ramenait droit vers Édouard. Il se leva, au comble de la gêne.

— Mademoiselle, dit Béatrice, je vous présente Édouard Maligrasse. Édouard, voici Zoé à qui j'ai fait de la peine. Pour me prouver qu'elle ne m'en voulait pas, elle a accepté de dîner avec nous, ce soir.

— C'est-à-dire, dit la nommée Zoé (et elle jetait vers Béatrice des regards enchantés et confus), c'est-à-dire, je disais à Madame que ce n'était pas de sa faute. J'ai des ennuis personnels, en ce moment, et cette chaleur...

— Buvez un peu de champagne, dit Béatrice gaiement. Nous sommes tous claqués, aujourd'hui. Moi-même, je rentre de tournée et je ne sais plus trop ce que je dis.

Édouard, hébété, la contemplait. Ainsi leur premier dîner à Paris après cette interminable tournée, ce dîner qu'il avait imaginé dans le jardin et dans la fraîcheur du soir, allait se dérouler avec une inconnue insignifiante, qui déjà se redressait et sur sa demande, appelait Béatrice par son prénom. Il aurait dû se lever et partir, mais il craignait que cette Zoé n'y vît un signe de snobisme, ou que plus tard, en toute bonne foi, Béatrice ne lui reprochât ses changements d'attitudes. Le dîner fut affreux. Les deux femmes parlèrent de couture, du cinéma et de ses gloires. Zoé s'enivra un peu, pouffa, s'exclama dix fois qu'on ne la croirait jamais — au sujet de ce dîner — et en partant, elle embrassa Béatrice sur les deux joues. Celle-ci avait été exquise pendant tout le dîner, gaie, drôle même, et son regard avait souvent croisé ouvertement, et sans ironie apparente, le regard exaspéré et triste de son amant. Il était dix heures et demie du soir. Ils étaient tous deux debout sur le trottoir, devant le restaurant, regardant disparaître vers le métro la silhouette de leur invitée.

— Charmante, non ? dit Béatrice d'une voix gaie. Tu crois qu'elle est consolée ?

Elle tourna vers Édouard un visage lisse, sincère, presque inquiet. Il la dévisagea dix bonnes secondes avant qu'elle n'éclate de rire et n'aille s'affaler sur un banc, à trois mètres de là. Elle riait tellement qu'il la comprenait à peine. Elle disait : « Ah mon Dieu ! Ta tête, Édouard... si tu avais vu ta tête !... » et elle repartait de plus belle. Les passants se retournaient sur ce banc où sanglotait de rire une belle femme brune devant un jeune homme visiblement furieux. Finalement, elle déclara qu'il fallait arroser ça et Édouard, décidé à s'enivrer, la suivit dans une boîte de nuit.

Dans cette boîte de nuit, toujours la même, il y avait Nicolas, Tony d'Albret et d'autres. Béatrice enchantée, se jeta dans leurs bras et entreprit aussitôt un récit, qui s'avéra désopilant, de leur dîner. Nicolas et Tony, à leur tour, s'étouffèrent de rire. Béatrice au demeurant esquissait d'Édouard un croquis aussi attendrissant que comique et dont il ne put se fâcher. En fait, il s'en rendait bien compte, ce qui le faisait souffrir dans cette histoire idiote, ce n'était pas le ridicule de son rôle mais bien plutôt son insignifiance. N'importe quel compagnon de Béatrice, sujet à des crises de sentimentalité ou des tendances faussement gauchistes, aurait pu remplir son rôle. Ce qui le faisait souffrir, c'est qu'il était l'amant de Béatrice, qu'elle était revenue du jour même et que, plutôt que de dîner en tête à tête avec lui, elle avait préféré lui infliger cette leçon ; et que de plus, tout le monde ici semblait trouver cela normal. « D'ailleurs », comme le disait Tony, en s'essuyant les yeux, « avec Béatrice, on pouvait toujours s'attendre à tout ».

— En vérité, ajouta Béatrice triomphante, cette Zoé essayait vraiment de gâcher mon essayage, elle le « bâclait ». Tout ça parce qu'il était six heures ! Je n'aime pas les gens qui bâclent leur travail.

Et là, comme elle avait repris un ton sérieux, son auditoire hocha la tête avec empressement et dignité. Du coup, Édouard commanda une troisième vodka. C'était une boisson qui le rendait insouciant. Il savait que dans une demi-heure, il finirait comme eux, par rire, et comme eux, par se moquer d'un jeune homme niais, faussement apitoyé par les larmes d'une cousette.

Et ce ne serait pas sans raison, car bien que ce soit lui qui ait souligné l'odieux de leur différence sociale, c'était néanmoins Béatrice, et elle seule, qui avait su l'oublier et la faire oublier à cette Zoé pendant tout le dîner. Elle avait laissé sa victime — si c'en était une — enchantée de sa soirée, alors que lui-même, Édouard le pitoyable, l'égalitaire, n'avait su que parler faux et faire la tête.

— En somme, insista Tony d'Albret, vous êtes un homme de gauche, non, vous, Édouard ? Ça ne m'étonne pas.

Elle souriait malicieusement, l'index tendu vers lui.

— Je ne fais pas de politique, mais je suis plutôt de gauche, effectivement, reconnut Édouard. En quoi cela ne vous étonne-t-il pas ?

— D'abord cette histoire d'essayage, dit Tony, et puis (et là, elle pouffa) vous ne m'en voudrez pas, mais je ne comprends rien à ce que vous écrivez, et généralement quand je ne comprends pas ce qu'écrit quelqu'un, c'est qu'il est de gauche.

Elle avait dû pas mal boire, elle aussi, et s'en rendit compte tout à coup. Et grâce à ce prodigieux instinct qui, au milieu d'un naufrage, lui aurait fait tendre la dernière bouée au passager le plus riche — fût-il un inconnu en pyjama de pilou — elle fit marche arrière : Édouard, après tout, était un auteur et, de gauche ou pas, les critiques étaient tellement farfelus à l'heure actuelle, qu'il avait une chance de réussir.

— Je vous dis ça comme ça, dit-elle en lui tapotant le bras, mais j'exagère. J'aime bien ce que vous faites, et maintenant on est assez bons amis, non ? Et puis on n'a pas fini de se voir, mon cher Édouard, avec cet oiseau-là...

Elle indiquait du menton Béatrice qui dansait, à

présent, souriante, les yeux clos, dans les bras de Nicolas. Ils dansaient très bien ensemble.

— Un beau couple, hein ? dit Tony. Ne vous inquiétez pas pour eux, mon petit Édouard, c'est déjà fait. Et puis si vous avez des soucis, téléphonez-moi. S'il y a quelqu'un qui connaît Béatrice à Paris, c'est bien moi.

Il y eut une seconde de silence.

— Non merci, dit enfin Édouard.

Malgré sa vague ivresse, il était horrifié : d'abord de la proposition de Tony, puis du léger temps qu'il avait pris à la refuser. Sans doute Tony l'écœurait-elle, mais peut-être valait-il mieux se faire une amie de cette fausse Œnone ? Déjà il s'imaginait lui téléphonant à l'aube, la suppliant de lui fournir des pistes, des moyens pour retrouver une Béatrice enfuie. Déjà il se voyait happé dans un engrenage infernal, un Feydeau tragique où il serait le dindon, Tony, la confidente et Béatrice bien entendu, la féroce coquette.

— Comme au théâtre, dit-il à voix haute.

Le mot « théâtre » réveilla définitivement la conscience professionnelle de l'impresario.

— Comment avance votre pièce ? demanda Tony. Dites-moi, dites-moi tout, puisque nous sommes amis à présent. Y-a-t-il un rôle pour Béatrice ?

Édouard la contempla, stupéfait, comme si elle était folle, puis il la comprit. Il était écrivain, Béatrice était actrice, et il l'aimait. Il se rendit compte que jamais, pas un instant il n'avait envisagé d'écrire un rôle pour elle. C'était une idée totalement incongrue, vulgaire, comme une sorte d'insulte à la gratuité de leur liaison. Son amour était une chose, son travail, une autre, et l'idée de les mélanger lui semblait, par sa logique même, une obscénité. Il se sentit presque coupable.

— Non... non... balbutia-t-il, en fait, le principal

rôle est masculin, et j'avais commencé cette pièce avant de...de...

A présent il se débattait, il s'excusait presque.

— Eh bien il faudra y penser, reprit Tony gaiement, pour une autre fois, en tout cas. Remarquez, en ce moment, nous sommes submergées de propositions. Béatrice ne vous a rien dit ?

— Non, dit Édouard surpris. Non, rien.

En effet, Béatrice ne lui avait rien dit. Béatrice ne lui parlait jamais de son métier, sinon en maugréant contre ses horaires ou ses obligations de presse. Dieu merci, elle semblait avoir sur ce sujet la même pudeur que lui.

— C'est curieux, constata Tony, elle ne pense qu'à ça, pourtant... Sauf quand elle est amoureuse, bien sûr, ajouta-t-elle obligeamment.

Mais cette seconde phrase, loin de rattraper la première, acheva d'accabler Édouard. Évidemment Béatrice ne pensait qu'à ça : son métier, c'était sûrement vrai ; et évidemment, elle n'avait pas assez confiance en lui pour lui en parler, et évidemment, de temps en temps, il lui arrivait d'être amoureuse ; avant lui, ç'avait été un autre, et après lui, qui se profilait déjà ? Il n'était pas le destin de Béatrice et elle était le sien. Cette certitude pourtant si remâchée par lui, durant des jours et des nuits, lui apparut soudain si éclatante, si définitive, qu'il eut envie de se lever et de fuir. Mais leurs amis continuaient à danser, les garçons à transporter les verres, Tony à marmonner, et il ne pouvait plus partir. Comme s'il fût monté en marche sur un manège bruyant, cahotant et désastreux dont il eût voulu descendre à tout prix — dont il savait même qu'il serait arraché un jour, et à l'improviste — mais sur lequel, aujourd'hui, la vitesse acquise et les lois physiques de la pesanteur le maintenaient cloué. Il redemanda à boire, et la nuit se déroula en projets mirifiques, et en théories confuses. C'est à quatre heures du matin qu'Édouard Maligrasse, qui ne buvait jamais, fut ramené ivre-mort, chez elle, par sa belle maîtresse. Elle le déshabilla, l'embrassa sur le front et s'endormit, tout égayée, à son côté.

IX

Dès onze heures du matin, le lendemain, Béatrice, fraîche comme une aquarelle et comme un défi, se balançait dans son hamac. Posé sur une chaise de jardin, et fort mal en point, Édouard essayait de ne pas la regarder.

— Que je me sens bien ! disait Béatrice. C'est affreux ! Dès que je fais la fête, je me sens très bien. Hélas, aujourd'hui, il faut que je travaille.

Le mot « travail » résonna comme un gong dans le cerveau endolori d'Édouard. Béatrice se mit à rire.

— Tu as l'air effondré, Édouard. On s'est bien amusés pourtant, non ?

Démaquillée, dans une robe de chambre d'été, un peu décoiffée, elle paraissait tout à coup très jeune et très gaie. Elle tapota le manuscrit qu'elle avait près d'elle.

— Regarde, dit-elle, c'est le nouveau script de

Raoul Dantys. Il voudrait tourner ça en octobre. C'est un sujet lugubre mais intéressant. Tu ne voudrais pas le lire pour moi ?

— Si, bien sûr, dit Édouard. C'est un bon rôle ?

— En tout cas, c'est le grand rôle, dit Béatrice ; et comme tu sais, Raoul a l'argent qu'il faut pour le monter. En fait, je vais sûrement finir par le faire. Raoul a toujours de bons sujets, un peu gros mais efficaces. Et puis j'ai besoin d'argent. J'ai toujours besoin d'argent, d'ailleurs. Je ne sais pas ce que j'en fais... Et toi ?

— Oh moi, dit Édouard, j'ai mes droits d'auteur ; en Europe, ça ne marche pas mal. Il y a Kurt qui s'en occupe pour moi.

— Tu devrais confier tout ça à Tony, dit Béatrice. C'est un vrai requin.

Édouard se mit à rire :

— Mais elle a dit, elle-même, qu'elle ne comprenait rien à ce que j'écrivais.

— Raison de plus, dit Béatrice, ça la vexerait, elle te vendrait deux fois plus cher. Tu écris en ce moment ?

Édouard sursauta :

— J'ai commencé un peu, dit-il, tu sais, ce que j'écrivais à Lille...

Il s'arrêta, cherchant ses mots. Il ne se sentait pas très brillant, ce matin, ni très sûr de lui. Il aurait aimé parler de sa pièce après l'amour, par exemple, dans le noir, lorsque sûr de lui-même en tant qu'amant, il se sentirait peut-être sûr de lui en tant qu'auteur. Mais là, dans ce soleil pâle, et avec ce goût de tabac froid dans la bouche... Béatrice tendit la main et lui caressa les cheveux, tendrement.

— Tu sais, dit-elle, si ça t'ennuie, ne m'en parle

pas. Mais moi, j'aime bien ce que tu écris. Nous sommes aussi des amis, non, toi et moi ?

Elle avait une inflexion dans la voix, inquiète et douce, qui étonna Édouard. « Ah ! c'est vrai », se dit-il, « c'est vrai qu'elle croit que je suis trop intelligent, trop intellectuel pour elle ». Bien sûr, elle l'avait plus ou moins couvert de ridicule, la veille, mais peut-être n'était-ce que pour se rassurer ? Les yeux sombres qui le regardaient n'avaient plus rien d'ironique, à présent. Ils étaient simplement attentifs et tendres, et un petit vent de bonheur ébouriffa Édouard. Il craignait tout d'elle, bien sûr, mais il y avait toute une partie de lui-même, et bizarrement une partie qui n'était pas sentimentale — qui lui faisait obscurément confiance. Elle le torturerait peut-être, un jour, mais elle ne lui « manquerait » — dans le vieux sens du terme — jamais. De cela, il en était sûr. Et même c'était sans doute à travers les souffrances qu'elle lui infligerait qu'il trouverait enfin la réponse aux questions, aux innombrables questions qu'il ne s'était jamais formulées, mais qui se bousculaient en lui depuis son enfance.

Elle lui sourit et il lui sembla qu'elle l'avait compris, qu'elle savait tout, déjà, de lui, d'elle-même, et de leurs rapports. Pour la première fois, il eut l'impression évidente et folle qu'ils étaient complices (comme après tout devraient l'être ceux qui essayent, séparément bien sûr, mais ensemble, d'échapper à leur solitude natale). Seulement cette complicité, ils ne pourraient jamais, l'un et l'autre, ni l'admettre, ni en faire état, ni s'y réfugier, car c'était une complicité contre nature, contre la nature même des liens entre les hommes, les femmes, les êtres aimants, les êtres aimés, les sujets et les objets ; c'était une complicité qui, en refusant tout rapport de force, rendait, de ce fait, leur amour, tel qu'il avait déjà existé une fois et tel qu'il existait encore maintenant, artificiel et faux. Et celui-là, cet amour aveugle et bancal, Édouard y tenait déjà énormément, — comme certaines mères, dit-on, tiennent plus spécialement à leur enfant mongolien. — C'était un bien étrange enfant, que cet amour qui, dès sa naissance, battu et rejeté par une mère indigne et un père désarmé, était finalement revenu, cinq ans plus tard, triomphal et sournois, s'installer chez eux. Et Édouard se demandait si d'eux trois, ce n'était pas cet enfant le plus vivant et le plus important, quoi qu'ils puissent faire, plus tard, pour le renier.

— J'aimerais bien te lire ce que j'écris, dit-il, mais je ne sais pas si ça te plaira.

— Écoute, dit Béatrice, grimpe d'abord dans ce hamac, bois ton café chaud et respire doucement. Pas à fond, surtout, il ne faut jamais respirer à fond. Ni faire de la gymnastique tous les jours, ni éviter les graisses, ni se démaquiller soigneusement, ça vous tue en dix jours. Ou en dix ans, ce qui est pire.

Édouard s'étonna :

— Tu ne crois pas aux conseils des journaux?

— Ah non ! dit Béatrice, et elle s'étira longuement, dédaigneusement. Il y a une catégorie de gens, bien sûr, qui ont besoin de ça, ce sont des gens à qui il faut des permissions et des interdictions toute leur vie. Par exemple, maintenant ils peuvent faire l'amour à six, mais ils ne doivent plus fumer. Dieu merci, il y a les autres, les gens comme toi et moi et la concierge en face, et mon chauffeur de taxi, hier, des gens gais, intelligents et libres... Je vais te dire, Édouard, j'aime bien les Français.

— Quelle est cette nouveauté? dit Édouard, je

croyais que tu t'en moquais. Des idées générales, veux-je dire.

— Tu ne sais rien de moi, dit Béatrice avec une voix de tendresse, tu ne sais rien de moi, tu m'aimes. Comment s'appelle ton héros ?

— Frédéric, dit Édouard. C'est un jeune homme un peu fou, qui vit dans une famille rangée. Un jour, il se retrouve l'héritier de la fortune et il oblige chaque membre de sa famille à jouer un rôle outré : sa mère doit devenir amoureuse de lui, son père doit le haïr, sa sœur, lui faire honte, etc. Peu à peu ils entrent si bien dans leur rôle qu'ils finissent par y croire et par le dépasser ; et sa comédie tourne mal...

— Mais c'est une horrible histoire, dit Béatrice indignée. De quel droit veut-il changer les gens ?

— Au départ, il voulait juste qu'on s'intéresse plus à lui, dit Édouard, comme tout le monde. Alors il leur met des masques. Mais quand ces masques deviennent vrais...

— Pardon, dit Béatrice, le téléphone...

Elle se précipita vers la maison « Avec soulagement » pensa Édouard. Décidément, il était bien incapable de raconter une histoire. Furieux contre lui-même, il ramassa le scénario de Béatrice et l'ouvrit.

« Je ne peux pas vivre », disait l'héroïne, une nommée Cléa. « Sans ton amour, je ne sais plus respirer. Je marche dans les rues comme un automate et je ne vois plus la couleur du ciel. Il faut que tu m'aimes. Mon sang est le tien... »

D'abord écœuré, Édouard se mit à rire. Après tout, le style mis à part, c'était bien la même histoire que lui-même et ce Raoul ou son dialoguiste, voulaient raconter. C'était la même supplication depuis toujours, la même terreur et la même exigence : ne me laisse pas seul ! Ce n'était vraiment pas la peine de chercher ailleurs. Toute la littérature et toutes les musiques dérivaient de ce cri, avec leurs corollaires plus ou moins ridicules ; comme par exemple, la jalousie qui le frappait brusquement à cet instant même : à qui Béatrice pouvait-elle bien parler si longuement ? Pourquoi avait-elle bondi si vite de son hamac ? (comme si elle eût attendu ce coup de téléphone). Et qui avait pu lui communiquer cette opinion si flatteuse des Français ? — Opinion, qu'au demeurant, Édouard partageait. Et quand elle revint en disant que Tony d'Albret s'invitait pour déjeuner, Édouard, qui pourtant trouvait cette dernière de plus en plus haïssable, fut humilié de se sentir soulagé.

— Que vous êtes charmants ! On dirait un dessin de Peynet !... s'écria Tony d'Albret. Ce jardin est un délice.

Le jardin était charmant et inattendu, en effet, à l'Alma, c'est-à-dire près de ces Champs-Élysées où se dispersaient quotidiennement les forces vives de Tony d'Albret. Elle posa une lourde serviette près d'elle et se laissa choir sur un fauteuil de jardin.

— ... C'est une vraie oasis ici, reprit-elle, Paris est tuant ! Béatrice, ma chérie, Raoul est pendu à mon téléphone pour savoir si tu acceptes ou non. Tu as lu le scénario ?

— Quand voulais-tu que je le lise ? dit Béatrice. Nous nous sommes couchés à quatre heures, non ?

— Quatre heures et demie, dit Tony. Et moi, j'étais debout à neuf heures. Vous allez mieux, Édouard ? Vous étiez plutôt parti, hier soir, il m'a semblé... En attendant, je n'ai rien oublié de notre conversation.

Édouard rougit. Se pouvait-il qu'elle fît allusion

à leur bref dialogue sur Béatrice, et devant celle-ci? Il craignait tout, décidément, de cette femme. Elle était là, carrée, dans son petit tailleur de gabardine beige, les cheveux courts, l'œil vif, un rouge à lèvres transparent cernant sa bouche mince, les ongles bien polis, brillants, et à l'index, une affreuse et prétentieuse bague berbère qui soulignait la fébrilité maniaque de ses gestes. Dans cette petite forteresse d'astuces, d'ambitions et de lourd bon sens que représentait Tony, c'était la seule lézarde imaginable : celle de ses nerfs.

— J'ai rencontré Maddison, dit-elle d'une voix claironnante, Maddison lui-même ! Au Fouquet's.

Devant l'air incompréhensif d'Édouard, elle enchaîna :

— Ne me dites pas que vous ne connaissez pas E.P. Maddison? Le dictateur de Broadway ! J'ai eu une idée géniale, Édouard, je l'ai envoyé voir votre pièce. Il y va même ce soir, car il avait sa soirée libre.

— Ça, ce n'est pas mal, dit Béatrice admirative.

— C'est exactement le genre de théâtre qu'ils aiment, là-bas, actuellement, dit Tony — comme si elle eût évoqué une bizarrerie de mœurs des Papous —, moins ils comprennent, plus ça leur plaît. Je me suis permise de dire que j'étais votre agent. Comme Maddison me fait confiance, c'était plus sûr. D'ailleurs, quel est votre agent?

— Je n'en ai pas, dit Édouard faiblement. C'est Kurt qui a lu ma pièce le premier, qui a trouvé le théâtre et qui s'est occupé de la faire jouer à Londres et à Stockholm.

— Vous n'avez pas d'agent? dit Tony sur un ton d'incrédulité totale.

Édouard lui eût-il déclaré être aveugle de naissance

ou promis à une mort prochaine, elle n'aurait pas semblé plus consternée. Béatrice se mit à rire.

— Édouard est un orphelin, dit-elle, il est tombé du ciel dans ce hamac, et c'est à peine s'il a bien voulu confier trois chemises à Cathy...

Il était vrai qu'Édouard, par un mélange de superstition et de délicatesse, n'avait pas encore installé le moindre costume ni la moindre robe de chambre chez Béatrice. Cela le contraignait à des navettes incessantes entre le petit studio fonctionnel et vide qu'il habitait auparavant, et la chambre bleue, sa seule vraie maison, lui semblait-il.

— Ne plaisante pas, dit Tony d'un air grave. Édouard, je ne veux pas m'imposer à vous, mais vous connaissez mes références ?

Édouard qui ne connaissait rien du tout, hocha la tête avec gravité. Il commençait à avoir, lui aussi, envie de rire.

— Je crois qu'il n'y a pas sur la place de Paris, reprit Tony, quelqu'un qui puisse vous dire un mot contre moi. Je suis un peu brutale, c'est vrai, car je dis toujours ce que je pense, et parce que j'aime l'Art, tout bêtement. Seulement, avant tout, mes poulains sont mes amis. Ça, il faut bien vous le mettre dans la tête, Édouard : si vous entrez chez moi, ce sera en tant qu'ami. Avant tout.

— Et après dix pour cent, ajouta paisiblement Béatrice.

Insensible, Tony balaya de la main ce détail oiseux.

— Ne parlons pas d'argent. Édouard n'est pas un homme d'argent, je l'ai toujours senti. Édouard est un artiste, ma chère... dit-elle, d'un ton de reproche à Béatrice qui, imitant sa voix, enchaîna :

— ... Et c'est à cet artiste que moi, Tony d'Albret,

je vais assurer une vie matérielle grandiose et sans problèmes. Et c'est grâce à moi qu'il sera à même de se consacrer totalement à son Art. Tony d'Albret le flair et l'efficacité !...

Elle avait si exactement pris le ton de Tony qu'Édouard se mit à rire. Tony se leva et vint jusqu'au hamac :

— Serrez-moi la main, Édouard. Pour moi, cela vaut tous les contrats.

Édouard, hésitant, jeta un coup d'œil à Béatrice qui, là, éclata de rire ouvertement :

— Tu es inénarrable, Tony, dit-elle. Voici maintenant la franche poignée de mains... J'aurai tout entendu ! Édouard, de grâce, serre-lui la main, qu'on puisse déboucher une bouteille de champagne !

Édouard s'exécuta et Tony alla se rasseoir dignement.

— Il faudra commencer par monter votre seconde pièce, dit-elle. Il faudrait que ce soit Woodward qui la monte, par exemple. Ce serait génial, Woodward.

— Mais... dit Édouard faiblement, mais c'est la mise en scène de Kurt qu'on a utilisée à Londres. Kurt y était...

— Kurt, Kurt, dit Tony avec agacement, votre Kurt est un metteur en scène intellectuel et à la mode, Dieu sait pourquoi ! Les Américains connaissent autrement leur métier, je peux vous l'assurer... C'est bien vous qui avez écrit votre pièce, non ? Alors ? Vous n'avez rien signé avec Kurt ?

— Non, dit Édouard désespéré, mais enfin, c'est lui qui... qui m'a aidé au début et...

— De toute manière, coupa Tony, avec ou sans Kurt, votre pièce aurait été montée. Un talent comme le vôtre... mais si, mais si, Édouard, ne pouvait pas rester ignoré longtemps. Kurt a eu de la chance, croyez-moi.

Pas vous, « lui ». A partir de maintenant, je vais m'occuper de tout ça. Ah il était temps que j'arrive ! dit-elle.

Et comme pour souligner cette urgence, elle avala d'un trait la coupe de champagne que lui tendait Béatrice. Édouard avait un peu mal au cœur et nulle envie de champagne, mais néanmoins, par politesse, il se crut tenu de vider son verre.

— Il faudra que vous me donniez tous vos textes, reprenait Tony à présent lancée. Chez qui êtes-vous édité ?

— Il faudra que tu lui donnes tes textes et que tu les lui expliques, dit Béatrice à Édouard avec un petit sourire. Ou plutôt que tu lui fasses un résumé de l'action. Tu pourras nous faire des cours du soir, au clair de lune, ici. Nous apprendrons ensemble, Tony et moi, à déchiffrer les codes et les silences du théâtre moderne. Tu auras une petite classe bien sage et bien attentive.

Elle parlait avec une ironie un peu triste qui surprit Édouard. Il lui jeta un coup d'œil interrogateur.

— Il y a cinq ans, reprit Béatrice rêveusement, quand je t'ai connu, tu étais un chevreau. Tu étais... expert-comptable, non, ou dans les assurances ? Maintenant, mon pauvre chéri, entre ton talent et ceux de Tony, te voilà devenu un loup. Un auteur à succès, quoi.

— Tu as quelque chose contre le succès ? s'enquit Tony.

Il y avait un vague sarcasme dans sa voix, et le regard qu'elles échangèrent était chargé de mille choses mais en aucun cas d'amitié. Béatrice détourna les yeux la première.

— Non, dit-elle d'une voix ferme, je n'ai vraiment rien du tout contre le succès. Tiens, à propos, as-tu des nouvelles de notre ami Jolyet ?

Édouard sursauta. C'était le dernier nom qu'il eût

voulu entendre. Jolyet était un homme de cinquante ans, séduisant, allègre, désinvolte, et qui, d'une certaine façon, par son intelligence et sa liberté d'esprit, aurait pu beaucoup plaire à Édouard, cinq ans plus tôt, lorsqu'il l'avait rencontré. Malheureusement, André Jolyet était propriétaire d'un théâtre, malheureusement Béatrice lui plaisait physiquement et malheureusement, il l'estimait douée en tant que comédienne ; il lui avait donc offert deux premiers rôles : l'un sur la scène de son théâtre, l'autre dans son lit. Édouard, qui alors vivait depuis deux mois avec Béatrice, avait été proprement jeté à la porte. Il n'avait jamais su — et cela avait empoisonné son chagrin — si Béatrice avait suivi Jolyet par pure ambition ou pour un autre attrait. Il n'avait pu imaginer la vérité qui était pourtant simple : Béatrice avait aimé Jolyet parce qu'il lui donnait l'occasion de réussir. Et elle l'avait aimé sincèrement pour cela, sans nulle mesquinerie, ni calcul sordide. Car enfin, on se laisse bien aller, parfois, à aimer des gens, alors que cet amour vous prive de tout : de votre intelligence, votre humour et votre courage. Pourquoi aussi bien ne se laisserait-on pas aller à aimer ceux dont l'amour, au contraire, vous permet d'utiliser cette intelligence, cet humour et ce courage ? De même qu'il n'est pas plus moral d'aimer qui vous fait souffrir que de se laisser aimer par qui vous fait plaisir, de même peut-on aimer sincèrement quelqu'un pour son argent si cet argent vous donne le temps de rêver à lui, de lui acheter des fleurs, de chercher à lui plaire.

Édouard, quand il avait connu Béatrice, n'était rien qu'une dévotion absolue et le reflet d'elle-même qu'elle recherchait alors. Or ce reflet, grâce à Jolyet, pouvait se transformer en réalité. Et Béatrice, sachant qu'il y avait actuellement mille beaux jeunes hommes à Paris prêts à s'amouracher d'elle mais un seul directeur de théâtre prêt à la lancer, Béatrice avait froidement dit à Édouard qu'elle ne l'aimait plus. Et c'était sans doute ce qu'il n'avait pu supporter. Si elle l'avait trompé avec Jolyet et si elle s'était donné la peine de lui mentir, de lui cacher sa nouvelle liaison, il aurait pu verser dans la jalousie, voire dans le mépris. Mais elle avait été honnête et c'était pire que tout. Elle lui avait dit : « Je ne vous aime plus », ce qui était vrai. Mais il y a des cas où la sincérité, bien que tous les amants la réclament toujours à cor et à cri, il y a des cas où la sincérité ressemble à du mépris. Grâce à la facilité, l'évidence et l'honnêteté de cette rupture, Édouard avait gardé le sentiment de n'avoir rien été pour cette femme, sinon une occasion sensuelle et encore, si peu ; il était alors très jeune et très maladroit.

Désormais il serait toujours, vis-à-vis d'elle, ce qu'il avait été pendant une heure, dans un café de l'avenue Montaigne, lorsqu'elle lui avait signifié son congé : un jeune homme tremblant, égaré, et qui trouvait ce congé aussi normal qu'atroce. Et bien qu'il n'y ait pas eu le moindre miroir sur cette terrasse, il lui semblait encore s'y voir, lui-même, misérable dans sa vieille veste de tweed grise. La mémoire peut être aussi menteuse que l'imagination, et aussi cruelle dans ses mensonges. En tout cas, jusqu'ici, le nom de Jolyet avait toujours été, comme par un accord tacite, soigneusement évité entre eux.

— Je l'ai croisé, hier, sur les Champs-Élysées, dit Tony, bien amaigri... Mais il sifflotait, il marchait au soleil, comme si de rien n'était.

— Comme si de rien n'était? Qu'est-ce qui est? demanda Béatrice.

— Tu ne sais pas? On dit qu'il a un... enfin, une sorte de tumeur... tu me comprends?

Tony avait baissé la voix, mais le chuchotement chez elle était si anormal qu'il faisait presque sursauter.

— Quoi? Tu veux dire un cancer? dit Béatrice. Exprime-toi clairement, Tony. Tes pudeurs, aussi, sont déplacées.

— Un cancer de la gorge, en plus, dit Tony. Mais il ne doit rien savoir puisqu'il se promenait en sifflotant. Il y a des grâces d'état...

— Pas pour Jolyet, dit Béatrice. Je suis sûre qu'il sait, tout. Il n'y a pas de grâce d'état pour lui, il a toujours été gracieux pour deux : la vie et lui. Et maintenant, la mort et lui.

Il y avait une sorte de chaleur, de tendresse dans sa voix qui émut Édouard au lieu de l'agacer. Il imaginait Jolyet marchant, suivi de souvenirs frivoles, à la rencontre d'une mort très réelle, il l'imaginait promenant un sourire résolu sous des marronniers qu'il ne verrait plus refleurir. Il regarda Béatrice : elle avait rejeté la tête en arrière.

— C'est joli, dit-il, ce que tu viens de dire. L'idée qu'on puisse être gracieux pour deux. Tu l'aimais beaucoup? Tu as de la peine?

Elle se tourna vers lui et il vit qu'elle avait les yeux embués, liquides. Cela l'épouvanta. Non pas qu'il craignît la rivalité de ce moribond, ni même que cela ait réveillé chez lui une jalousie ancienne. Simplement, il avait peur de cette femme tendre, et sensible à la dignité d'autrui, il avait peur de cette inconnue compatissante, si éloignée de la statue barbare qu'il aimait. Mais elle le rassura très vite.

— Je pleurais sur moi-même, dit-elle, comme d'habitude. Ne t'inquiète pas.

X

Dix jours passèrent, dix jours délicieux et semblables. Béatrice lisait son scénario, et elle s'occupait de ses plantes vertes avec une compétence qui dépassait Édouard, lui qui pourtant avait été élevé à la campagne. Elle ne voyait pratiquement personne. « Je n'ai pas d'amis » disait-elle à Édouard qui s'en étonnait. « Je n'ai jamais eu envie d'avoir des amis, ni le temps. J'ai mon métier et mes amants. Cela me suffit amplement. » Elle lui disait cela avec une sorte d'orgueil tranquille dont il ne savait s'il devait, ou pas, se féliciter. L'amitié était pour lui synonyme de constance, de confiance, et il semblait bien que c'était là deux termes qu'ignorait Béatrice. En revanche, cela lui permettait de rester seul avec elle. Elle écoutait des disques, se promenait en chantonnant, et de temps en temps, à n'importe quelle heure du jour ou de la nuit, elle lui disait : « Viens. Fais-moi l'amour », d'une voix impérieuse.

Ils rentraient alors dans la chambre bleue, ils tiraient les volets pour en exclure le soleil, et ils s'aimaient. Il y avait un opéra qu'Édouard aimait spécialement, ce printemps-là, il en connaissait tous les élans, toutes les retenues, et il essayait toujours de faire arriver ensemble à leur paroxysme, les plaintes confondues de Béatrice et des violons. Le disque restait toujours posé sur le pick-up, et il le mettait en marche, d'un air distrait, presque chaque fois. Béatrice le remarquait mais ne disait rien. Elle avait d'étranges pudeurs et des impudeurs extravagantes. Parfois, lorsqu'il gisait en travers du lit, mort de soif et de fatigue, Édouard regardait les ombres du soir s'allonger dans le jardin, contemplait à contre-jour les silhouettes des hamacs et celle du vieil arbre. Cette image tranquille et naïve, ce décor incongru, déplacé, installé derrière les draps ravagés et la moquette jonchée de vêtements, lui rappelait des lambeaux de poèmes qu'il avait appris à l'école, ou vers ses dix-huit ans :

« Avec ses baisers et ses étreintes amies, c'était bien un ciel, un sombre ciel où j'entrais, et où j'aurais aimé être laissée, pauvre, sourde, muette, aveugle... »

... Des phrases de Rimbaud et la voix tranquille de Béatrice au téléphone, derrière lui, cette voix posée, composée même, et qu'il avait entendue si décomposée et si peu posée, une demi-heure plus tôt. Sans se retourner, sans lâcher des yeux le jardin vert et les rideaux gonflés par le vent du soir, il tendait la main en arrière et rencontrait un flanc chaud et consentant. En même temps, dehors, les oiseaux féroces et tendres, faussement puérils, protestaient déjà contre la nuit qui les envahissait très vite, à présent. Les oiseaux semblaient l'avertir de quelque chose, ils lui disaient de faire bien attention, de bien regarder ces dessins de lumière, de bien s'imprégner de cette chaleur si proche, d'inscrire délibérément dans sa rétine, et à jamais, cette image précise : parce que c'était l'image du bonheur et qu'un jour, lorsqu'il ne serait plus, lorsqu'il ne l'aurait plus, ce serait aussi, pour lui, le souvenir même du bonheur, parfait puisque passé.

Il ignorait encore que la mémoire n'a pas de ces esthétismes, que la mémoire n'a pas bon goût, et que l'image, pour lui, du bonheur perdu, ce serait une image anonyme et sans intérêt évident : Béatrice se retournant vers lui, par exemple, avant d'entrer dans un taxi. On ne se rappelle jamais, quand quelqu'un ne vous aime plus, sa voix, avant, disant « Je t'aime » ; on se rappelle sa voix disant « Il fait froid, ce soir » ou « Ton chandail est trop long ». On ne se rappelle pas un visage bouleversé par le plaisir, on se rappelle un visage distrait, hésitant, sous la pluie. Comme si la mémoire était, tout autant que l'intelligence, délibérément insoumise aux mouvements du cœur.

Il arrivait parfois dans ces moments-là, soit qu'elle fût touchée par la grâce de l'instant, soit que la félicité d'Édouard fût contagieuse, que Béatrice se retournât vers lui et lui dise « Je t'aime ». Il souriait alors, mais ne la croyait pas. Ces mots d'amour lui semblaient délicieux, certes, mais comme extraits d'une comédie démodée, ancienne, et qu'il aurait écrite cinq ans auparavant, un jour de folie. A la limite, Béatrice lui semblait jouer faux. Le fait qu'elle ne l'ait pas aimé une fois interdisait formellement qu'elle puisse l'aimer à présent. Il ignorait que l'on peut revenir sur ses indifférences aussi bien que sur ses amours. Il ignorait que le temps s'amuse à ces petits jeux bizarres, à ces retournements qui stupéfient toujours leurs témoins ;

et qu'on peut se retrouver, un soir, mort de désir, devant celui ou celle que l'on souhaitait au diable, dix ans plus tôt. Néanmoins, ces mots, comme elle les lui disait quand même très rarement, il éprouvait une sorte de bonheur désespéré à les écouter, à les lui faire répéter, voire à les lui faire jurer. Il se disait, « Ce n'est pas vrai », n'étant pas assez lucide pour se dire : « C'est trop tard ». Car alors, il eût dû s'expliquer à lui-même pourquoi c'était trop tard — après tout, il était là et il l'aimait ! — Mais à cela, il n'avait pas de réponse.

En attendant il travaillait, il travaillait beaucoup, et sa pièce commençait à résonner en lui, par moments, comme une chose ayant une existence propre. Un soir où il s'était senti spécialement inspiré et où il avait bu quelques portos avec Béatrice, dans le jardin, il essaya de lui en lire un passage. Naturellement, au lieu du premier acte, il voulut commencer par ce qu'il avait écrit dans l'après-midi, et qui lui semblait donc le plus brillant. Et Béatrice, introduite brutalement dans la compagnie de héros dont elle ignorait tout, ne put que s'embrouiller, s'énerver, et finalement s'ennuyer d'une manière ostensible. Édouard, dont la voix baissait à mesure qu'il se sentait délaissé, s'exaspéra d'un coup et dans un geste dramatique, se leva, déchira ses pages et les jeta aux pieds de Béatrice stupéfaite.

— Tu as raison, dit-il, tu as raison, ça ne vaut rien !

Il rentra dans la maison et se jeta sur le lit. Son premier souci, une fois la colère tombée, fut de reconstituer dans sa tête la scène qu'il venait de déchirer. Dieu merci, il se la rappelait pratiquement par cœur, et Dieu merci, il avait dû en garder un brouillon quelque part dans un tiroir. Il éprouva un sentiment de soulagement immense. Le principal était là : son texte.

L'approbation de Béatrice lui semblait tout à coup secondaire. D'ailleurs, c'était bien sa faute : il n'aurait pas dû lui jeter à la tête la tirade de Frédéric contre sa mère sans lui expliquer le motif de cette tirade. Personne, même les critiques les plus partiaux, n'aurait apprécié la violence qu'il espérait y avoir mise. Seulement maintenant, il aurait à vaincre une réticence chez Béatrice, lorsqu'il essayerait à nouveau de lui lire sa pièce. A priori, par rapport à ce texte comme par rapport à lui-même, elle se méfierait de l'ennui. Est-ce qu'elle s'ennuyait avec lui ? Édouard était lui-même si loin de la notion d'ennui, chaque instant lui paraissait si fragile et si intense, qu'il n'avait jamais songé à se demander ce que Béatrice qui, elle, tenait les rênes du Destin, pensait de leur solitude à deux. Peut-être le trouvait-elle un peu plat, fade, en dehors de l'amour, et peut-être cette impression de tendresse et de rire partagés n'existait-elle que pour lui. Il était bien possible, en effet, qu'elle s'ennuyât. Si un condamné à mort, ne s'ennuie jamais, peut-être le bourreau bâille-t-il, lui, avant de se décider.

Le bourreau rentra dans sa chambre, l'air grave, et s'assit au pied du lit. Elle avait la main cachée derrière son dos.

— Excuse-moi, dit Édouard, j'ai été ridicule.

— ... Mais très amusant, dit Béatrice : l'auteur vexé déchirant son manuscrit et le jetant à la tête d'un auditoire obtus. Je ne te savais pas si susceptible.

— Non, dit Édouard faiblement, c'est que j'ai compris que c'était mauvais en le lisant...

Béatrice le coupa :

— Ce n'est pas parce que c'était mauvais, mais c'est parce que tu lis très mal, mon pauvre Édouard. La prochaine fois, tu me donneras ta pièce à lire, toute seule. Tiens.

Elle ramena la main vers lui et lui tendit les feuillets reconstitués. Elle avait fait un savant puzzle avec du papier collant.

— Voilà ton œuvre, dit-elle. Je ne supporte pas qu'on détruise ce qu'on a fait, par colère. C'est précieux quelqu'un qui invente des gens, des idées. Tu n'as pas le droit de faire ce genre de gestes, et puis c'est ridicule.

Elle lui parlait comme à un enfant, et elle avait l'air triste, tout à coup, et un peu lasse. Édouard avait envie de s'excuser, de se plaindre et de la plaindre, mais il ne savait pas trop de quoi. Il se pencha et posa la tête sur l'épaule de Béatrice. Elle mit la main sur sa nuque et lui caressa les cheveux. Ils restaient immobiles, engourdis. Chacun d'eux savait que l'autre suivait des pensées différentes, chacun d'eux s'y résignait obscurément. Ils étaient l'un contre l'autre comme deux chevaux fatigués et pour une fois, le désir ne se levait pas entre eux, violent et précis comme une panique. Pour une fois, leurs deux corps se touchaient en dehors de toute sensualité, naissante ou repue. Enfin ils éprouvaient un sentiment semblable, mais ce n'était que la mélancolie.

Béatrice se secoua la première. Elle se leva, fit un pas vers le jardin et se retourna. Elle était debout, contre la porte-fenêtre, la lumière accusait les arêtes de son visage, le renflement de sa bouche, soulignait les lignes de son corps, et Édouard retrouva d'un coup son désir et sa méfiance. Les horloges se remirent à battre et ils ne furent plus des égaux, ils redevinrent des amants.

— J'ai invité Jolyet, à déjeuner demain, dit Béatrice. Si ça t'ennuie ou si ça te gêne, tu déjeunes dehors. Tu pourrais peut-être téléphoner à ton ami Kurt, non?

Son ton était parfaitement désagréable. Pour la première fois, depuis dix jours.

— Que veux-tu dire? demanda Édouard.

Il s'affolait tout à coup. Il avait eu tort de l'encombrer pendant dix jours, de la suivre, de la questionner. Il avait eu tort de vouloir lui lire sa pièce. Il avait eu tort de vouloir partager quoi que ce soit avec elle. Il avait dépassé la marge de sécurité. Elle ne le supportait plus.

— Je veux dire que tu es un peu léger avec ton ami Kurt, dit Béatrice. Tu devrais le prévenir d'abord, au sujet de Tony. En fait, tu lui joues un sale tour, non?

Édouard sursauta.

— Mais tu as bien vu comment ça s'est passé! D'ailleurs rien n'est décidé, je n'y ai pas pensé une seconde...

— Tu n'as pensé à rien, dit Béatrice, je sais. Mais après, ne viens pas me faire de la morale sur mon absence de ménagement envers les autres. Quant à Jolyet, je tiens à l'égayer, demain, et je ne crois pas que la présence d'un jeune homme faisant la tête m'y aiderait beaucoup.

— Mais pourquoi ferais-je la tête? dit Édouard.

Il perdait pied, à présent. Le jour avait basculé et il n'arrivait pas à reconnaître dans cette silhouette, dure et méprisante et dans ce regard noir et presque minéral d'hostilité, la femme tendre et lasse qui, deux minutes plus tôt, lui caressait les cheveux en lui parlant de son métier.

— Oui, tu feras la tête parce que tu penseras que c'est pour lui que je t'ai quitté, il y a cinq ans : et tu remâcheras de tristes souvenirs en te plaignant beaucoup toi-même. Je me demande ce que tu as pu faire depuis cinq ans, Édouard. Tu ne vis que dans le passé. Moi, le passé m'ennuie. Je me souviens à peine de toi, à cette époque-là. Il me semble simplement que tu étais un peu plus maigre, et moins adroit dans un lit. Quand tu fais allusion à notre amour d'alors, j'ai l'impression que tu parles d'une autre personne. Tu étais un accident pour moi, Édouard, un vague accident. Mets-le-toi bien dans la tête.

— Je le savais, dit Édouard. Je le sais. Je n'ai jamais été qu'un accident. C'est le seul rôle possible pour moi, non ?

Béatrice sourit.

— Je n'ai jamais eu que des accidents, mon petit Édouard, plus ou moins longs. Mais quoi que tu penses, leur longueur ne dépend pas toujours de moi.

— Tu t'ennuies avec moi, n'est-ce pas ?

Édouard s'entendait parler avec une sorte d'horreur ; comment pouvait-il poser des questions aussi directes et aussi dangereuses ? Il s'était promis de se laisser glisser dans la vie, côte à côte avec Béatrice, de l'habituer à lui, de ne pas remettre leur histoire en question mais au contraire de la lui faire paraître inévitable et naturelle. Et si Béatrice lui répondait « Oui, je m'ennuie avec toi » que lui resterait-il à faire sinon partir et aller loin d'elle, ailleurs, vivre à petit feu comme on se meurt. Et il la savait capable de lui dire « Oui », d'une voix nette, il la savait capable de renier d'un coup, de rejeter ces deux derniers mois et toutes ces nuits d'amour et tous ces cris et tous ces soupirs, et de l'oublier une fois pour toutes.

— Si je m'ennuyais avec toi, dit Béatrice, je te quitterais. Actuellement, je te trouve un peu nerveux, mais pas ce qu'on appelle ennuyeux.

Elle se mit à rire, brusquement détendue.

— Il y a un très bon western à la télévision, dit-elle, ce soir. Ce doit être l'heure. Range tes petits papiers et ne les déchire plus. Je ne passerai pas ma vie à les recoller. J'ai toujours détesté recoller quoi que ce soit.

Édouard resta sur le lit, épuisé, comme quelqu'un qui vient d'échapper à un danger mortel. Il avait le sentiment d'avoir été roué de coups et d'évidences : Béatrice ne l'aimait pas, ne l'aimerait jamais et le quitterait, un jour. Elle était redevenue la cruelle étrangère d'autrefois, et il s'étonnait de sentir une sorte de plaisir se mêler à son désespoir.

XI

— Tu deviens de plus en plus belle, dit Jolyet pensivement.

Il étendit le bras et balança légèrement le hamac de Béatrice. Il s'était installé dans un fauteuil, aux pieds de Béatrice ; Édouard s'était assis de l'autre côté et ils semblaient ainsi l'encadrer, le jeune homme et le mourant, comme une allégorie. Jolyet était comme toujours élégant, et vif et mince. Seulement ses yeux étaient devenus grands et plus troubles, et semblaient incrustés comme deux flaques bleues, curieusement égarées dans ce visage ironique. Ils avaient parlé théâtre, littérature, politique, et Jolyet s'était montré nonchalant et très gai. Parfois il toussait un peu, d'un air distrait, et Béatrice le regardait alors fixement, droit dans les yeux, mais il ne sourcillait pas. Édouard avait voulu se lever dès la fin du repas, avait cherché un prétexte, mais Jolyet lui avait dit d'une voix polie mais autoritaire, qu'il ne pouvait pas partir si vite et que cela lui faisait très plaisir, à lui, Jolyet, de le revoir.

— Vous avez embelli aussi, d'ailleurs, dit-il en se tournant vers Édouard. Vous aviez déjà du charme, il y a cinq ans, mais vous avez quelque chose de mieux, à présent. Vous savez, j'aime beaucoup vos pièces. La dernière, surtout, bien qu'elle soit un peu triste pour un homme de mon âge.

Il semblait très sincère et Édouard y fut sensible. On lui parlait rarement de ses pièces sans qu'il en soit gêné, mais il y avait dans le ton de Jolyet une approbation tranquille, une vraie complicité, celle d'un homme de métier discutant avec un autre. Béatrice, qui jusque-là les avait alternativement regardés et écoutés, s'étira et se leva de son hamac :

— Excusez-moi un instant, dit-elle, je dois téléphoner à Raoul. Je crois que je vais faire son film, finalement.

Elle les quitta et les deux hommes la regardèrent rentrer dans la maison. Le regard de Jolyet rencontra celui d'Édouard.

— Vous êtes toujours aussi amoureux, dit-il.

Il souriait affectueusement, et Édouard lui rendit son sourire sans aucun effort. A présent qu'ils étaient seuls, il distinguait mieux les petites rides sur le visage de Jolyet, aux commissures de la bouche, à l'angle des paupières, une série de petites attaques, de cicatrices qui ne semblaient pas dues à la vieillesse mais à quelque chose d'autre, peut-être à l'habitude, trop vite contractée, de souffrir en douce.

— Vous m'aviez beaucoup ému, à l'époque, reprit Jolyet. Ça ne vous gêne pas que je vous en parle ?

— Non, dit Édouard. Au contraire.

— Vous m'aviez beaucoup ému parce que je vous

croyais complètement désarmé. Si j'avais su que vous écriviez, je me serais fait moins de souci.

Il alluma une cigarette, toussa, regarda sa cigarette avec une sorte de colère détachée, et aspira une seconde bouffée avec un plaisir évident.

— J'étais quand même très malheureux, dit Édouard.

— Ah oui, admit Jolyet, et ça se voyait. Je disais à Béatrice de vous ménager, mais les ménagements ne sont pas son fort, comme vous le savez.

Il se mit à rire, toussa et soudain excédé, jeta sa cigarette par terre et l'écrasa du pied.

— C'est assommant, dit-il. Passe encore de mourir, mais ces petites disputes perpétuelles avec des mégots, c'est odieux...

Il jeta un rapide regard vers Édouard qui s'était immobilisé.

— Vous êtes au courant, naturellement, reprit Jolyet. J'imagine que Tony d'Albret, cette horreur, vous a mis au courant. Béatrice aimerait sûrement que je lui parle de ma mort prochaine, mais j'ai un vieux fond d'éducation provinciale qui m'interdit de parler de mes maladies devant les femmes. Et pourtant, elles aiment ça...

— Vous souffrez beaucoup? dit Édouard.

Jolyet hésita, regarda l'heure à sa montre, curieusement, et répondit :

— Pas encore. Et dès que ce sera vraiment désagréable, j'ai tout ce qu'il me faut chez moi pour en finir. D'ici un mois, je pense, ou deux. Vous savez, il ne faut pas en faire une histoire. D'ailleurs, d'une certaine manière, c'est assez amusant de se promener dans la ville et de regarder les gens, sans se sentir jamais concerné par rien. Si j'avais toujours vécu dans le futur — certaines personnes ne vivent bien que dans le passé — je serais sûrement désespéré, mais je n'ai jamais vécu que dans le présent. Ne parlons plus de tout ça. Et vous, êtes-vous heureux ?

— Je ne sais pas, dit Édouard. Je ne me suis même pas posé la question. Je n'ai pas eu le temps.

Il avait très envie de se confier à Jolyet. Il lui semblait que c'était la seule personne à qui il puisse expliquer sa vie et à qui il ait envie de le faire, la seule personne peut-être, qui par son détachement même pourrait l'aider.

— De toute façon, continua-t-il, je sais que je suis malheureux sans elle.

— Béatrice est une femme très estimable, dit Jolyet, féroce mais estimable. J'ai vécu un an avec elle, vous savez. Cette pièce qu'elle a jouée chez moi l'a lancée, comme on dit, et pendant un an elle a cru en moi ou en ma chance, avec beaucoup de fidélité. Puis est arrivé un acteur anglais ou américain, je ne sais plus. Quand elle a essayé de se justifier, de me mentir, je lui ai dit qu'on ne devait jamais se défendre ni s'excuser auprès de qui que ce soit. Sinon auprès de quelqu'un que l'on fait souffrir. Et que comme je ne pouvais pas souffrir par elle...

— C'était vrai ? demanda Édouard.

— A moitié... En tout cas, nous nous sommes quittés bons amis, ce qui est un tour de force avec Béatrice. Elle aime bien laisser des ruines fumantes derrière elle. Je suis content de voir que vous avez resurgi de ces ruines.

Il s'était levé et il marchait nonchalamment dans le jardin. Il s'appuya contre l'arbre et y frotta sa joue, un instant, d'un geste animal et très doux, déjà nostalgique, comme s'il était tombé par hasard sur un air oublié. Il se détacha de l'arbre, lui jeta un coup d'œil et revint s'asseoir en face d'Édouard qui le suivait des yeux, fasciné. Il retira un peu d'écorce du revers de sa veste, et Édouard remarqua la longueur, la minceur et la beauté de sa main. Il était l'un des rares directeurs de théâtre à Paris qui ait gardé une réputation d'esthète plus que de commerçant.

— Vous devriez faire attention, dit Jolyet, aux personnages secondaires dans vos pièces. Le personnage de Pénélope, par exemple, dans la dernière, aurait pu être superbe si vous l'aviez développé... Mais c'est un détail. Vous êtes un vrai écrivain, Édouard. Je suis ravi d'avoir pu vous le dire. Et si ça peut vous rassurer...

— On n'est jamais rassuré sur ce qu'on fait, dit Édouard.

— Je ne parle pas de cela, dit Jolyet. Je veux dire que vous, vous n'avez pas grand-chose à craindre tant que vous écrirez. Les écrivains, enfin les gens qui créent quelque chose, savent très bien régenter leur cœur et leur corps. Ils nourrissent l'un et l'autre, dès qu'ils écrivent, avec la même désinvolture. Leurs appétits, aussi violents soient-ils, deviennent secondaires et le bonheur sentimental n'est plus, pour eux, qu'une nécessité presque fastidieuse. S'ils se trompent et s'ils en souffrent, c'est finalement presque allègrement, puisque de toute manière, ils ne peuvent pas se tromper. Vraiment, veux-je dire.

— Je ne le crois pas, dit Édouard (Il se sentait plus piqué que rassuré). Si Béatrice me quittait, je serais incapable d'écrire.

— Combien de temps? demanda Jolyet.

Il se releva, vint jusqu'à Édouard et le contempla.

— Vous devez me trouver bien agité ou bien solennel. En fait, je suis agité parce que j'aime bien sentir bouger les muscles de mes jambes. J'étais un grand piéton, ou un vieux marcheur, comme vous préférez... Et puis, après tout, si vous me trouvez solennel, ce n'est pas grave puisque je me moque complètement de votre jugement ; malgré toute l'amitié que je vous porte, ajouta-t-il avec un petit sourire.

Et le charme, le fameux charme de Jolyet reparut un instant, éclaira les yeux bleus, rosit la peau et lissa le visage.

— Je vais voir Béatrice, dit Jolyet, elle doit m'attendre. D'ailleurs, comme je me sens de bonne humeur, je vais peut-être me laisser aller, pour lui faire plaisir, à sangloter sur son épaule. Ça lui fera un bon souvenir. Plus tard, elle dira que sous mes dehors désinvoltes, j'étais un homme très humain et que, d'ailleurs, j'ai pleuré contre sa joue exactement un mois ou deux avant que... etc.

Il éclata de rire, tapota l'épaule d'Édouard et rentra dans la maison. Édouard le regarda s'éloigner avec un curieux désespoir. Il aurait donné son bras droit, à cet instant-là, pour que cet homme qu'il avait tant haï vive un an de plus. Il lui semblait que dans cette espèce de cercle, à la fois brillant et écœurant où l'entraînait le succès, Jolyet restait le seul chevalier de l'élégance et d'une certaine passion pour cet « Art » qu'évoquait si complaisamment Tony D'Albret. Il savait qu'il perdait un ami à l'instant même où il le trouvait. Il savait aussi que Jolyet avait raison pour le rôle de Pénélope. Et que s'il ne lui mentait pas, ou plutôt ne mentait plus, c'est qu'il n'en avait plus le temps.

Quand Béatrice revint, une heure après, elle avait les yeux rouges. D'une manière inhabituelle, elle vint s'asseoir sur le bras de son fauteuil et se cacha la tête contre l'épaule d'Édouard. Elle ne lui dit rien et il s'abstint de toute question. Simplement, plus tard dans la nuit, elle lui demanda d'une voix douce et presque suppliante qu'il ne lui connaissait pas, s'il voulait bien venir avec elle passer quelques jours au soleil, dans la villa du Midi, où Jolyet partait se reposer, la semaine suivante.

— Bien sûr... dit Édouard.

Il embrassait doucement les yeux, la joue, le front de Béatrice comme on embrasse un enfant malheureux.

— ... Bien sûr, nous irons, bien sûr...

Et pour la première fois, il se sentit plus fort qu'elle, plus mûr, pour la première fois, il eut vaguement l'impression qu'elle avait besoin de lui, et un bonheur sans faille, sans réticence et pour une fois, sans crainte, le déborda, lui mit les larmes aux yeux.

— D'ailleurs, continuait la voix de Béatrice à côté de lui, ce ne serait pas mal d'être un peu bronzé...

Quinze jours plus tard, Édouard était appuyé contre une balustrade, un peu au-dessus de la mer. Bien plus loin, un voilier remontait le vent, et sur ce voilier Édouard distinguait, grâce aux puissantes jumelles découvertes dans la villa de Jolyet, le profil de Béatrice et celui d'un très jeune homme qui lui embrassait la bouche. Elle avait croisé les mains sur la nuque bronzée, elle souriait ; son corps était doré, harmonieux, ses cheveux soulevés par le vent, elle était belle. A présent, le jeune homme abandonnait sa bouche, se penchait sur ses seins. Les jumelles glissèrent des mains moites d'Édouard et il les redressa fébrilement.

A dix mètres derrière lui, Jolyet, vêtu de coutil blanc, une cigarette éteinte au bout des doigts, le regardait. Il semblait voir, lui aussi, dans ces jumelles, et il souriait tristement. La mer tressautait au bout des jumelles d'Édouard, elle semblait devenir floue et écumeuse, elle semblait vide. Quand brusquement il la retrouva, Béatrice ne souriait plus; le buste renversé, elle fermait les yeux et la tête du jeune homme avait disparu du plat-bord. Et Édouard vit Béatrice se rejeter tout à coup en arrière, il vit sa bouche s'ouvrir. Dans un dernier et dérisoire réflexe, il se boucha les oreilles. Les jumelles s'écrasèrent sur les rochers, en contre-bas. Quand il se retourna, il n'y avait personne derrière lui, rien que des mimosas fanés, un patio prétentieux, désert, mais où il lui semblait voir, déjà dressée pour lui contre un pilier, telle une reine de tragédie vaudevillesque, la grotesque et terrifiante image de la jalousie.

XII

— Vous ne reprenez pas un peu de soufflé, Édouard ? demanda Jolyet.

Édouard ne répondit pas. Béatrice lui jeta un coup d'œil intrigué, puis sourit. Elle s'amusait. « Quelle drôle d'idée d'avoir embarqué seule sur le bateau de ce Gino ». Il y avait longtemps, bien sûr, qu'elle n'avait vu un si bel animal, si hardi et si naturel dans sa hardiesse. Elle avait d'abord protesté, et puis la brûlure du soleil, le balancement de la houle, la fraîcheur de cette bouche, tous ces plaisirs distincts s'étaient tout à coup rejoints et additionnés pour former un total irrésistible et brutal, celui du désir. Et devant cette évidence imprévue, son corps, tel un mathématicien surpris mais honnête, s'était incliné — comme toujours — avec une tranquille obéissance, obéissance dont elle n'éprouvait nulle honte. Au contraire, elle ressentait une sorte d'orgueil à retrouver intacts l'indépendance et les appétits de ce corps indressable. Elle avait toujours eu de sa propre sensualité une image triomphante et tranquille, car elle s'était toujours avoué ses désirs et les avait, presque chaque fois, assouvis. Les goûts sexuels ne lui semblaient condamnables que lorsqu'ils étaient sectaires, et les phantasmes, les secrets, les hontes et les exhibitionnismes qui ravageaient ses malheureux contemporains lui étaient étrangers. Elle trouvait finalement aussi ridicule cette époque qui déclarait le plaisir obligatoire, que celle qui, dix ans plus tôt, l'interdisait. Et ce soir, curieusement rassurée, elle se sentait bien dans sa peau, comme si, par cette trahison, son corps lui eût prouvé qu'il pouvait, vis-à-vis d'Édouard, la protéger d'elle-même.

Rentrée fort tard, elle avait trouvé ses deux hommes sur la terrasse, contemplant la mer sans mot dire, au lieu de discuter théâtre et littérature, comme ils en avaient pris l'habitude depuis une semaine. Béatrice commençait tout juste à s'ennuyer, lorsqu'ils avaient rencontré Gino, accompagné de sa mère, une ex-maîtresse de Jolyet. Et ce n'était pas de la faute de Béatrice si Édouard n'aimait pas la mer, ni si ce total s'était fait d'une manière si éclatante et si discrète. « Édouard n'a aucune raison de faire la tête », pensait-elle, et elle sourit à Jolyet qui s'évertuait à soutenir la conversation. Elle lui fit même un coup d'œil complice, qu'à sa grande surprise, il ne lui rendit pas.

— Qu'avez-vous fait tous les deux, cet après-midi? s'enquit-elle.

Édouard gardait les yeux baissés. Jolyet toussota.

— Moi, ma chère, j'étais fatigué, je suis resté dans ma chambre et j'ai lu. Édouard en a fait autant, je crois.

— Vous auriez dû venir, dit Béatrice. C'était très beau cette promenade en mer. Le petit Gino nous a emmenés jusqu'au Cap-Martin. Nous sommes même passés devant la maison.

— Qui ça, « nous »? demanda Édouard.

— Lui et moi, dit Béatrice paisiblement. Finalement sa mère n'a pas voulu venir. C'est un gentil garçon, ajouta-t-elle, très bien élevé.

Jolyet repoussa son assiette et se leva.

— Vous m'excuserez, dit-il, je suis vraiment très fatigué, ce soir ; je vais me coucher.

Depuis huit jours qu'il était là, c'était la première fois qu'il avouait sa lassitude et Béatrice s'en inquiéta. Il avait été si charmant, si gai, si peu concerné apparemment par son état, que cette défaillance subite sonnait comme un rappel.

— Vous ne vous sentez pas bien? demanda-t-elle.

Mais déjà debout, il la rassurait, lui baisait la main, tapotait l'épaule d'Édouard et se dirigeait vers l'escalier. Elle le suivit des yeux, se tourna vers Édouard qui semblait pétrifié.

— Il m'inquiète, dit-elle. Et toi, qu'as-tu? ajouta-t-elle avec agacement.

Édouard leva les yeux un instant, puis les baissa. Il avait une difficulté affreuse, presque mécanique, à ouvrir la bouche :

— Jolyet a de belles jumelles de marine, dit-il d'une voix plate. J'ai voulu les essayer, tout à l'heure et je suis tombé sur ton bateau, par hasard...

Il y eut un instant de silence. Il promenait la fourchette sur la nappe, il ne la voyait pas et ses oreilles bourdonnaient.

— Ah, dit Béatrice, d'une voix rêveuse, quel mauvais hasard...

Édouard resta interdit, un instant. Il s'était attendu à tout sauf à ce calme. Depuis trois heures, il attendait cette scène comme on attend l'éclat des cymbales dans une partition, et c'était un basson paisible qui les remplaçait.

— Il fait bien l'amour, ce Gino ? demanda-t-il.

Béatrice alluma une cigarette posément, cinématographiquement, avant de lui répondre :

— Pas mal... Moins bien que toi, mais pas mal.

Elle fixait Édouard qui ne pouvait que fermer les yeux, car cette bouche tranquille, il la voyait encore s'ouvrir sous le plaisir. Il lui semblait que sur ce visage impassible de Béatrice, il verrait toujours se superposer, dans le médaillon des jumelles, un visage comblé. Sur le visage présent, très évidemment, il n'y avait pas l'ombre d'un remords ni d'une crainte. La tension infernale à laquelle il avait été soumis depuis six heures s'effondrait devant cette évidence : il ne lui servirait à rien de la battre, ni de crier, ni de supplier. Il n'avait qu'une seule chose à faire : la quitter; et de cela il en était incapable, et elle le savait aussi bien que lui.

Béatrice se leva et avant d'arriver à la porte se retourna :

— Tu sais, dit-elle, ce n'est pas si grave — et sa voix était indulgente et tendre, comme si c'était elle qui lui pardonnait — Ne te torture pas trop, Édouard. Énivre-toi et va dormir dans la chambre d'à côté. Tu n'as que ça à faire.

— Mais tu ne comprends pas ! cria Édouard.

Et il se leva à son tour, presque implorant. Absurdement, désespérément, il voulait qu'elle le comprenne, voire même qu'elle le console.

— ... Tu ne comprends pas, je vous ai vus, comme je te vois, là ! Et juste au moment où...

Béatrice hocha la tête, comme sincèrement frappée.

— Ça doit être terrible. Vraiment... je suis navrée, Édouard.

Elle semblait évaluer le malheur ou le chagrin d'un ami très proche (et même s'en désoler), mais en aucun cas s'en sentir responsable. Édouard, qui avait mis la main devant ses yeux, s'en rendit enfin compte et s'en indigna :

— Alors pourquoi?... cria-t-il.

Il s'arrêta net : Béatrice était sortie de la pièce. Elle allait gravir l'escalier, se démaquiller, se déshabiller et s'endormir, le bras sur la nuque, ennuyée et intacte. Mais lui, Édouard, était seul dans le grand salon, et il regardait avec haine les meubles légers, le pick-up où repassait le même disque, et la bouteille d'alcool qu'il vidait sur les conseils de Béatrice. Il ne comprenait plus rien à sa douleur. Cela avait été sur le coup, une douleur physique, mais à présent c'était devenu une douleur morale, presque intellectuelle. Dans ce récit minutieux et serré qu'il écrivait dans sa tête, tous les jours — le récit de sa passion pour Béatrice — ce dernier gros plan, indécent et terrible, lui semblait une sorte d'erreur grossière ; comme si entre deux chapitres intelligents d'un écrivain du XIXe siècle, un éditeur fou furieux eût brusquement décidé d'intercaler trois pages de bandes dessinées.

En plus, ce gros-plan, cette image ne lui répugnait pas. Elle rendait même Béatrice plus exotique, plus perverse et plus désirable que jamais, car quoi qu'elle en fasse, son corps était à lui ; « elle lui en avait fait cadeau », et ce cadeau était irrémédiable. Il n'était même pas question qu'on le privât de ce corps familier, tiède et généreux fait pour lui de toute éternité. Il n'y aurait jamais que lui pour le chérir à ce point, et ce corps le savait, même si la tête folle de sa propriétaire plus haut, tentait de l'oublier. Quand elle dormait — et peut-être, même en ses rêves, le trompait-elle — il voyait bien, lui qui restait souvent éveillé dans le noir, il voyait bien ce corps, tel un cheval fidèle, se rapprocher du sien. Il voyait ces cuisses qui, le jour, s'ouvraient sans doute devant d'autres, rechercher les siennes. Il voyait cette main alanguie qui, le jour, faisait sans doute signe à des inconnus, il la voyait chercher son front, son torse, machinalement, comme en cachette de la tête noire, aveugle et solitaire, là, sur l'oreiller. Et d'ailleurs, s'il se penchait sur ce visage cruel, s'il posait doucement sa bouche sur cette bouche inerte, il la sentait s'éveiller et accepter la sienne aussitôt, bien avant que Béatrice, consciente, ne l'ait, elle, reconnue. Ce corps, ce corps féminin et nu, ne lui avait pas été prêté, il lui avait été rendu.

Trois heures sonnèrent et bien sûr, il titubait, mais l'alcool n'était pour rien dans l'élan qui le fit monter l'escalier, traverser la chambre de Béatrice et se jeter sur son lit. Dans le noir, à travers la couverture, il reconnaissait cette femme qui était son bien, sa vertu, sa force, son unique amour, et il le lui disait, il l'adulait et il l'insultait, il s'embrouillait. Il s'endormit ainsi, mais Béatrice, qui n'avait pas bronché sous ce délire de mots, eut, elle, bien plus de mal à se rendormir.

Béatrice et Jolyet prenaient leur petit déjeuner en parlant à voix basse inconsciemment. Édouard, en effet, gisait un peu plus loin, les yeux clos, immobile, comme un convalescent.

— C'est étrange, commentait Jolyet, je le voyais de dos, hier, te regarder, et j'avais l'impression de voir en même temps que lui dans ces maudites jumelles. J'aurais été gêné qu'il se retourne. Le pauvre garçon...

— Il n'est pas si à plaindre, dit Béatrice. Vous l'auriez entendu, cette nuit... Il parlait de moi, d'un tel ton de propriétaire, d'une façon si bizarre, comme à mon double ! Cela me faisait peur...

— Tu es forcément double, à ses yeux, dit Jolyet, puisque tu es la femme qu'il aime, actuellement, et que tu es aussi, en puissance, le personnage qu'il décrira un jour.

— Vous voulez dire qu'il se servirait de moi ?

Béatrice semblait tout à fait horrifiée.

— Naturellement, dit Jolyet, même s'il ne le sait pas. Depuis cinq ans que tu l'as quitté, les héros de ses pièces sont presque toujours, des hommes abandonnés. Je me demande ce que seront les prochains... Bafoués ? Masochistes ?

— Pourquoi pas des hommes heureux ? demanda Béatrice d'une voix sévère.

— Parce que les gens heureux n'ont jamais été des bons héros pour un romancier, dit Jolyet. Quoi que tu penses, le bonheur est la dernière chose qu'Édouard recherche avec toi. Enfin, pour le moment, il t'aime, comme on dit, aveuglément.

— J'ai toujours été aimée aveuglément, dit Béatrice, avec amertume mais c'était par de faux aveugles : c'était par des hommes qui n'aimaient que mes défauts.

— C'est une nuance très juste, dit Jolyet. Mais peut-être tes défauts sont-ils plus excitants que tes qualités ? Ou peut-être permettent-ils plus de rêver, même à quelqu'un comme Édouard ?...

Béatrice prit sa tasse de thé, la porta à ses lèvres puis la reposa brusquement.

— Écoutez André, dit-elle, je vous ai toujours dit la vérité — enfin à peu près. Vous savez très bien que je ne me sens libre de moi-même que sur un plateau de vingt mètres sur dix, et que je ne me sens sincère qu'en disant le texte d'un autre. Et Édouard est comme moi : il n'est sincère que dans la fiction.

— Il y a une grande différence, dit Jolyet, c'est que toi, en jouant, tu cherches à t'oublier. Alors que lui, Édouard, en écrivant, il cherche à se trouver. De plus, toi, de même que les musiciens qui entendent leurs accords ou les peintres qui voient leurs couleurs, tu as des échos, des preuves immédiates de ton talent : les silences de la salle et ses bravos, tu as des plaisirs immédiats et physiques, sensuels même, qu'un écrivain n'a jamais. Sauf parfois, à l'aube, quand il a l'impression de découvrir ce qu'il savait déjà, mais c'est un plaisir abstrait et inconnu des autres. Vois-tu, je n'ai pas peur pour Édouard, j'ai peur pour toi. J'ai peur que tu ne finisses par jouer ses textes à lui.

Et comme elle ébauchait un geste de dénégation, il se mit à rire et enchaîna :

— Dieu merci, ce sont tes défauts qui te protégeront le mieux : ton ambition forcenée, ton goût des hommes, ton goût de tromper. Cramponne-toi bien à ces deux vices, quoi que j'ai pu te conseiller jusqu'ici. Ce sont ou ce peut-être des vertus. Les meilleures victimes font les pires bourreaux, ajouta-t-il en désignant du menton Édouard qui se levait et venait vers eux.

Il se sentait physiquement abruti par le soleil et

moralement meurtri par ses souvenirs de la veille. Il n'arrivait pas à établir le moindre rapport entre cette soirée de supplice, et la femme brune, le gentleman paisible qui croquaient des biscottes sous un parasol. (Il ne se rappelait même pas le visage de Gino). Il aurait voulu s'asseoir à leurs pieds, écouter de la musique, le front appuyé sur les genoux de Béatrice, et mourir là, mille ans plus tard, sans que rien d'autre ne se passe. Mais ils allaient revenir à Paris, retrouver la ville, les studios, les plateaux, les autres, et d'autres Gino sans doute. L'été prochain, il n'y aurait plus les yeux pervenche de Jolyet pour dévisager la mer, mais ils seraient là, ensemble, Béatrice et lui, de plus en plus inséparables ; et elle n'y pourrait rien. Sa trahison de la veille lui semblait tout à coup rassurante : elle avait pu le tromper, il avait pu l'accepter, et que cela se résolve ainsi signifiait que ce n'était pas de là que pouvait naître l'irréparable. Il refusait de s'avouer que ce n'était pas de son acceptation, à lui, qu'il avait douté. Non, ce dont il avait douté, c'était qu'elle supportât cette acceptation. Il y a des femmes ainsi qui trompent leurs hommes, gaiement, avec affection, mais qui dès l'instant où ils le découvrent, ne peuvent plus les supporter, leur respect d'elles-mêmes s'étant réfugié dans le regard de l'autre. Béatrice, Dieu merci, ne se respectait pas assez, ou était assez indifférente à son image pour ne pas exiger dans l'œil d'Édouard, un reflet pur et intact. Néanmoins, en lui avouant l'avoir vue, il avait pris un gros risque. Et seul un orgueil viril et un peu sommaire empêchait Édouard de le reconnaître.

Ils allaient rentrer à Paris et il allait écrire. Ce pays de soleil ne le poussait pas vers sa pièce, mais au contraire, l'en détournait. Il aurait dû se sentir très bien dans cette belle villa déjà déserte ; mais il s'y sentait en fait plutôt accablé. Pour écrire, il lui fallait des ciels brouillés, changeants, des chambres de passage, des après-midi ternes ou des nuits sans sommeil. Pour lui, les mots surgissaient des cendres tièdes et non pas des flammes. Et il attendait avec impatience le moment où il pourrait, décemment, faire semblant d'avoir oublié Gino. Et déjà, sans être sûr de devoir faire semblant.

Un télégramme de Tony d'Albret hâta leur départ, et Jolyet ne fit rien pour les retenir. Malgré sa grande courtoisie, il semblait de plus en plus absent aux autres et à lui-même. Édouard le vit plusieurs fois lancer des galets sur la mer, avec un mélange de rancune et de plaisir ancien. Malgré sa froideur et son courage, Jolyet devait en vouloir à cette mer d'être si bleue, si inaltérablement bleue dans ses caprices, et si indifférente au destin de ses admirateurs. Un soir, la veille de leur départ, ils allèrent dîner à Beaulieu, puis poussés par Jolyet qui semblait très en forme, allèrent prendre un dernier verre au night-club de l'hôtel. C'est alors qu'ils virent arriver Gino, plus beau que jamais, souriant et visiblement ravi de les retrouver. Il invita Béatrice à danser et comme elle refusait tranquillement, il insista sur un certain ton. Édouard, qui avait pourtant fort peu bu et ne s'était battu, lui semblait-il, depuis le service militaire, se retrouva en train de rouler sur la piste, dans une bagarre à la fois confuse et inefficace. Les maîtres d'hôtel, indignés et ravis, eurent vite fait de les séparer, et Édouard se retrouva dans les vestiaires, en compagnie de Jolyet qui l'aidait à remettre de l'ordre dans ses vêtements. A son grand plaisir, le jeune Gino avait le nez ensanglanté et bête.

— Vous avez été très bien, dit Jolyet. C'est très difficile de se battre à froid ; car vous n'en aviez aucune envie, n'est-ce pas ?

Édouard se mit à rire. Il se sentait bien, détendu, comme après l'amour physique.

— Non, dit-il. Mais j'ai pensé que c'était mieux vis-à-vis de Béatrice. Je n'aime pas les coups, mais je ne crains pas les Gino. Moralement non plus.

— Et vous savez pourquoi? dit Jolyet. C'est parce qu'il est beau, bizarrement ! Béatrice est belle aussi ; et tous ces gens beaux, ceux qui en font un métier ou une vocation, forment un sexe à part et d'où, pour une fois, l'homosexualité ou l'égalité est bannie.

Ils marchaient sur le perron à présent, attendant Béatrice.

— Pourquoi dites-vous que les gens beaux forment un sexe à part? répéta Édouard, intrigué.

— Parce qu'ils sont si habitués à être admirés qu'ils ne peuvent se suffire l'un à l'autre dans un lit, répondit Jolyet. J'y ai toujours pensé, quand un couple d'acteurs se séparait, c'est évident : pendant que l'un s'étirait voluptueusement sur l'oreiller, l'autre se penchait gracieusement à la fenêtre, et tous les deux (in petto) en gros-plan. Mais il n'y avait pas de public ; et c'est ce qu'il y a de pire pour eux.

Béatrice les rejoignait, et elle félicita Édouard pour la rapidité de son direct.

— Je ne me savais pas acoquinée à un sportif, dit-elle. Ces intellectuels sont pleins de surprises, décidément...

Elle souriait. Bien sûr, la virilité se prouvait plus, pour elle, dans un lit que sur un ring. Néanmoins elle appréciait qu'Édouard, cet homme doux, eût jugé bon de se battre pour elle, et fait le coq. Ce n'était qu'en respectant ces faux-semblants, ces attitudes puériles et convenues que les rapports entre les hommes et les femmes avaient une faible chance de devenir vrais, ou de le rester. Béatrice, en tant que maîtresse et en tant qu'actrice, n'aurait pu longtemps supporter, sans en avoir honte, d'aimer un homme lâche.

XIII

On en était à l'entracte et la générale de Kurt était déjà une catastrophe. Édouard, qui avait lu la pièce, se demandait où en était passé le charme fragile, un peu déchirant, à la Tchékhov, celui qu'il avait ressenti à la lecture. Pendant le premier acte, on avait vu des robots accomplir des gestes arbitraires, déplacer eux-mêmes des décors nickelés et observer des silences inutiles et pesants. Un jeu savant d'éclairages — savant en ce qu'il consistait à laisser dans le noir la personne qui parlait et à éclairer un objet anodin — n'avait pas suffi à réveiller l'intérêt de la foule, foule pourtant prête, sur la réputation de Kurt, à déclarer superbe et plein de trouvailles ce mauvais exercice. Au foyer, les gens se croisaient en chuchotant et arboraient un air consterné, de mise en ces cas-là, et qui généralement cachait une sournoise satisfaction.

Édouard était triste et soucieux du moral de Kurt.

Béatrice, elle, avait été admirable pendant cette épreuve. Elle avait noué ses mains sous son menton, fixé une fois pour toutes, semblait-il, son regard sur la scène et n'avait pas bougé. Elle ne s'était permis nul étirement, nul bâillement, nulle toux, et pourtant son entourage ne s'en était pas privé. Seuls quelques jeunes gens, partisans du théâtre d'avant-garde, regardaient avec mépris et dérision ce public de générale, ces vieux routiers embourgeoisés, mais leur attitude presque menaçante, évoquait plutôt l'Action Française. Édouard et Béatrice croisèrent un critique, dans un couloir, qui sursauta en apercevant le beau visage maquillé de Béatrice, et qui se précipita vers eux.

— André Beretti, présenta Béatrice, Édouard Maligrasse.

— Ravi de vous connaître, dit très rapidement le critique. Mon Dieu, Béatrice, que fais-tu là, toi ? Peux-tu me dire ce que tu aimes dans ce pathos ? Quel ennui !...

— Personnellement, je trouve ça très intéressant, dit Béatrice.

Les deux hommes la dévisagèrent. Elle avait adopté un air loyal, net, un peu triste, qu'elle jugeait visiblement admirable. Elle semblait dire en même temps, à ce Beretti : « Je sais que tu sais ce que je pense, mais j'aime mieux être ridicule que traître. » Cela se sentait tellement et c'était d'ailleurs un rôle tellement nouveau pour elle, elle Béatrice Valmont, qui toujours, en toute circonstance, avait opté pour la brutalité, et toujours ignoré le sens du mot loyauté, que le critique ne put s'empêcher de rire, stupéfait et comme charmé par ce nouveau visage.

— Vraiment, dit-il, Béatrice, tu es merveilleuse.

Il lui baisa la main et se retournant vers Édouard, il ajouta :

— Mes compliments, Monsieur. Je crois, en effet, que Kurt van Erck est un de vos amis.

Édouard avait parfaitement suivi ce petit jeu et il en était exaspéré. Il aurait préféré que Béatrice lui dise : « C'est assommant, c'est odieux, partons » plutôt que d'afficher ainsi une commisération et une fidélité qu'elle ne pouvait pas ressentir. Il ignorait que Béatrice ne jouait cette comédie que pour travestir ses sentiments réels. Haïssant Kurt, et jouissant vraiment de son échec, elle ne s'était réfugiée dans une attitude complètement opposée que pour ne pas achever Édouard. Elle lui envoya donc un sourire doux, attendri, un sourire de femme loyale, et il ne put s'empêcher de se sentir vexé : le croyait-elle si sot!

— Tu trouves vraiment cela intéressant? dit-il.

Elle le dévisagea et elle vit à son expression, qu'elle avait fait fausse route, que son manège risquait de dérailler. Alors, avec une rapidité stupéfiante et qui n'appartenait qu'à elle — car enfin, il est très difficile de passer à la seconde d'une comédie stylisée à la sincérité la plus complète — elle répondit d'une voix éclatante :

— Je trouve ça infect, oui.

Ce fut au tour d'Édouard d'être déconcerté, d'autant plus que Béatrice répétait : « Infect, infect » d'une voix qui montait, une voix jubilante et forte, et que déjà quelques visages se tournaient vers eux. Il la prit par le bras et l'entraîna vers un balcon moins fréquenté, où ils s'accoudèrent.

— C'est grotesque, dit-elle, tout à coup calmée, c'est grotesque et misérable. Ton ami Kurt est un fasciste, mon bon.

— Un fasciste?

Édouard protestait, mais déjà, elle avait tendu la main vers lui, l'avait attrapé par sa cravate et le secouait doucement, tout en lui jetant des phrases railleuses mais convaincues.

— Tu viens d'une famille de notaires de province, Édouard, disait-elle, et Kurt d'une famille d'avocats en Allemagne, non ? Moi, je viens d'une famille de petite, très petite condition à Paris, et dont j'ai toujours voulu m'échapper. Je connais mieux « le peuple », comme il dit, que Kurt. Et en plus, quand il fait des pièces pour « le peuple », le peuple y a l'air minable et accablé. Et ça l'agace, le peuple ! Les gens, en général, n'ont que trente années décentes, à vivre. Et ils le savent.

Édouard la regardait, ébahi. La colère allait bien à Béatrice, elle semblait plus rose, plus noire, plus dangereuse encore ; et surtout elle semblait plus vraie que toutes les théories de Kurt. Seulement, un vieux souvenir se plaignait en lui, qui englobait la confiance de Kurt, des années auparavant, son aide, ses conseils, les répétitions et leurs espoirs. Et si les tentatives abstraites de Kurt l'exaspéraient, les recettes concrètes des mondains, elles, le dégoûtaient. Au fond, il ne savait pas qui il était, ni de quel bord. Et pourtant il savait qu'il devrait un jour, au milieu de tous ces tourbillons opaques, ces fausses vérités et ces demi-mensonges, dessiner de lui-même — à Paris ou ailleurs — une image précise. La plus sûre, bien entendu, lui serait donnée par son œuvre. Et encore... elle serait forcément interprétée, incomprise, trahie ou sublimée. Il serait jugé par des gens qu'il trouvait sans justice, ou admiré par des gens qu'il n'admirait pas. C'était cela, son destin d'auteur dramatique, à Paris. Et un jour, tout le monde se réconcilierait sans se le dire, sur son dos, ou plus exactement, tout le monde se mettrait d'accord sur une certaine image de lui. C'était une époque qui classait, et il ne serait jamais que ce qu'il savait être profondément, comme tout créateur, bon ou pas d'ailleurs : inclassable. Non, c'était évident, le seul jugement qui lui fasse battre le cœur et s'incliner devant lui, c'était, aussi faux qu'il puisse être, celui de Béatrice. Il ignorait que c'était parce qu'il était jeune, un jeune écrivain, et que les battements de son cœur couvraient encore pour lui les fanfares et les tambours du succès.

Le deuxième acte fut égal au premier, à la différence près que certains invités, trouvant élégant d'être grossiers, quittèrent bruyamment la salle avant la fin du deuxième acte. Dans les coulisses, il retrouva Kurt, amer, sarcastique et furieux, qui lui donna une petite tape lointaine, comme pour le rejeter avec ces gens, tous ces gens pourris qui n'étaient pas à même d'apprécier sa mise en scène. Son geste signifiait : « Puisque tu fais partie de cette troupe, reste avec eux ». Et les balbutiements chaleureux, maladroits d'Édouard ne purent rien y changer. Il était fort déprimé, et fut soulagé quand Béatrice lui suggéra de rentrer.

Ce soir-là, Béatrice le prit dans ses bras. Elle l'appelait « Fasciste, mon petit fasciste » comme certaines mères irresponsables disent « Mon petit cancre ». Il faisait chaud, et l'odeur du seringa, dehors, semblait évoquer une amitié passée, une confiance perdue, et un heureux désastre; puisque, penchée sur lui et lui clouant les paupières de ses doigts, Béatrice lui disait de ne pas s'en faire, qu'il avait, lui, du talent, une voix, et que cette voix, tous les comédiens de Paris, de Londres et de New York rêvaient, ou rêveraient un jour de la lui emprunter. Elle lui disait aussi, avec un calme révoltant, que c'était ces métiers-là, — les leurs — qui produisaient ces situations-là. Et qu'à l'instant où il avait commencé à prendre un crayon et un papier, à écrire la première réplique de sa première pièce, il avait automatiquement souhaité d'être joué, et donc accepté d'avance les mille trahisons, les mille combines et les mille écœurements du théâtre. Elle lui disait tendrement, avec une mélancolie, presque, qu'il ne lui connaissait pas, qu'il ne devrait jamais compter sur rien : que la comédie était forcément la suivante de la fiction, comme la prétention celle du talent, et que dans ce domaine, la pureté, l'intransigeance n'étaient que les masques de l'impuissance et de l'échec. Et qu'il le savait, puisque chaque phrase qu'il avait décrite était destinée à faire son effet, et qu'il s'y était attardé avec complaisance. Et que bien qu'il enviât Shakespeare, Racine, et regrettât de ne pas être « eux », il était finalement assez content de lui-même, certains soirs ; comme elle-même, lorsqu'elle avait pensé trouver dans un personnage qui lui déplaisait ou qui ne lui ressemblait pas, un accent ou une tonalité qui ressemblât à ce personnage.

C'est ce soir-là, pour la première fois, qu'elle lui fit l'amour d'une façon délibérément altruiste — comme une putain ou comme une infirmière. Elle avait mis « leur disque », et ce fut elle qui, ostensiblement, le conduisit au plaisir, à l'instant précis où il tentait d'habitude de l'y conduire, elle. Édouard, comblé et heureux, voulut lui dire que ce n'était pas la peine, que ses blessures morales n'étaient que de fausses blessures, mais cette nouvelle forme de sensualité ne changeait en rien son statut d'amant, elle faisait simplement de lui, au lieu du prêtre, la proie du sacrifice.

De prime abord cela pouvait sembler un changement de rôles, mais dans la mesure où c'était elle qui en décidait, ce changement n'en était plus un. Décidément, il y avait une sorte de mélodie dans leur histoire, et quelle que soit la manière dont on l'orchestrâ quelle qu'en soit la clé, quelles que soient les improvisations inévitables de ses interprètes, Édouard savait qu'il la retrouverait partout, intacte, inoubliable, et toujours juste à son oreille.

XIV

Contrairement à ses prévisions, Edouard avait du mal à écrire sa pièce. Paris devenait vide et Béatrice restait tendre, mais les mots lui échappaient. Il passait des heures dans le jardin à griffonner des notes qu'il déchirait le soir. De temps en temps, Béatrice lui demandait de lui donner la réplique : elle avait accepté finalement de tourner dans le film de Raoul Dantys, en septembre. Par une ironie du sort des plus fréquentes, elle devait y incarner une femme noble et fidèle, torturée par un mari jaloux. Les dialogues, qu'Édouard avait d'abord trouvés ternes et verbeux lui parurent vite odieux, et quand il eut demandé deux ou trois fois, d'une voix plate, à Béatrice-Laure, (c'était le nom de l'héroïne) si oui ou non elle l'avait trompé pour s'entendre répondre avec une fermeté admirable que c'était impossible, il s'énerva et jeta le manuscrit au fond du jardin. D'abord stupéfaite, Béatrice finit par comprendre et éclata de rire.

— Écoute, dit-elle, sois un peu sérieux. Je dois me souvenir de tous ces mots, je travaille, moi... Et j'ai d'autres soucis que des Gino hypothétiques.

Elle était réellement indignée et ce fut la fidèle Cathy qui remplaça Édouard. D'ailleurs Béatrice s'énervait de plus en plus, les jours passant. Elle déclarait elle-même que ces dialogues étaient ineptes. Elle arpentait sans cesse le petit jardin, selon un périmètre très précis, elle secouait ses cheveux, elle tapait du pied et s'appuyait aux arbres desséchés de l'été comme à des portants imaginaires. Tony d'Albret, inquiète, multipliait ses visites et posait à Édouard des questions insidieuses auxquelles il ne savait que répondre.

Un coup de téléphone sauva la situation. Le Théâtre des Buttes qui avait remis à l'affiche « Après Midi... », la pièce qui avait lancé Béatrice, était dirigé par Barberini. C'était un vieil homme perpétuellement ruiné bien que toujours soutenu par la critique. Et pour une fois il semblait que cette reprise allait lui assurer un succès durable, lorsque sa principale interprète tomba malade. Cette jeune actrice, qui avait repris le rôle créé par Béatrice, avait donné de Claire, l'héroïne, une interprétation plus intellectuelle, plus intérieure, plus « moderne », selon l'expression fatale, et de nombreux critiques s'étaient empressés de souligner cette différence en termes plus ou moins plaisants pour Béatrice. Aussi est-ce traqué, aux abois, que Barberini appela Béatrice et lui demanda, sans trop y croire, de reprendre, pour un mois, ce rôle qu'elle seule savait par cœur. A la stupeur générale, Béatrice accepta. Elle n'avait rien à gagner dans cette aventure, et le sens de la gratuité n'étant pas son fort, chacun s'extasia donc, et sur la grande solidarité des gens de théâtre et sur la charité subite de l'implacable Béatrice Valmont.

Après quelques répétitions, qui se révélèrent superflues, tant Béatrice avait de mémoire — du moins pour ses rôles —, elle remonta sur scène.

Ayant refusé la compagnie d'Édouard et de Tony, elle entra dans sa loge une heure avant les trois coups. En fait, ils l'énervaient l'un et l'autre : Édouard, en croyant qu'elle effectuait cette reprise par bonté pure, et Tony, en croyant, au contraire, que c'était par esprit de revanche. Mais Béatrice, elle-même sentait bien que ce n'était ni l'un ni l'autre. Elle se maquilla et s'habilla très vite, et elle fut prête une demi-heure à l'avance. Aussi, quand le régisseur passant dans les couloirs, cria de sa voix monotone : « En scène dans une demi-heure ! », elle sursauta et s'étonna de l'afflux de sang qui montait à sa gorge et la faisait rougir. Ce reflet d'elle-même dans la glace, pourtant, n'avait rien à voir avec un autre, presque oublié celui-là, d'il y a cinq ans! Elle jouait alors sa carrière et sa vie. Tandis que ce soir, elle n'avait rien à perdre.

Et pourtant ses mains tremblaient, et elle les appliqua violemment, sur la tablette de sa coiffeuse, comme pour y écraser quelque chose qui était peut-être de la peur et en tout cas de la colère : Béatrice n'aimait pas être surprise par elle-même ; elle n'y était pas habituée. Elle appela l'habilleuse, lui demanda un cognac, puis s'enquit de sa vie, de la bonne marche du théâtre, des mille histoires des coulisses qu'elle dédaignait généralement, bref elle déploya une énergie fébrile à combler le vide de cette demi-heure. Mais quand elle fut enfin sur le plateau, derrière le rideau sombre, elle continuait de trembler et de s'en étonner.

Il y eut le bruit de déchirure habituel; elle se retrouva en pleine lumière devant ces visages pâles, dans le noir, devant cette masse confuse et anonyme. Elle respira à fond, lança d'une voix claire sa première réplique. Elle abandonna le piano où elle s'appuyait. Elle marcha vers son partenaire. Et alors, elle sut : le bonheur, la liberté, l'invention, la sincérité, la force, tout lui était rendu d'un coup. Son cœur ne battait pas de peur, mais il battait sous une autre pulsion très différente de celle du désir, de la fatigue ou de l'ambition — son cœur battait à un rythme nouveau, profond et régulier. Il battait fort, sa voix sonnait juste et enfin, enfin elle disait sa vérité ! L'impression de mensonge, de rêve éveillé, de sentiments contradictoires, de nostalgie qui composait le fond, le décor de sa vie ordinaire, avait disparu ; en face d'elle, tous ces visages s'étaient fondus en un seul, le seul qu'elle aimât puisqu'elle ne lui devait rien et qu'elle ne le reverrait jamais. Et ce visage exigeait d'elle qu'elle lui mentît, qu'elle le fît rêver, rire ou pleurer, ce visage, bref, exigeait tout d'elle, sauf la « vérité ». Cette vérité banale, arbitraire et sans charme qu'avaient toujours sollicitée d'elle, et toujours en vain, ses parents, ses amis et ses amants. Tout au contraire, cette imposture forcenée et totale qu'était son rôle ne le serait jamais assez pour ces gens lointains et proches : son public. Elle serait toujours en-deçà de leur exigence. A travers ces mots écrits par un autre, à travers ces gestes décidés par un autre, et devant ces autres qu'elle ne connaissait pas, elle pouvait enfin être elle-même. Et elle disait « Je t'aime » mille fois plus sincèrement à son partenaire (pédéraste notoire) qu'elle ne l'avait jamais dit à un de ses amants. Et ces meubles faussement anglais, loués au mois et vides vingt-deux heures sur vingt-quatre, lui étaient plus familiers que sa propre maison ; et le ciel peint sur une toile, à travers la fausse fenêtre, reflétait un vrai beau temps. Et quand elle dut, selon le rôle de

Claire, partir à reculons en abandonnant ce décor minable, c'est d'une voix réellement déchirée qu'elle s'entendit demander à son partenaire de s'occuper chaque jour à sa place de la plante verte en plastique. N'aimant rien de ce qu'elle voyait, ni ce jeune homme brillantiné, ni ces faux meubles, ni ces objets d'emprunt, elle se sentait néanmoins saisie pour eux et pour leur provisoire, leur factice même, d'un amour sauvage et irremplaçable.

La salle lui fit une ovation que, pour une fois, elle ne chercha pas à prolonger en revenant sur scène, et quand son partenaire, apparemment sincère, lui dit en la rejoignant devant sa loge : « Vous avez été merveilleuse, Béatrice ! J'y ai cru », il s'étonna de ce qu'elle lui répondît sans sourire, avec même une sorte de lassitude et d'exaspération, « J'espère bien. Il n'y a que ça à croire, de toute façon ». Il trouva que c'était là un joli mot d'actrice, quoique un peu sophistiqué, et il s'empressa de le répéter.

De nouveau seule et enfermée dans sa loge, Béatrice se démaquillait activement, rageusement, les mains froides et les larmes aux yeux. Mais lorsqu'elle rejoignit un quart d'heure plus tard, Édouard et Tony, admiratifs et émus, qui l'attendaient au foyer, c'est avec un sourire triomphant qu'elle se dirigea vers leurs apparences. Elle bavarda paisiblement durant le dîner offert par le directeur, éperdu de reconnaissance, et si les compliments et les commentaires l'ennuyèrent un peu, elle ne le montra pas. De toute façon, demain, dans quelques heures, lorsqu'elle aurait fait l'effort de passer la nuit, le jour, lorsqu'elle aurait fait l'amour et discuté de projets de films, elle reviendrait derrière le rideau noir, et le mouvement de son sang redeviendrait normal. Ce n'était qu'une question de patience.

D'ailleurs, elle but tellement, ce soir-là, pour rejoindre les autres et sa propre existence, et elle se coucha si mal en point que, pour une fois, Béatrice se mentit à elle-même et attribua à l'alcool sa mélancolie.

Appuyé sur son coude, Édouard la regardait dormir. Il avait laissé la porte-fenêtre ouverte, et le vent de temps en temps soulevait les cheveux de cette inconnue, près de lui. Cette inconnue, il l'avait entendue dire « Je t'aime » en scène, il l'avait vue blessée, hésitante, traquée, vulnérable. Il l'avait vue ressembler étrangement à l'idée qu'il avait de lui-même par rapport à elle, et il eût aimé lui dire : « Qui t'a blessée ? Quand ? Et pourquoi ne t'en es-tu pas remise ? ». Seulement ce n'était pas cette femme-là qu'il aimait, mais une autre. Une autre qu'il avait vue se moquer de lui, qu'il avait même vue le tromper et ne pas s'émouvoir de sa peine. Alors pourquoi, ce soir, s'était-il inquiété de voir Béatrice regarder anxieusement cette ridicule plante verte ? Pourquoi avait-il souffert avec elle lorsqu'elle avait dû quitter ce bellâtre ? Et pourquoi avait-il souhaité qu'elle restât derrière ce piano, dès avant sa première réplique, comme derrière une barricade ? Béatrice était comédienne ; et une bonne comédienne, il le savait déjà. Il n'y avait donc aucune étrangeté à ce qu'elle sût simuler un sentiment qu'elle ne connaissait pas, qu'elle refusait même de connaître. Alors il se demandait, immobile et penché sur ce visage détourné, mystérieux et aveugle, il se demandait d'où lui venait cette angoisse et ce faux remords qui le tenait éveillé, près d'elle, comme un guetteur ou un coupable. Mais coupable de quoi ? Depuis qu'il la connaissait, il l'avait toujours aimée et le lui avait toujours dit ; il avait toujours souffert par elle et il avait tout accepté. Il savait qu'elle avait plus confiance en lui que dans ceux qui l'avaient précédé. Il savait qu'il était un ami, un amant de meilleur choix que ceux-ci et que dans la vie incertaine, impulsive et vaniteuse de Béatrice, il représentait actuellement la seule certitude, la seule confiance et peut-être, la seule tendresse. Alors ? En tout cas il avait bien envie que cette pièce, enfin que cette reprise de pièce soit terminée, que Béatrice ôte ce masque provisoire et qu'elle redevienne, brutale et déconcertante, l'objet de sa passion.

Le petit jour le retrouva assis à la table de la salle à manger ; car, comme s'il avait eu besoin pour cela de sa tristesse et de ses doutes, Frédéric — son héros — était revenu vers lui. Il voyait à nouveau quelque consistance à ce jeune homme indécis et quelque sens à son indécision. La cause de cette renaissance, de cette réapparition lui importait fort peu, encore qu'il la sentît des plus troubles et des plus indéchiffrables : comme Béatrice, douze heures plus tôt, il avait retrouvé sa propre voix. C'est ainsi que l'une dormant et réfugiée dans son sommeil, et l'autre insomniaque et cramponné à son insomnie, ils passèrent les quelques heures de l'aube — sans le savoir bien sûr — à égalité.

Ils eurent alors, quinze jours durant, et grâce à des moments de bonheur parfaitement solitaires, leur plus grande période de bonheur partagé.

XV

Édouard était assis dans un pré, sur une petite caisse de bois obligeamment prêtée par un machiniste, et regardait, à vingt mètres, Béatrice, l'air extasiée et les bras tendus, marcher vers un jeune homme blond sur l'épaule duquel elle s'effondra en pleurant.

— Coupez ! cria le metteur en scène.

Et au grand soulagement d'Édouard qui, malgré lui, après trois semaines de tournage, souffrait toujours de jalousie lors de ces scènes d'amour, Béatrice se dégagea des bras de l'acteur. Elle le regarda et il lui fit un petit bravo silencieux, mais elle ne parut pas le voir. C'était bien le terme : elle ne le voyait pas. Bien sûr, c'était la scène finale que l'on tournait et elle devait se concentrer pour jouer ce fameux « bonheur dans les larmes » dont Raoul, le metteur en scène, était si friand ; mais c'était la sixième prise, l'équipe technique s'énervait, et cette sorte de mysticisme et d'étrangeté au reste du monde où semblait baigner Béatrice à cet instant-là, parut à Édouard un peu excessif. Il frappa donc plus fort dans ses mains et cela fit vraiment un petit bruit de bravo. Béatrice le regarda et détourna les yeux aussitôt comme s'il eût été une borne kilométrique égarée dans le décor. Édouard laissa ses doigts retomber mollement dans la paume de son autre main, puis il mit les mains entre ses deux genoux, puis allongea les jambes et regarda attentivement ses chaussures. Invariablement, depuis qu'il suivait ce tournage, il se retrouvait dans la même position : témoin indésirable le jour et amoureux encombrant la nuit. Le rire de Nicolas derrière lui, le fit sursauter.

— Tu as absolument l'air d'un chien de chasse, dit Nicolas...

Il s'assit par terre, à côté de lui, cueillit une herbe, la mâchonna, l'air enchanté de la vie. Béatrice l'avait fait engager pour un second rôle avec une autorité et un esprit de camaraderie exemplaire qui avait beaucoup plu à Édouard. Ce n'était qu'au bout de ces dix jours qu'il s'était rendu compte que Béatrice, lorsqu'elle commençait un film ou une pièce, avait besoin d'emmener avec elle, telle une romanichelle, quelques membres de sa tribu ; en l'occurrence, sa femme de chambre, Tony d'Albret, Nicolas et lui-même faisaient partie de la caravane. Malheureusement, après une période de morosité, Béatrice se prenant au jeu, était entrée dans son rôle ; et la roulotte une fois ébranlée, il ne devait y rester que les bohémiens utiles, c'est-à-dire Tony, qui discutait les notes de frais, Nicolas, utile malgré l'exiguïté de son rôle, et la fidèle Cathy qui repassait et cousait tranquillement à l'hôtel.

Édouard, lui, n'avait aucun emploi précis dans ce voyage. Le dernier des machinistes était, il le sentait bien, devenu plus utile que lui-même aux yeux de Béatrice. Quand le soir, tout un chacun du maquilleur au metteur en scène, discutait des prises de la journée, Édouard, bien qu'il y eût assisté et qu'il en connût les moindres péripéties, se sentait toujours le parasite, l'étranger, l'exclu de la bande.

Il avait bien esquissé quelque va-et-vient entre Paris et la Touraine — où se déroulait le film — il avait bien essayé de parler de ses rendez-vous à lui, de ses travaux à lui, mais cela n'avait semblé intéresser personne, hormis Tony d'Albret qui finalement avait vendu les droits de sa pièce à un très bon théâtre de Broadway. Et encore, Tony elle-même ne lui parlait de ses contrats et de ses projets qu'en chuchotant, presque en cachette, comme s'il eût été indécent après trois semaines de parler d'autre chose que de : « Ailleurs, peut-être », titre du film de Raoul. D'ailleurs cette indifférence n'était pas pour déplaire à Édouard qui avait toujours éprouvé une horreur maniaque à parler de ses écrits. Ce qui le troublait davantage, c'était que cette indifférence générale et diurne soit aussi une indifférence privée et nocturne et que même au fond de son lit et même pendant l'amour, Béatrice conservât en elle quelque chose d'étranger, de solitaire, quelque chose qu'elle refusait de partager avec lui et qu'il comprenait mal. Car enfin, elle jouait le rôle dans le film, d'une femme émouvante mais bête, d'une emmerdeuse, comme elle le disait gaiement elle-même. Elle se moquait cruellement de son personnage mais elle faisait tout pour que les autres y croient. Et le recul initial qu'elle avait eu par rapport à son rôle disparaissait à vue d'œil. C'était une Emma Bovary actuelle qu'elle interprétait, et Édouard, n'étant ni Homais ni Rodolphe, ne pouvait que la déranger.

— Au fond, lui avait-il dit un soir, comme elle refusait pour la troisième nuit de faire l'amour avec lui, au fond tu aimerais mieux faire l'amour avec Cyril, (c'était le nom du jeune premier) qu'avec moi.

Béatrice était restée rêveuse un instant.

— C'est vrai, avait-elle admis, et pourtant Dieu sait qu'il ne me plaît pas...

Édouard avait bronché, puis s'était repris :

— Alors pourquoi te gênes-tu ? C'est moi, peut-être ?...

Elle ne l'avait pas laissé finir sa phrase, elle avait éclaté de rire.

— Voyons, Édouard, que tu es sot ! Quand on a envie de quelqu'un, on trouve toujours un endroit et un instant pour ça, même avec soixante-dix techniciens aux alentours... C'est même célèbre la célérité des acteurs dans ces cas-là. Non, ce qui m'ennuie, avait-elle repris, c'est que déjà qu'il ne me plaît pas et que j'ai du mal à faire semblant de l'aimer, si en plus, je sais qu'il n'est bon à rien dans un lit, ça me sera encore plus difficile...

Édouard avait enchaîné d'une voix plate et tranquille car il savait que ce n'était qu'à cette sorte de voix atone que Béatrice pourrait peut-être répondre la vérité :

— Et Raoul ? Il est amoureux de toi, non, ton metteur en scène ?

— Oh ! oui, avait dit Béatrice distraitement, mais ça, c'est très bien ! Lui, je peux te garantir qu'il languira jusqu'à la fin du film. Il y a des cadrages, mon chéri, et des éclairages que seule une femme inconnue au sens biblique du terme, si je peux dire, peut obtenir de son metteur en scène. Ou alors, avait-elle ajouté d'une voix plus gaie, il aurait fallu que j'y passe dès le départ et que je joue l'amoureuse pendant tout le tournage. Auquel cas, tu ne serais pas là, mon petit chéri. Et puis après tout, avait-elle enchaîné en l'attirant contre elle, je suis, moi, amoureuse de toi...

Nicolas, à qui Édouard, indigné, avait répété ces propos cyniques, lui avait confirmé que c'était le b-a-ba des relations classiques sur le plateau d'un film. Finalement, il régnait, autour de cette équipe tout entière absorbée à tourner une histoire teintée d'érotisme, il régnait une singulière atmosphère de chasteté, comme si le fait de simuler l'amour et d'en voir répéter mécaniquement les gestes dix fois par jour eût suffi à en dégoûter tout le monde.

— Je crois qu'il vaudrait mieux que je m'en aille, dit-il à Nicolas qui lui offrait une cigarette d'un air attendri.

— Cela fait dix fois que je te le dis, opina Nicolas.

Il était pour sa part tout à fait à son aise, mollement allongé dans l'herbe et mâchonnant une paille. Les petites collines de la Touraine étaient baignées de la lumière douce, oblique et jaune de septembre, les tuiles viraient au mauve sur les toits, et dans la beauté de tous ces rouges et de tous ces jaunes, peu à peu intercalés dans le vert déjà vaincu de l'été, une sorte de mélancolie se glissait. L'hiver était proche. Et l'hiver faisait peur à Édouard. L'hiver pour lui c'était la ville, les autres, le bruit et la fureur. Il n'avait jamais passé d'hiver avec Béatrice. La première fois qu'il l'avait connue, c'était au printemps, un printemps qui s'était achevé par sa défaite, et il l'avait retrouvée aussi au printemps. Cela faisait presque trois saisons maintenant qu'il partageait avec Béatrice, et il se demandait pourquoi la quatrième lui faisait si peur.

— Pourquoi partirais-je ? dit-il. Tu ne sais pas comme

je peux m'ennuyer à Paris, maintenant que j'ai fini ma pièce...

— Ça, c'est une bonne chose, dit Nicolas. Surtout que tu sais, elle est superbe.

Il se pencha et posa la main sur l'épaule d'Édouard qu'il secoua affectueusement.

— Tu vois, dit-il, c'est très gentil de me l'avoir donnée à lire. J'étais très touché.

Édouard lui sourit en retour. En effet, et il ignorait pourquoi, Nicolas ce bon à rien, ce rigolo, ce doux ivrogne était le seul à qui il avait pu confier sa pièce. Ce visage trop beau, maquillé de surcroît en cet instant, ces dents trop parfaites, cette fausse juvénilité, cette caricature en somme de la sympathie et de la séduction, était devenue pour lui le visage de l'amitié et de la confiance. Curieusement, alors que ce que faisait Nicolas était toujours un peu « à côté » — ses rires, ses plaisanteries, ses gestes et ses déclarations lorsqu'il avait bu — en revanche, ce qu'il s'abstenait de faire était toujours sensible et intelligent. Nicolas avait une manière de se taire, de détourner la tête, de ne pas rire, justement, qui révélait un cœur pur.

— Sans parler de ma pièce, dit Édouard, tu crois que je dérange vraiment Béatrice, ici ?

— Oui, dit Nicolas, vraiment. Tu ne fais pas partie du film, tu es en trop. Tu es toujours dans le champ, tu n'as pas remarqué ? S'il y a une ombre, c'est la tienne, s'il y a quelqu'un devant la caméra, c'est toi; et si l'on entend un bruit dans le magnétophone, c'est toi qui a toussé...

— C'est vrai, dit Édouard. Mais que veux-tu, je suis affreusement malheureux sans elle.

Il désignait Béatrice qui, les yeux au ciel, semblait abattre intérieurement l'avion qui y ronronnait. Elle avait le menton en l'air, elle battait du pied, et parmi les techniciens et la petite foule qui attendaient aussi que cet avion inopportun disparaisse, elle semblait la plus impatiente et la plus féroce de tous. Nicolas se mit à rire.

— Cette chipie !.. dit-il.

Et Édouard rit avec lui et répéta les mots « Cette chipie » avec le plaisir épouvanté d'un élève chahuteur.

— Qu'est-ce que je peux faire? demanda Édouard. Qu'est-ce que je pourrais bien faire pour me rendre utile? Je ne peux pas balayer, quand même...

— Non, dit Nicolas, tu n'es pas au syndicat, et en plus tu es trop maladroit. Je ne sais pas mon vieux, cherche... Allons bon, dit-il en se redressant, on repart.

Il alla se remettre devant la caméra. Un silence artificiel s'installa : Béatrice, les yeux brillants de larmes, courut vers le jeune homme blond et s'abattit sur son épaule. C'est alors qu'une idée géniale traversa l'esprit d'Édouard.

Le soir même, dans le bar de l'hôtel, ils étaient tous les quatre assis devant le feu et ils écoutaient la pluie qui pour une fois avait trouvé bon de survenir à la date espérée. Tony d'Albret, revenue de Paris (car elle s'était éclipsée dès qu'elle avait vu Béatrice s'installer dans son personnage), Tony d'Albret semblait au comble du bonheur. Le contrat d'Édouard pour l'Amérique était signé, les photos du tournage déjà parues dans la presse étaient remarquables et tout allait au mieux pour elle dans le meilleur des mondes. En vérité Tony d'Albret était tellement fascinée par la vie privée de ses comédiens, leur carrière et les bénéfices qu'elle pourrait en retirer elle-même, qu'elle en oubliait d'avoir une vie privée. Parfois, se rappelant brusquement — et comme par décence — qu'elle était femme, elle se précipitait sur un jeune débutant étourdi mais prêt à tout, le ramenait dans son lit et le promenait ensuite triomphalement une semaine ou deux, de cocktail en gala, comme un toutou. Puis elle l'oubliait un jour dans un de ces sombres lieux. Mais de temps en temps, plus tard, quand on parlait de Gérard L. ou d'Yves B., elle se rappelait et elle soupirait : « Ah celui-là, si j'avais voulu... » Ce qui sous-entendait que ce pauvre garçon avait non seulement bien voulu, mais bien pu, et que ce n'était que par manque de temps et — par « dévouement à ses poulains » — que Tony n'avait pu assurer la carrière, voire le bonheur du malheureux. (On pouvait même à son intonation penser qu'il gardait de Tony la double image d'une bonne fée Mélusine débordée et d'une folle maîtresse comblée.) La vie sentimentale de Tony apparemment s'arrêtait là — si l'on exceptait une vieille mère fort malade en province, mais dont elle n'invoquait les souffrances que lorsqu'on discutait de ses pourcentages. Béatrice elle-même, qui alliait pourtant une habileté machiavélique à sa férocité native, n'avait jamais pu savoir s'il existait ou non une Madame d'Albret aussi invariablement agonisante que quinquagénaire.

— Il va falloir que je parte demain, déclara Édouard d'une voix triste.

Autour de lui les trois visages arborèrent trois différentes expressions : la contrariété attendrie chez Nicolas, la curiosité chez Tony et le soulagement chez Béatrice.

— Et pourquoi demain ? demanda-t-elle.

Mais sa voix signifiait aussi bien « Et pourquoi pas avant-hier ? » .

— Je n'ai pas le choix, j'ai des choses à revoir dans ma pièce, dit Édouard comme en s'excusant. Cela m'ennuie. Surtout avec cette histoire de « Show-Show »...

— Quoi « Show-Show » ? s'enquit Tony.

C'était l'hebdomadaire le plus lu en Amérique par les gens du spectacle. Son seul nom faisait frétiller d'aise tous les impresarii et presque tous les comédiens d'Amérique et d'Europe.

— Eh bien... je ne vous l'avais pas dit ? dit Édouard nonchalamment : quand ils ont su que ma pièce allait être montée à New York, ils m'ont demandé de faire un papier sur ce que je voulais et je leur ai proposé de parler du tournage de Raoul.

— Et alors ?

Tony était haletante.

— Vous ne le saviez peut-être pas, reprit Édouard, mais Raoul est assez connu là-bas depuis son dernier film. Comment s'appelait-il déjà ?...

— « Les Fruits de l'Aube », coupa Tony impatiemment.

— C'est ça, dit Édouard, « Les Fruits de l'Aube ». Ça a été un gros succès, non ?

— Mais oui, dit Tony exaspérée, tout le monde le sait, et alors ?

— Eh bien alors, dit Édouard de sa voix paisible, ça les amusait d'avoir un article d'un auteur français sur le tournage d'un metteur en scène français. Voilà tout.

L'expression des trois visages tournés vers lui s'était complètement modifiée : une sorte d'hilarité incrédule se dessinait sur celui de Nicolas, la stupéfaction sur celui de Béatrice et une colère mêlée d'angoisse sur celui de Tony.

— Et alors ?

Les deux femmes avaient comme piaillé ensemble. Édouard fit l'étonné.

— Eh bien alors, dit-il, j'ai bien essayé, depuis une semaine qu'ils m'ont télégraphié, de prendre des notes à droite à gauche mais j'ai eu l'impression de déranger tout le monde, tout le temps ; et je n'ai pas osé insister pour mes questions ; par exemple, sur la place de la caméra ou des trucs comme ça, sur les rapports des comédiens avec le texte, etc...

— Mais enfin, gronda Béatrice, mais enfin pourquoi ne m'as-tu rien dit ?

Nicolas s'était levé et s'appuyait contre le bar à l'autre bout de la pièce. Ses épaules étaient secouées d'un tressautement nerveux, comme s'il eût sangloté. Édouard dut respirer à fond pour ne pas se mettre à rire, lui aussi.

— Mais Béatrice, dit-il, je ne voulais pas t'ennuyer. C'est déjà assez dur, ton travail, toute la journée, sans, en plus, te poser des questions le soir. Comme Raoul... Comment veux-tu que je parle à Raoul ? Et de quoi ? Je n'y connais rien, moi, au cinéma ! Et je le leur ai bien expliqué à ces types de « Show-Show » !

— Comment ? dit Tony. (Elle s'était levée, elle était même devenue pâle et Édouard l'admira presque) Comment ?... Vous avez refusé ?...

— Oui, et je leur ai écrit, reprit Édouard. Je ne sais même pas si j'ai déjà envoyé ou non la lettre, d'ailleurs...

Il se leva à son tour et fit semblant de chercher dans ses poches. Nicolas qui, calmé, revenait vers eux, un verre à la main, le laissa échapper et se baissa précipitamment sur les débris.

— Tiens non, dit Édouard, non c'est vrai, je ne l'ai pas encore envoyée. Je le ferai demain de Paris.

Il y eut une seconde de stupeur. Nicolas, toujours penché, émettait un gémissement continu ; il revint enfin s'asseoir près d'eux, les yeux pleins de larmes.

— Édouard, dit Tony d'une voix sèche, asseyez-vous, asseyons-nous tous. Édouard, il faut que vous fassiez cet article. Il le faut, vous m'entendez, Édouard ? Il le faut, c'est tout.

Édouard se rassit, l'air plus ébahi que jamais. Il tentait désespérément d'éviter le regard de Nicolas.

— Mais que voulez-vous que j'écrive ? demanda-t-il. Je ne voudrais pas déranger Raoul et je suis toujours dans le champ, moi...

— Et alors ! cria Tony d'une voix claire. Et alors ? Il y a toujours quelqu'un dans le champ, d'abord ! Et croyez-moi, ce n'est pas toujours un journaliste de « Show-Show », nom d'un chien ! Et Raoul ? Qu'est-ce que c'est, Raoul ? C'est un metteur en scène, non ? Et son film va bien sortir en Amérique, non ? Vous allez voir s'il n'a pas le temps d'y répondre, à vos questions, Raoul ! Vous pouvez le questionner, mon petit Édouard, vous pouvez questionner tout le monde. Tout le monde vous répondra. Je m'en charge. Même Béatrice vous répondra !

Édouard tourna les yeux vers Béatrice. Elle le regardait pensivement, d'un air vaguement admiratif.

— Mais qui t'a demandé ça, à « Show-Show » ?

— Millane, Edward Millane, un nom comme ça... (Il avait passé une heure à se renseigner par téléphone). C'est le second de Matthews, qui est le rédacteur en chef, je crois. C'est drôle, ils payent au mot, ces gens-là... Un dollar le mot. C'est énorme, non ?

Mais déjà Tony s'était lancée vers lui et l'enlaçait fiévreusement, le serrait sur son cœur et l'embrassait, l'appelait : « Mon petit génie, ma colombe, mon cher

Édouard ». Puis elle prit un ton théâtral et se retourna vers Béatrice :

— Ma chérie, dit-elle, pour une fois, bravo ! C'est une mine d'or que tu nous as trouvée là, reprit-elle en serrant contre son flanc la tête sournoise d'Édouard, une vraie petite mine d'or !

— Si je reste, dit Édouard à demi-caché dans le chandail parfumé de Tony d'Albret, si je reste, tu répondras aussi à mes questions, Béatrice ?

— Si elles ne sont pas trop personnelles, dit-elle en riant.

Et se levant, elle vint l'embrasser à son tour tendrement au coin du front, comme une mère heureusement surprise de voir son petit cancre sortir brusquement premier de Polytechnique. Quant à Nicolas, il semblait, lui aussi, heureusement surpris, mais c'était pour d'autres raisons. Il commanda du champagne, on réveilla Raoul et son assistant et Édouard, devenu le grand héros du plateau après en avoir été le plus triste figurant, répétait, enjolivait son rôle avec un mélange de malice et d'épouvante. Un jour, sa supercherie serait découverte et ce jour-là, il ne donnerait pas cher de sa peau. En attendant ils riaient bien, Nicolas et lui.

C'est ainsi qu'à trente-six ans, et bien qu'étant écrivain depuis toujours, Édouard Maligrasse découvrit toutes les délices et toutes les angoisses du mensonge. Et lorsque plus tard dans la nuit, Béatrice lui dit en souriant : « Voulez-vous que je vous montre comment les Françaises font l'amour, Monsieur le journaliste ? » il se sentit à la fois le plus coupable et le plus malin de tous les amants.

XVI

Bien qu'il fût lui-même presque officiellement, un parasite, Nicolas avait les siens et les entretenait. C'était un des rares hommes qui, proclamant que l'argent n'avait pas d'importance et qu'il n'était qu'un moyen, appliquait cette doctrine dans les deux sens : c'est-à-dire qu'il trouvait aussi normal de donner que de recevoir. Il fit donc venir de Paris, aux frais de la production mais aussi aux siens, un Irlandais des plus fauchés qui tiendrait le rôle du photographe de « Show-Show ». Nanti d'un vieux Leica loué à bas prix, Basil Keenan arriva en Touraine un beau matin, et après une brève et complice entrevue avec Édouard, fut présenté à Raoul et aux autres membres du plateau.

Basil Keenan était grand, très brun, avec les yeux clairs, la fameuse gaieté et le fameux charme irlandais. Béatrice et lui se plurent, se comprirent au premier coup d'œil. Ils mirent donc à s'éviter, toute une semaine, une ostentation qui finit par inquiéter un peu tardivement l'imprudent Nicolas. Édouard, lui, grisé par son nouveau rôle, ne se rendait compte de rien. Il se sentait un héros de Machiavel et de Feydeau à la fois et pour lui, ce grand dadais flegmatique de Basil n'était qu'un comparse. Il ne s'en méfia donc pas. Et naturellement, après une savante et délibérée danse du désir, Basil et Béatrice finirent par se retrouver face à face et seuls.

On tournait en plein air cet après-midi et lorsqu'il se mit à pleuvoir subitement et à seaux, chacun courut chercher refuge dans les cafés ou les maisons avoisinantes. C'est dans une grange que, comme par hasard, Basil rejoignit Béatrice. L'odeur des foins blonds et gris, fraîchement coupés — et qui évoquait si tendrement l'été — se mêlait à celle de la terre, envahie de pluie qui, elle, dénonçait avec bonheur l'arrivée de l'automne. Béatrice avait les cheveux plaqués sur les tempes, les cils et la bouche mouillés, l'air sauvage, et Basil s'avança vers elle, sans un mot mais avec un sourire qu'elle lui renvoya. Tandis qu'il l'embrassait et s'allongeait près d'elle paisiblement, Béatrice s'émerveillait de cet instinct, ce miraculeux et infaillible instinct qui faisait chaque fois, partout, se reconnaître comme marqués du même signe, un homme et une femme voués au plaisir — ou plus précisément, reçus dans sa restreinte, secrète et toute-puissante franc-maçonnerie. Basil lui fit l'amour avec une habile violence et pour se taire, Béatrice, emportée, dut lui mordre l'épaule.

Plus tard, adoucie, elle regardait avec une vraie tendresse l'éternel profil de cet éternel passant : un nouvel amant. Déjà l'averse avait cessé, déjà au dehors on l'appelait, et elle se redressa. Appuyé sur un coude, Basil lui lissait les cheveux de ses grands doigts, en ôtait quelques foins, tandis que de son côté elle reboutonnait sa chemise et renouait sa cravate. Ils avaient les gestes tranquilles, accordés d'un vieux ménage. Ils souriaient. Dans un geste de gratitude, il embrassa la main de Béatrice et avec une lenteur appuyée elle embrassa la sienne avant de sortir.

Nicolas semblait l'attendre devant la caméra et elle lui adressa un sourire d'enfant gâté dont il comprit tout aussitôt la signification. A sa propre surprise, il se mit en colère.

— Tu ne devrais pas faire ça à Édouard, siffla-t-il entre ses dents.

Béatrice, aussi surprise que lui, le regarda et c'est avec une parfaite bonne foi qu'elle répéta :

— Faire quoi à Édouard ?

Nicolas, dérouté, hésita. Après tout, Édouard ne saurait jamais rien et ni lui, ni Basil, n'étaient des indiscrets. Il passa donc de ce rôle de juge trop nouveau pour lui, à celui plus familier, de conseiller.

— Tu sais, dit-il, Basil, c'est un bon à rien.

— Je ne trouve pas du tout, dit Béatrice.

Et elle éclata d'un rire gai, comblé, évocateur qui finit par gagner Nicolas.

— Tu es vulgaire, dit-il en s'esclaffant, tu es infâme... et vulgaire, en plus.

Cessant de rire, Béatrice releva la tête vers lui :

— Eh oui, admit-elle avec un petit sourire. Mais c'est bien pour ça qu'Édouard m'aime, non ?

Il y avait dans sa voix une interrogation triste qui déconcerta Nicolas.

— Tu es bizarre, dit-il.

— Et en quoi ? En quoi suis-je bizarre ? (Béatrice haussa les épaules) ; tu sais bien que je n'ai jamais pu résister à un homme aux yeux bleus...

Elle s'appuyait contre lui et le souvenir du passé, la proximité de cette femme qui sortait de l'amour, émut fugitivement Nicolas.

— Non mais tu sais, c'est vraiment un bon à rien, Basil, marmonna-t-il.

— Pourquoi? dit Béatrice, c'est un photographe, après tout. Tu deviens snob?

Elle s'étonnait, et sincèrement, car elle-même était dénuée de tout snobisme vis-à-vis de ses amants. Toute sa vie — qu'ils soient producteurs, coiffeurs, machinistes ou mondains — Béatrice les avait froidement traînés dans les galas, les premières et les dîners en ville. Elle eût aussi bien affiché le plus douteux des gigolos et elle l'admettait volontiers et non sans fierté. C'était même ce qui, cinq ans plus tôt, avait valu sa chance à Édouard, alors petit courtier d'assurances.

— Je n'ai que le corps de snob, avait-elle dit un jour à Tony — qui lui reprochait un petit amant pigiste plus gênant que les autres. Mais moi mes snobismes de peau sont plus implacables que les tiens, crois-moi ! Et moins inexplicables.

Ce disant, elle désignait du menton la cohorte révérée par Tony et baptisée Tout Paris par des journalistes égarés d'ennui et de fatigue.

— Ils se croient tous arrivés, avait-elle ajouté, mais où? Ils ne le savent même pas. Moi au moins, je le sais chaque fois.

Et elle avait rejoint en souriant son trop joli passant.

Nicolas n'insista pas. Après tout, il n'avait pas à se faire plus de souci qu'Édouard.

D'abord gêné, celui-ci s'était pris à son propre piège et était devenu un fanatique du 7e Art. Le pauvre Raoul était accablé de questions naïves, auxquelles à la fois content et excédé, il répondait inlassablement.

Grâce à leur dialogue, Édouard découvrait que ce lourd, ambitieux et tonitruant metteur en scène avait la passion de son métier et qu'il en devenait par moments presque émouvant (adjectif qui était bien le dernier que l'on appliquât généralement à Raoul Dantys). C'était un homme sanguin, un colosse, comme il le disait lui-même, et il jouait volontiers les Orson Welles, malheureusement sans son génie. Ayant pour coutume de partager le lit de ses interprètes femelles — coutume qu'il suivait réellement par devoir, tel un suzerain flapi mais usant de son droit de cuissage — Raoul avait d'abord été mécontent du refus aimable, mais ferme de Béatrice. Mécontent non pas pour des raisons sentimentales bien sûr, ni pour des raisons sensuelles — car Raoul, comme bien des forces de la nature, en déployait fort peu dans un lit — mais pour des raisons hiérarchiques : autant il était loisible au suzerain d'appliquer ou non la loi, autant il ne l'était pas à la paysanne de regimber. D'autre part l'infidélité, l'indifférence de Béatrice étant depuis longtemps notoire, Édouard n'avait donc représenté pour lui jusqu'alors qu'un simple et bizarre alibi. Tout à coup transformé en envoyé de « Show-Show », Édouard changeait de consistance, devenait un pion sur le grand échiquier de la carrière de Raoul auquel il plaisait du même coup. « Ce garçon a du charme » disait-il en le tenant par les épaules et Édouard, gêné, regardait derrière lui ; comme si son propre charme eût été un grand chien fou qu'il n'aurait pas su dresser.

Béatrice, elle, attendait non sans malice qu'Édouard fît son métier de reporter. Elle alla même jusqu'à lui assener des phrases alambiquées et creuses, telles que : « L'art, c'est la vie. Chaque comédien porte en soi un double qui est à la fois son pire et son meilleur », et mille autres incongruités. Mais elle disait ces fadaises avec un si grand sérieux, insistant presque pour qu'il les note, qu'Édouard, atterré et confus, en arrivait parfois à se demander si sa belle maîtresse n'était pas une idiote. Ou si, au contraire, elle n'était pas au courant de sa comédie et ne se moquait pas de lui ; et là un petit vent glacial lui traversait l'esprit et le terrorisait. En vérité il était loin du compte : Béatrice croyait sincèrement en cet article et elle tenait à y faire bonne figure. Elle s'amusait à exagérer délibérément le pompeux et l'insane de ses déclarations, espérant ainsi provoquer chez Édouard une réaction critique qui l'aiderait, elle, à devenir vraie. Mais comme il ne bronchait jamais, elle en vint à penser que ces stupidités ne l'étonnaient pas, émanant d'elle, qu'il la jugeait sans doute faible d'esprit et cela l'exaspéra. Elle était sûre de son amour comme elle était sûre de son désir (et généralement, vis-à-vis de ses hommes, cela lui suffisait). Mais là, tout à coup, elle aurait voulu être sûre de son estime. Seulement c'était bien le dernier sentiment dont se souciât Édouard. (Il s'intéressait tout autant à la valeur morale de Béatrice qu'un grand drogué à la composition moléculaire de la morphine). Il y eut très vite entre eux, de ce fait, une tension au bord de la brouille qui, loin — selon son plan initial — de sauver Édouard de l'énervement de Béatrice, l'exposa à sa hargne. Le dénouement survint un samedi soir.

Béatrice, ne devant pas tourner le lendemain et ayant donc oublié toute contrainte esthétique, avait beaucoup bu, et comme chaque fois qu'elle avait bu, elle se sentait pour la vérité une attirance aussi irrésistible que néfaste. Ils étaient dans le petit salon de l'hôtel, pour une fois seuls, Nicolas étant parti séduire une nouvelle figurante.

— Tu ne me demandes pas, dit Béatrice tout à coup, tu ne me demandes pas comment j'ai décidé de devenir comédienne ?

Édouard, qui avait complètement oublié son rôle de journaliste, sursauta :

— C'est vrai, en effet, je ne t'ai jamais demandé... comment t'es-tu décidée ?

— Si tu veux vraiment faire cet article, coupa Béatrice, il vaudrait mieux que nous en finissions : pose-moi tes questions, je te réponds et après on n'en parle plus. Depuis dix jours j'ai l'impression de vivre une perpétuelle interview, ça m'épuise.

— Mais tu sais, dit Édouard embarrassé, ce n'est pas vraiment une interview, ce sont des considérations... enfin un résumé de mes impressions personnelles...

— Bref, dit Béatrice, c'est tellement personnel, ton papier que tout ce que nous pouvons dire ou faire, Raoul, Cyril ou moi n'a aucune importance ?

— Ce n'est pas ça, commença Édouard.

Puis voyant l'expression de Béatrice et la manière dont elle se servait résolument un autre verre de vodka, il jugea bon de faire un effort :

— Eh bien, comment as-tu commencé ? dit-il d'un ton qu'il voulait enjoué.

Béatrice vida son verre :

— J'ai toujours su que j'étais destinée au théâtre dit-elle, emphatique, déjà enfant, à deux ans, je jouais la comédie. Rien ni personne n'aurait pu m'empêcher de suivre cette voie, je le savais...

Elle regardait fixement Édouard en parlant, avec une sorte de défi, et ne sachant que faire, il rougit pour elle.

— Alors ? dit-elle, tu n'écris pas ça ? Ce n'est pas assez solennel, pas assez bête, pas assez ronflant ?

Tu voudrais que je te raconte mes années de misère au Conservatoire ? Mes rêveries de jeune fille sur Phèdre ? Les sandwiches mangés à la va-vite afin de pouvoir payer mes cours ?

— Mais, dit Édouard stupéfait, qu'est-ce qu'il te prend ?

— Il me prend que j'en ai assez ! dit Béatrice. La vérité sur moi est bien plus plate : j'ai joué la comédie par hasard, parce que mon mari, mon premier mari, était très ennuyeux, très riche, et qu'un de mes amants était comédien. D'ailleurs je te l'ai dit cent fois. Alors pourquoi me poses-tu des questions idiotes ?

— Mais, dit Édouard, c'est toi qui poses ces questions idiotes. C'est toi qui « te » les poses. Moi, je ne t'ai posé aucune question.

— Alors pourquoi ? dit Béatrice, pourquoi ne me poses-tu pas de questions ?

Et brusquement, elle baissa la tête et éclata en sanglots. « Mon Dieu », pensa-t-elle, « je suis ivre, c'est ridicule ; la vodka a toujours eu cet effet-là sur moi. Je suis pourtant de très bonne humeur ». Et effectivement, elle ne se sentait pas triste le moins du monde, elle ignorait l'origine de ses larmes pressées et brûlantes. Édouard, lui, en était bouleversé. Il ne se rappelait pas avoir jamais vu couler les larmes de Béatrice ou alors, il les avait vues furieusement réprimées. Ce soir, il semblait que c'était avec une sorte de délice, d'approbation même, qu'elle s'y abandonnait. Il se mit à genoux près d'elle, il lui prit les mains :

— Je ne comprends pas, disait-il, je ne comprends pas ce que tu as.

Béatrice pleurait de plus belle. Elle essuya son visage contre la veste d'Édouard et avala une autre gorgée de vodka, comme on s'achève.

— Je ne sais pas non plus, dit-elle d'une voix entrecoupée, je te dis des clichés si imbéciles et tu sembles trouver ça si naturel. Tu me crois donc si bête? demanda-t-elle avec un brusque et vif sentiment de gaieté.

Et se laissant aller contre l'épaule d'Édouard, elle redoubla de pleurs. Édouard, protecteur, les bras autour d'elle, se laissait envahir par les remords. Il savait bien pourtant, depuis cette soirée à Lille, cette fameuse soirée, qu'elle avait des complexes, des doutes sur sa propre intelligence. Et bien sûr, il savait aussi, objectivement, qu'elle était quelqu'un d'intelligent. Il s'était conduit comme un égoïste et un butor. A présent, il fallait qu'il la rassurât. Et l'idée que ce soit à lui — justement lui, Édouard — de rassurer Béatrice, le comblait d'aise. Il la berçait, murmurait des mots tendres. Il s'émerveillait de ce que les larmes de cette bête si féroce, si belle, appuyée sur son bras, dépendent de lui. Béatrice, elle, ayant renoncé tout à coup à une explication dont elle ne se rappelait même plus les motifs, se disait en souriant qu'Édouard était un être bien compliqué. Ce n'était pas Basil, par exemple, qui lui demanderait de parler de son art. D'ailleurs ce cher Basil, elle lui accorderait une heure le lendemain, comme il l'en suppliait presque, depuis leur première étreinte. Il était très doué, ce Basil... Mais elle ne s'avouait pas, que plus qu'au souvenir des charmes de Basil, c'était à une rancune aveugle contre Édouard qu'elle obéirait.

Édouard, enchanté, buvait ses larmes, les suivait des lèvres le long de sa joue, et les rattrapait lorsqu'elles atteignaient son cou, juste l'angle du menton, d'un mouvement avide et tendre qui troubla la douce ivresse de Béatrice. « En fait, c'est un vampire » pensa-t-elle, « ce jeune homme désarmé cache un Othello, et ce chevreau est un sadique ».

— Au fond, dit-elle, tu es ravi que je pleure, non ?

— Si c'est à cause de moi, oui, avoua-t-il.

Pour la première fois elle le regardait avec curiosité, et pour la première fois Édouard se sentait vu par elle et jugé autrement que comme un amant provisoire.

— C'est curieux, dit-elle rêveusement, que cela te fasse plaisir. Moi, je voudrais que tu sois très heureux, plus tard, même sans moi.

La réplique d'Édouard fut immédiate :

— C'est parce que tu ne m'aimes pas.

— Mais si, dit-elle en caressant ses cheveux. Dans vingt ans, je te vois très bien dans un fauteuil de rotin, sur une terrasse, le soir. Tu corriges les épreuves de ta prochaine pièce ; il y a une femme blonde, il y a aussi une lampe de porcelaine, un chien, un tilleul et peut-être un enfant aux yeux marron comme les tiens...

Sans qu'il sût pourquoi, cette image provoqua la colère d'Édouard, une colère teintée d'impuissance, comme si cette image eût été inéluctable.

— Quel doux tableau, dit-il avec ironie. Signé de qui ? De Vuillard ?

Béatrice n'y connaissait rien en peinture ni d'ailleurs en littérature et en musique. Plus exactement tous les arts de la terre passaient à travers l'optique implacable de son métier qui tranformait tous les personnages en rôles : elle aimait Stendhal à cause de La Sanseverina — rôle qu'elle adorerait jouer un jour ; elle aimait Goya à cause de La Maya desnuda à qui un de ses rares amants cultivés (Jolyet sans doute) l'avait comparée ; elle aimait Dostoïevski à cause de la Philippovna de « L'Idiot » et de la Grouchenka des « Frères Karamazov. Elle aimait même Proust à cause de l'interprétation sensuelle, bizarre et glacée qu'elle aimerait donner à Oriane de Guermantes ; elle se voyait, elle s'imaginait déjà dire à Swann lui annonçant son agonie prochaine : « Vous exagérez ». Elle apportait d'ailleurs dans ces rôles une imagination réelle et déclenchée par son perpétuel désir de tromper qui fascinait ses metteurs en scène. Et c'est là que vraiment elle travaillait beaucoup. Grâce à ce parti-pris, elle avait beaucoup lu et elle se plaisait à jouer le soir pour Édouard, étonné et ravi, tous les personnages qu'il lui demandait. Elle fut même Phèdre une fois pour lui, d'une manière si étonnante qu'Édouard ne put longtemps suivre la sage conduite d'Hyppolyte et qu'il la viola presque entre deux alexandrins. En dehors de ça, elle adorait la musique; mais ce Vuillard inconnu dont lui parlait Édouard l'importunant, elle éluda :

— Et toi, dit-elle, comment me vois-tu?

— Nue, dit Édouard, nue et sombre, allongée contre un miroir et t'épiant toi-même. Ou écartelée sur une plage au soleil. Mais seule ! Ah oui, en tout cas, seule.

Elle éclata de rire.

— Tu vois comme tu es méchant, dit-elle. Mais penses-y, Édouard, dans dix ans, tu auras tout oublié de nous — et moi aussi. Toute cette passion te paraîtra bien excessive et toi, tu te réfugieras dans la tendresse avec une autre.

Elle parlait sur un ton si serein, elle décrivait si tranquillement cette existence privée de sens pour Édouard, ce désert, cette dérision, qu'il s'éloigna d'elle avec fureur.

— Et toi? cria-t-il presque, où iras-tu te réfugier?

— Nulle part, dit-elle. Dans dix ans ou vingt ans, je jouerai encore ; je serai vieille, belle et fardée. Et je vivrai avec quelqu'un qui m'aimera ou qui fera semblant.

— Qui t'aimera comme moi ?

Elle hésita avant de répondre « Non », mais c'était parce que, pour une fois, elle était sûre de ce « non ». Dans le prisme démesuré, vitreux et éclatant de l'alcool, elle le voyait tel qu'il était : fou d'amour, kamikaze, l'amant brûlant et brûlé à la fois. Elle voyait sur elle ce regard liquide et si pur à force de désir, un désir parfaitement intact après huit mois et dont elle s'étonnait de s'étonner... Car après tout elle en avait connu d'autres, de ces hommes épris, de ces fanatiques ; seulement cette fois-ci, ce n'était pas le fanatisme du possédant, du propriétaire qu'elle découvrait chez Édouard, mais le fanatisme du possédé. Elle pouvait tout lui faire, tout lui dire, il n'en aurait jamais assez. Il réclamerait toujours des baisers, des regards, n'importe quoi et même des coups. Non qu'il fût le moins du monde masochiste : car il avait d'inimitables soupirs de bonheur, des longs soupirs d'enfant comblé lorsqu'elle était tendre avec lui, par inadvertance. Elle se rendit compte que ce terme était le bon : « inadvertance » et que c'était délibérément qu'elle se refusait à toute détente, qu'elle lui refusait comme à elle-même toute tranquillité. C'était elle qui menait leur attelage et qui lui infligeait le double mors du désir et de l'inquiétude. Et au fond pourquoi ? Qui donc l'obligeait à ce rôle de dompteuse ? Qui donc la conduirait, demain ou après-demain, dans les bras de ce Basil qui ne lui faisait pas mieux l'amour ? Qui l'empêchait de dire « nous » en parlant d'eux ? (pour l'avenir comme pour le passé). Qui l'empêchait même d'imaginer cet avenir ? Bien sûr, elle avait toujours admis que ses amours seraient provisoires, mais elle n'avait jamais vu en cette pensée autre chose qu'une évidence abstraite, presque plate. Pourquoi à présent tenait-elle à se la rappeler sans cesse ? Pourquoi se fatiguait-elle tant à ressembler à sa propre image et pourquoi ne se sentait-elle rassurée que lorsque cette image primaire et féroce coïncidait avec le reflet que lui renvoyaient les yeux d'Édouard ? Édouard n'était pas le public, quand même ! Il était censé chercher la vérité en elle, voire même la trouver. Mais laquelle ? Après tous ces mensonges et toutes ces vies qu'elle avait eues, qui était-elle ?

Et tout à coup, elle se souvint d'elle-même à douze ans, dans un tablier noir d'écolière, un jour de pluie à Rouen. C'était devant une fenêtre et sa mère criait très fort et criait des mots terribles : « Qui es-tu à la fin ? Je ne sais plus, moi ! Qui es-tu ? ». Oui, ces mots l'avaient terrifiée parce qu'elle ignorait la réponse à cette question, qu'elle n'y avait jamais pensé, avant, et qu'il lui semblait justement que c'était sa mère qui détenait, à priori, cette réponse et qu'elle la lui donnerait en temps voulu. Et voilà que sa mère l'ignorait, voilà qu'elle la lui réclamait. Mais alors quel vertige, quelle épouvante ! Qui savait ? Qui pouvait savoir ? Béatrice revit le reflet de la blouse noire dans la vitre, la pluie blonde de soleil giclant sur l'autre face de cette vitre, le visage rose et coléreux de sa mère qui devenait soudain gris et qui disparaissait sans rien dire, sans même s'excuser d'avoir égaré cet effrayant secret. A présent ses paupières brûlaient pour de bon. Mais cette fois-ci, sachant vraiment d'où lui venait ces larmes, elle les refoulait et les écrasait du poing comme une vraie écolière. Elle tentait de se moquer d'elle-même : après tout, que lui importait d'être ceci ou cela et que son existence ait eu tel ou tel sens ? Elle n'avait jamais prêté attention qu'aux pulsations de ses désirs, de ses ambitions et de ses plaisirs. Elle ne s'était jamais aimée ni haïe. Tout au plus avait-elle apprécié sa force dans les coups durs, son habileté dans les coups faussés et son indifférence dans les coups sanglants. Elle ne s'intéressait pas. Et si parfois elle s'était plu, c'était parce qu'elle se faisait rire, d'un rire aussi gai que dégoûté. Elle savait bien sûr que la gratuité, la bonté, la confiance, la fidélité n'étaient pas de vains mots pour tout le monde mais elle savait qu'ils l'étaient et le resteraient pour elle doublement, et par sa nature et par son métier. Elle ne se mentait pas à ce sujet, elle était lucide et en éprouvait un certain orgueil, comme d'une force — alors que c'était probablement son unique faiblesse : elle croyait refuser toute illusion alors que toute illusion se refusait à elle.

Certaines lucidités sont pires que les pires aveuglements. A l'instant où l'on accepte son propre reflet comme définitif, il importe peu de savoir si le miroir, l'œil, est déformant ou pas ; il faut que ce reflet soit beau ou qu'il tente de l'être ; car s'il ne l'est pas et qu'on s'y résigne, on en vient à rechercher le pire, on ne tente plus que d'accentuer sa férocité, tels dans les fêtes foraines ces badauds déjà laids, qui, reconnaissant soudain dans une glace faussée leur image caricaturale, se plaisent à en accentuer le grotesque plutôt que de s'enfuir. Car les autres badauds, alors, se rassemblent et rient ouvertement de cette laideur mise en majuscule, et dont ils ne pouvaient que sourire en cachette lorsqu'elle était en minuscule. Enfin, on remarque l'insignifiance! Et que recherche le plus insignifiant ou le plus sot sinon d'être vu? Chacun veut, quand il marche, que quelqu'un se retourne, ou quand il ne dort pas, que quelqu'un s'en inquiète, et quand il cède au rire ou aux larmes, que quelqu'un l'entende.

Et s'il est heureux, que quelqu'un l'envie. C'est peut-être pourquoi toute rupture, tout divorce est si douloureux. Ce n'est pas l'être aimé, le complément ou la différence, le maître ou l'objet qui vous manque, c'est « l'autre », le témoin, ce micro et cette caméra perpétuellement branchés. Celui ou celle qui avec désir ou avec haine — peu importe — vous voyait vous lever, vous habiller, fumer, sortir, celui ou celle qui vous entendait siffloter, bâiller ou vous taire (même s'il ne vous regardait pas et même s'il ne vous écoutait pas). Et tout à coup, personne ! Pour qui alors — même si vous ne le supportiez plus — pour qui écraser la cigarette dans un cendrier et non au milieu du tapis ? Pour qui — même si vous n'en aviez plus envie — éteindre votre lampe et vous déshabiller ? Pour qui — même si vous ne souhaitiez pas le retrouver au matin — fermer les yeux et chercher le sommeil ? Car enfin — et même si vous êtes adulte — pour qui dormir, si Dieu n'existe pas, et pour qui vous réveiller ? Qui pourra témoigner demain que vous vous êtes bien lavé les dents ? Et devant qui ?

Si ce n'était pas le style de questions que se posait Béatrice, c'était bien en revanche celui de ces éternelles interrogations, parfois tendres comme des lilas, parfois féroces comme des orchidées qui depuis toujours peuplaient les jardins secrets d'Édouard. C'était d'elles qu'étaient nées ses deux pièces (déjà jouées) son roman (inachevé) et ses poèmes (jetés, égarés). Son œuvre n'était rien d'autre que le récit décousu d'un jardinier débordé par ses fleurs, par les mots, un jardinier devenu fou qui n'arroserait plus que les tuteurs de ses jeunes plants déjà ravagés, d'ailleurs, à force d'avoir été bêchés. Mais c'était aussi souvent un jardinier stupéfait et ébloui de voir, au milieu de ce carnage, se lever, se balancer une rose sablée, fragile et charnue, inconnue de tous, une rose faite de mots et de pétales accolés miraculeusement, bref « une expression heureuse ». Et à travers ces trois mots studieux et plats : « une expression heureuse », Édouard reconnaissait l'incroyable bonheur de s'exprimer et la chance, la folle chance, d'être compris.

XVII

L'automne se précipitait, les jours se rétrécissaient, ainsi que le délai prévu pour le tournage. Il pleuvait sens cesse sur la Touraine et l'équipe s'enlisait dans des prairies boueuses et jaunes. Béatrice, se trouvant par les bizarreries du découpage, obligée de jouer les premières scènes du film, s'exaspérait. Il pleuvait, les prés fumaient après la pluie, les peupliers semblaient guetter l'hiver, ou rêver à autre chose. De la fenêtre de sa chambre, à l'hôtel, Édouard regardait sans le voir ce glissant paysage. Inconsciemment il le rangeait dans un immense album, entrepris depuis toujours, celui de son histoire avec Béatrice. Un album hétéroclite où se mélangeraient un jour, mais où se cotoyaient déjà dans une fausse et cordiale égalité, des souvenirs toujours vifs : une fin d'autoroute, le Magritte, un lit ouvert, des mots, des mots balbutiés et crus, la ligne épurée d'un voilier, une bouche nue dans la nuit, un vieil air d'opéra, la mer. Et déjà il ne cherchait plus à retrouver, dans ce fouillis, le profil de Béatrice cerné par le plaisir et le bord des jumelles, un après-midi d'été. Instinctivement, il ne se rappelait que les moments de bonheur et il se demandait pourquoi sa mémoire était si sélective, si délibérément tournée vers un passé heureux, alors que son imagination, elle, demeurée odieusement défaitiste, ne lui proposait qu'un futur déchirant. Au fond il devait faire partie de ces faux lâches ou de ces faux courageux qui subissent sans broncher les coups les plus durs mais tremblent convulsivement devant les imprévus, même si ceux-ci ne sauraient être pires. Et puis il se savait incapable de rancune : si le souvenir du voilier, par exemple, et de Gino, gardait la vivacité d'une affreuse blessure, il ne savait plus très bien, par contre, qui la lui avait infligée. Et s'il avait dû désigner une coupable, il aurait nommé « la vie »... La vie : oui, mais Béatrice : non. Non, puisque depuis, elle l'avait repris dans ses bras, embrassé, aimé, lui avait donné du plaisir et en avait accepté de lui. Son imprudence seule était en cause. On ne doit pas négliger la nature de l'autre ; et Béatrice étant ce qu'elle était, libre, sensuelle et infidèle, il n'aurait jamais dû la laisser partir seule sur ce bateau, avec un beau jeune homme. Après tout, il faut avoir un mépris horrible, presque mesquin, pour refuser d'accepter celle que l'on aime telle qu'elle est, pour refuser de l'accepter, voire de la protéger. A ses yeux, bien sûr, elle avait fait figure de putain, mais à ses yeux à elle, il avait dû paraître un imbécile. Et si dans cette affaire, c'était le rôle de Béatrice qu'il préférait — comme tous les rêveurs il admirait les gens d'action — il craignait fort qu'elle en fît autant. Et s'il respectait Béatrice pour la souffrance qu'elle lui avait infligée ce jour-là, cela hélas n'incluait pas qu'elle le respectât, lui, de l'avoir ressentie. Et elle avait raison. Profondément raison. Il n'y avait aucune douleur qui vaille un plaisir, aucune mélancolie qui vaille un élan, et aucun regret qui vaille une envie. De cela il était sûr, et ce n'était pas le moindre des charmes de Béatrice, à ses yeux, que de l'amener, chaque jour, à se sentir fou furieux, affamé, comblé, un homme, quoi.

Le lendemain, Béatrice se heurta à Basil dans le couloir de l'hôtel et elle comprit aussitôt que tout entre eux, était possible et désirable. Il n'était qu'à deux portes de sa chambre, il lui souriait, elle avait envie de le suivre et elle allait le faire. Elle allait suivre ces épaules larges, ces longues jambes, ce regard et ce désir avoué. Une obéissance trouble, bien connue, la faisait soudain s'incliner devant l'envie de cet homme, la lui faisait considérer comme un ordre, voire une obligation. Oui, c'était bien à une sorte de devoir ancestral et confus, mais dont son sang, ses mains, ses jambes reconnaissaient le bien-fondé, qu'elle allait se livrer. Elle avait appartenu une heure à cet homme, comme lui à elle, ils s'étaient plu, il n'y avait nulle raison de briser ce pacte naturel et tacite au nom d'un inconnu. Car en cet instant même, dans ce couloir sombre, silencieux et vide, Édouard était devenu un inconnu, une idée, presque un souvenir ; en cet instant même, elle n'avait qu'un ami, qu'un proche et qu'un pair : Basil, et elle le savait. D'ailleurs le côté irréversible et presque conformiste de ces rencontres de hasard, purement sensuelles, avait toujours sidéré Béatrice. Sidéré mais comblé. Car c'était bien la seule circonstance où un homme et une femme se retrouvaient à égalité, puisque soumis à la même délicieuse nécessité : celle de se rejoindre. Elle laissa donc s'appuyer contre elle ce grand corps exigeant, et tel un mélomane reconnaissant les premiers accords d'un certain andante, elle battit instinctivement des paupières avec gratitude au contact de sa chaleur. Bizarrement, il lui semblait que c'était la part la plus honnête et la plus incorruptible d'elle-même qui se renversait sur ce lit d'hôtel, et que ce corps décidé et lascif, le sien, livré à ce passant, était la seule preuve peut-être de sa respectabilité.

Basil fut donc respectueux à souhait dans son irrespect, exaspéré par une semaine de contretemps. A sa propre surprise, il avait réellement attendu de retrouver Béatrice, et il se vengea avec délice de cette attente. Édouard était à Paris pour la journée, et ils eurent donc, après l'amour, tout le temps de parler. L'apaisement, la fatigue et une mélancolique douceur aidant — car ils savaient qu'ils ne se reverraient sans doute jamais seuls — ils en vinrent aux confidences. Dans certaines circonstances et entre deux personnes qui se connaissent mal, les confidences ne peuvent être que des indiscrétions. Ne pouvant aller jusqu'aux rêves, on en revient aux faits, et c'est ainsi que Basil, pourtant homme discret, raconta à Béatrice la raison de sa présence, le complot de Nicolas, bref l'imposture d'Édouard. Aussitôt il en éprouva du remords : bien sûr Béatrice semblait l'écouter avec flegme, voire amusement, mais Basil savait quels réflexes différents peut avoir une femme alanguie après l'amour et une femme reposée et debout. Il la supplia d'oublier son aveu, mais elle lui rit au nez.

— Que crois-tu? dit-elle. Que je vais me taire et entrer dans cette comédie? Édouard est mon amant, que je sache. Il n'est pas question de tromperie entre nous, ajouta-t-elle avec une parfaite inconscience.

Elle quitta la chambre en chantonnant et Basil partit

à la recherche de Nicolas qu'il ne trouva pas. C'est ainsi qu'Édouard, qui avait eu le temps d'enjoliver son rôle au volant de sa voiture, revint à l'hôtel en arborant l'air surmené, blasé et efficace du parfait journaliste.

— Oui, oui, pérorait-il plus tard au coin du feu, oui, ils aiment beaucoup le début de l'article. J'ai passé une heure avec leur correspondant, Williams. Ils trouvent les photos très bonnes et « Show-Show » envisage même de me redemander un article pour la sortie du film...

Ils étaient réunis dans le petit salon, et Tony d'Albret, — qui après avoir constaté l'absence simultanée de Basil et de Béatrice, s'était livrée tout l'après-midi à une de ces promenades à la fois hygiéniques et discrètes dont elle avait le secret, — Tony d'Albret donc exultait.

— Je regrette que vous ne vouliez pas nous montrer cet article, mon cher Édouard. Ce serait la moindre des choses, après tout.

— J'aime mieux vous en faire la surprise, dit Édouard.

— Je n'aime pas les surprises, dit Béatrice d'une voix plate et dangereuse, et je trouverais même plus... décent ?... oui, décent, que tu nous montres cet article avant sa parution.

Cette référence inattendue, presque cocasse à la décence laissait prévoir un orage : Béatrice qui dans la bonne humeur était délicieuse de naturel, utilisait volontiers des termes moraux et inconnus d'elle lorsque cette bonne humeur disparaissait. Tony, surprise, haussa les sourcils. En effet, au contraire de bien des femmes, le fait de trahir ses amants ravivait toujours à leur égard la tendresse de Béatrice, voire même sa considération. Ce n'était ni de la condescendance ni de la pitié, ni bien sûr de la honte — sentiment encore plus éloigné que la décence de l'esprit de Béatrice — c'était tout bonnement de la gratitude. Cela, même Tony l'ignorait, mais c'était pourtant bien la gratitude qui saisissait Béatrice quand elle voyait rentrer, sifflotant, un homme tranquille qu'elle avait passé tout l'après-midi à oublier dans les bras d'un autre ; la gratitude de ce qu'il soit assez aveugle, confiant ou occupé pour lui laisser le temps d'accomplir sans précipitation comme sans drame, ses fredaines. Pour Tony son irritabilité s'expliquait donc mal, ce soir-là,

— Et toi, Tony, continua Béatrice, tu ne trouves pas ça assez léger, l'attitude d'Édouard?

Ce dernier avait un air si traqué que Nicolas eut envie de rire et de protester aussi : c'était quand même bien le comble qu'avec tout son talent, son charme et sa sincérité, Édouard se retrouvât non seulement bafoué, houspillé, mais aussi en position de coupable.

— J'attendais que le tournage soit terminé, dit-il faiblement. Après tout, je suis un étranger ici. J'ai un œil différent sur le film et mon article pourrait, même inconsciemment, influencer Raoul.

— Ah non ! dit Béatrice, tu ne vas pas nous parler d'un œil neuf, ni d'une optique différente ni d'autres sottises ! Pas à nous. Quant à Raoul, il n'est en aucun cas influençable, c'est sa seule force et tout le monde le sait.

Ignorant comment prendre cette phrase, Raoul émit un rire triomphant et s'inclina légèrement. Béatrice se tourna vers lui :

— A propos, Raoul, as-tu vérifié les photos qu'a faites ce délicieux Basil? Sont-elles bonnes? Sommes-nous les dignes représentants du cinéma français? Ou avons-nous l'air de pantins démodés?

— Mais quelle mouche te pique? s'exclama Tony de

plus en plus alarmée. (Elle agitait les bras, geste fréquent chez elle mais qui, vu la brièveté de ces bras, lui donnait immanquablement une allure de pingouin). Pourquoi t'énerves-tu ? Du moment que les gens de « Show-Show » sont contents...

— Je ne m'énerve pas, j'aimerais lire le début de l'article, c'est tout, dit Béatrice d'une voix sévère.

Elle fixait Édouard qui se vit perdu. Il ne pensa pas un instant à une trahison de la part de Basil, mais il s'était lui-même si habitué à son rôle qu'il se sentit coupable de n'avoir pu en effet écrire cet article. Il avait bien essayé pourtant, pour faire sérieux, pour faire vrai, et il s'était rendu compte alors qu'il n'avait rien d'un grand reporter. Ses souvenirs de tournage étaient uniquement ceux d'un homme amoureux. La première semaine lui avait paru bonne, la deuxième pénible et la troisième épouvantable, mais ses impressions n'étaient que le reflet des humeurs de Béatrice. Quant à la technique de Raoul, il eût pu la résumer en deux phrases : il faisait tourner Béatrice ou il la laissait tranquille. Édouard, lui, aurait été bien incapable d'apprécier le jeu de Béatrice. Elle était partout, toujours, tout le temps en gros-plan. Ces deux dernières semaines, comme les précédentes d'ailleurs, n'avaient été, pour lui, qu'une suite incessante, presque morbide de ces gros-plans imaginés et tournés par un metteur en scène : obsédé lui-même. Il ne se rappelait aucune anecdote, aucune plaisanterie de plateau. Il ne se rappelait rien de ce qui s'était vraiment passé et il se rendait compte, une fois de plus, que la réalité, la véracité ne voulait rien dire pour lui ; et qu'il n'y avait que dans la fiction ou l'émotion qu'il retrouvait quelque sens à la vie. Seulement les lecteurs de « Show-Show » — si cette farce avait été autre chose qu'une farce —

auraient été sans doute fort peu intéressés d'apprendre que Béatrice aimait l'odeur du foin, qu'elle détestait les omelettes et avait la manie de porter des escarpins pointus dans les pires ornières ; qu'elle était d'une familiarité écœurante avec les techniciens et qu'elle offrait à la caméra des regards, des gestes, des demi-pâmoisons qui le rendaient, lui Édouard, fou de jalousie. L'effort ridicule et inutile qu'il faisait depuis dix jours pour commencer ce faux article s'était avéré des plus inutiles. Même les mots, ses fidèles alliés, ses sujets, ses soldats s'étaient révélés n'être qu'une piétaille révoltée et désobéissante. Il avait même dû, pour effacer cette tentative de tricherie et se réconcilier avec ses troupes, s'engager dans un long et délirant poème qu'il n'avait pu encore terminer.

— De toute manière, dit-il, ça ne paraîtra pas avant six mois.

— Si « ça » paraît jamais, dit Béatrice d'un ton doux, si doux que tout le monde s'immobilisa, que Nicolas esquissa un pas vers la porte et que même Tony, pourtant prodigieusement insensible aux atmosphères, reposa son verre sur la table.

— Que veux-tu dire? demanda-t-elle.

Mais déjà Béatrice avait traversé la pièce, pris le bras d'Édouard pétrifié, et l'entraînait au-dehors.

— Nous avons à parler, dit-elle en se retournant sur le seuil : Monsieur Maligrasse et moi-même, nous avons à parler sérieusement.

Et pirouettant, elle effectua une de ces sorties dramatiques qui avaient si souvent assuré son succès, à la scène comme à la ville.

Dehors, il faisait presque nuit, presque froid, et le ciel, dans la cour de l'auberge, était devenu bleu sombre. Béatrice se tourna vers Édouard, le saisit par les revers de sa veste et le contempla. Édouard comprit qu'elle savait, mais l'ampleur de la catastrophe, sa soudaineté lui ôtait tout réflexe. Il la regardait, les bras ballants, il entendait le sang battre à ses propres oreilles. Il ne se rappelait pas avoir jamais éprouvé une telle frayeur depuis le jour où il avait été surpris fumant un cigare dans la chapelle, par le principal du collège. En même temps, il remarquait que la lèvre inférieure de Béatrice était plus gonflée que d'habitude, et il se demandait confusément qui pouvait bien l'avoir mordue.

— Ainsi tu me mens, dit la voix de Béatrice à des kilomètres de lui.

Et comme il ne répondait pas, elle le secoua légèrement. Il hocha alors la tête de bas en haut, docilement. Il recommençait à penser et déjà il se demandait si ce prétexte suffirait à Béatrice pour le quitter.

— Oui, dit-il, je t'ai menti. Et alors?

Elle se rapprocha de lui, mit les bras autour de son cou et appuya la tête sur son épaule avec, pour la première fois, un geste de femme soumise.

— Mon Dieu, dit-elle à voix presque basse, mon Dieu, quel bonheur ! Ainsi tu as de l'imagination...

Et relevant la tête, elle l'embrassa passionnément ; Édouard, abasourdi, chancelant de bonheur, pensa très vite qu'il ne pourrait jamais, au grand jamais, s'habituer à elle, ni par conséquent se déshabituer de l'aimer.

— Tu ne sais pas ce que c'est, disait la voix de Béatrice à demi-étouffée par sa veste, tu ne sais pas ce que c'est, de vivre avec un homme sans imagination. J'aimerais mieux vivre avec un escroc, ou un maquereau. Au moins eux, leur pourcentage, c'est l'argent ; tandis qu'avec un homme sans idées, vois-tu, le pourcentage, c'est l'ennui. Il profite de tes inspirations le jour comme la nuit, et il t'en veut à mort si tu ne le distrais pas de sa vie plate. Mais toi, mon cœur, ajouta-t-elle en relevant la tête et en embrassant le cou d'Édouard dans un geste presque respectueux, toi, tu n'as rien d'un maquereau.

Elle se mit à rire. Édouard avait refermé les bras sur elle et contemplait là-bas, ce ciel bleu nuit qui avait failli être dramatique et qui était à présent empreint de toute la douceur, de toute la quiétude provinciale. Il se joignit donc à son rire, tout en pensant que c'était la première fois qu'elle semblait l'admirer pour de bon et qu'il avait fallu, pour cela, qu'il lui mentît.

Le lendemain, il eut tout loisir d'oublier ses tendres regrets. Béatrice était de très bonne humeur, d'une bonne humeur dangereuse et, à sept heures, après le dernier plan, elle se déchaîna. Les machinistes ramassaient leurs appareils dans la cour de ferme ; Raoul, Cyril, son partenaire, Nicolas, Basil et Édouard partageaient une bouteille de vin blanc, assis sur des marches de pierre. Béatrice avait déjà, d'un clin d'œil et d'un sourire, rassuré Basil qui ne se pardonnait pas sa trahison de la veille (Édouard n'ayant pas eu le temps de lui apprendre l'échec de leur complot).

— Finalement, Tony, dit Béatrice enjouée, Édouard s'est décidé à me lire les premières pages de son article. C'est très bien, très très bien...

Nicolas et Basil, étonnés, se regardèrent.

— ... Mais, continua Béatrice, je trouve que cet article manque de romantisme. Les Américains adorent les idylles, non? Surtout les idylles de plateau. Je trouve que Basil devrait faire quelques photos de Cyril et de moi, tendrement enlacés.

— Quelle drôle d'idée... balbutia Cyril.

Il était partagé entre la tentation de dissiper ainsi la vague aura d'homosexualité qui l'escortait et la terreur de provoquer l'irritation de sa femme ; la brune Margot, en effet, comme toute femme de pédéraste, était vis-à-vis de ses hypothétiques liaisons féminines, d'une jalousie aussi morbide qu'inutile.

— Voyons, Cyril, dit Béatrice, Margot n'est pas là, tu ne risques rien.

En s'asseyant près de lui, elle prit des poses lascives. Basil, goguenard, les photographiait, tandis qu'Édouard, impuissant, ligoté par ses mensonges, rongeait son frein. Il finit par grommeler que tout cela était ridicule, que ce n'était pas un article de ragots qu'il écrivait mais un article de fond.

— Écoute, dit Béatrice, j'ai lu ton article, oui ou non? Je t'assure qu'il manque de piment — entre autres.

— Les Américains adorent ce genre-là, c'est vrai, commenta Raoul. J'aimerais bien aussi lire ces quelques pages, Édouard, je vous l'avoue.

— Voyons... marmonnait Cyril en essayant de détacher les bras de Béatrice fermement amarrés à son cou, voyons, quand cet article paraîtra, qu'est-ce que je vais expliquer à Margot, moi?...

— Vous lui direz que c'était une comédie, dit Raoul, un truc publicitaire.

— Elle se méfie terriblement de moi, dit Cyril d'un air piteux.

Raoul, Nicolas et Tony échangèrent un coup d'œil méchant et polisson.

— Eh bien, dit Béatrice en se levant et s'étirant, puisque je suis la vedette du film, après tout, pourquoi ne pas poser avec moi, Édouard? En amoureux transi, par exemple? Basil, préparez vos Leica.

Et elle prit le bras d'Édouard, posa sa tête sur son épaule, l'air alangui. Tony avait l'œil attendri et subitement intéressé :

— C'est une très bonne idée, dit-elle, se rappelant son rôle d'impresario, une très bonne idée pour tous les deux, d'ailleurs : le jeune auteur à succès et la vedette... C'est romantique. Et en plus, ajouta-t-elle d'un air vertueux, ce n'est que la vérité.

Basil, souriant, imperturbable, mitraillait Édouard et Béatrice, et Nicolas avait du mal à ne pas rire. « Il n'y a qu'elle, décidément » pensa-t-il, « il n'y a qu'elle pour amener un de ses amants à la photographier, pâmée, dans les bras d'un autre ! ».

— Je trouve ça gênant, protesta Édouard à voix basse, gênant et ridicule.

— Édouard trouve ça ridicule ! cria Béatrice à la cantonade. Te ferais-je honte ? Aurais-tu honte de nos relations, cher Édouard ? (Et elle lui posa sur la joue un baiser sonore). Puisque de toute manière ces photos ne paraîtront pas... et que ça me fait plaisir...

— C'est ce que je trouve déplaisant, justement, répliqua Édouard toujours à voix basse : c'est la première fois que tu affiches tes sentiments pour moi, et il faut que ce soit pour un faux article ! Et puis Basil doit me prendre pour Dieu sait quoi...

Elle se mit à rire, de ce rire qu'Édouard détestait.

— Ça, dit-elle, il te prend sûrement pour Dieu sait quoi... On arrête, Basil, cria-t-elle. Ah non, un instant, je veux faire une photo de vous deux : Édouard et vous. Ça se fait beaucoup, dans un journal, une photo d'équipe !

Gênés, furieux, et trouvant, pour des raisons diverses, cette idée du plus mauvais goût, les deux hommes s'assirent comme deux chenets, les mains pendantes, à un mètre l'un de l'autre. Béatrice braqua l'appareil sur eux.

— Souriez ! dit-elle. Vraiment, c'est les « Deux Nigauds ». Ah non, vous n'êtes pas drôles...

— Toi non plus, dit la voix de Nicolas dans son dos.

Il admirait en silence le petit jeu cynique de Béatrice, et effectivement l'air atterré de ces deux vieux jeunes gens, tous deux convaincus de se duper l'un l'autre, avait quelque chose de réjouissant.

— Va donc poser près d'eux, dit Béatrice entre ses dents.

Il lui jeta un bref coup d'œil : elle avait une mèche sur le front, la peau rose, l'œil sombre et une expression malicieuse et comblée qui le désarma. Après tout elle était assez séduisante pour se permettre ces facéties. Il était dommage plutôt qu'il n'eût pas compris, à l'époque, qu'elle pouvait être si facétieuse.

— Non, dit-il doucement, je n'irai pas. Ce serait une erreur chronologique.

Béatrice éclata de rire, posa l'appareil par terre et se jeta au cou de Nicolas. Ils riaient tous deux, innocemment, enfin avec cette innocence des gens doucement corrompus.

— Il ne tiendrait qu'à toi de réparer cette erreur, dit Béatrice en lui mordant l'oreille.

Mais déjà les deux autres, soulagés, les avaient rejoints ; et escortée par ces trois hommes, tous trois mâles et beaux, disparates, mais à cet instant-là, tous trois pareillement épris d'elle, Béatrice, enchantée d'eux, d'elle-même et de la vie, reprit le chemin de l'hôtel.

XVIII

Le rideau retomba pour la cinquième et dernière fois. Les applaudissements étaient si maigres que le régisseur fit signe au machiniste d'abandonner. Béatrice outrée, les yeux étincelants, traversa le plateau à grands pas et se dirigea vers les coulisses où Tony et Édouard l'attendaient tristement. Il y avait pourtant quatre jours que l'on pouvait considérer comme acquis et définitif l'échec de cette nouvelle pièce. Mais Béatrice, elle, ne s'y habituait pas ; sa rage était aussi bruyante et démonstrative que son plaisir avait été discret, voire détaché, six mois auparavant, dans ce même théâtre, pour sa reprise triomphante de « L'Après-Midi ».

— Quels butors ! dit-elle arrivée près d'eux, quels imbéciles !

— C'est la pièce, dit Tony d'une voix plaintive, je t'avais bien dit...

— Tu ne m'avais rien dit du tout, coupa Béatrice, cette pièce est très bonne, très bien mise en scène et très bien jouée, par moi comme par les autres. Ce sont les critiques qui sont des crétins, comme tous ceux qui les lisent !

A présent assise dans sa loge, elle se démaquillait tout en fulminant, et Édouard souriait. Dans cette époque masochiste et veule, la révolte de Béatrice lui semblait des plus rafraîchissantes. Les résignations faussement élégantes, les responsabilités rejetées sur autrui, les mutismes héroïques ou les gaietés grinçantes, tous les masques, bref, dont se parait généralement l'échec, il en avait beaucoup vu, beaucoup trop vu pour ne pas être enchanté de la véhémence, la mauvaise foi résolue et l'exaspération de Béatrice. Exaspération doublement justifiée car en plus, le film de Raoul démarrait mal. Il avait été monté trop vite, lancé à trop grand bruit et Béatrice, qui entre temps avait accepté un peu à la légère de créer cette pièce, soi-disant brillante, faisait les frais de tout cela. Depuis trois semaines, on la traînait devant les caméras de télévision comme une accusée à son procès et ses interviewers étaient devenus ses juges. Or elle n'était vraiment pas faite pour cette position de défense. Bien sûr, elle aurait dû se taire et laisser passer le temps, seulement Béatrice refusait la défaite, ou plutôt s'obstinait à croire qu'il y avait dans ce domaine des victoires et des défaites, donc des motifs de bataille ; et elle perdait son calme, se débattait et mordait au hasard.

Loin de la déprimer, ce combat incessant, la défection de certaines amitiés et la raréfaction des coups de téléphone lui procuraient une gaieté nouvelle parce qu'inconnue : le succès avec son goût de miel lui avait toujours paru bien naturel mais bien fade. Là, dans l'échec, elle retrouvait au contraire son odeur préférée : celle de la poudre. Ce que voyant, d'ailleurs, les journalistes avaient commencé à baisser le ton. Ils hurlaient, bien sûr, ensemble, comme des chacals, mais attendaient d'être en bande pour le faire. Cette prudence, rare chez eux, avait été provoquée par la mésaventure de Patrice Polivet, journaliste célèbre pour sa hargne, qui avait cru amusant de réserver à Béatrice, dans son émission, un accueil faussement compatissant. Il s'était vite fait rappeler qu'elle n'était pas à plaindre, mais à admirer, et que ce n'était pas son talent ni son courage qui étaient admirables, le cas échéant, mais bien plutôt sa patience : la patience qu'il lui fallait à elle, Béatrice Valmont, pour répondre aux perfidies stupides d'un incapable nommé Patrice Polivet. Cela avait provoqué une belle empoignade et certains confrères de ce Patrice s'étaient vivement réjouis lorsque, devant vingt millions de téléspectateurs, il s'était fait traiter de petit serin par une Béatrice en verve et de surcroît merveilleusement éclairée par trois bons spots. De même, une admiration respectueuse avait envahi à jamais la mémoire de certains de ces personnages — à la fois immuables et interchangeables — qui constituent le « Tout Paris » des Arts et des Lettres. Enfin Béatrice, qui n'était jusqu'ici « une nature » qu'aux yeux de ses amants, s'était révélée l'être aussi aux yeux du grand public ; et cela avait créé entre elle et cet insaisissable public un lien nouveau, une complicité amusée que n'aurait pu lui apporter aucun triomphe dû à son talent.

Jamais sans doute, elle n'avait été désirée par autant d'hommes — connus ou inconnus — qu'en ce moment même où, coup sur coup, elle subissait deux échecs.

Son courrier le lui prouvait abondamment, ainsi que certains regards et même certaines remarques relevées dans les restaurants nocturnes où Édouard et elle avaient pris l'habitude de dîner après la représentation. Mais pour une fois, ce genre d'hommages lui était indifférent. Elle voulait être admirée, non pas désirée. Elle voulait être admirée par les hommes, enviée par leurs femelles, elle voulait comprendre une fois pour toutes ce que voulait ce public aveugle, muet, indispensable. Pour la première fois de sa vie, elle prêta attention à l'opinion des femmes, (et pourtant elle ne se sentait en aucun cas appartenir à cette espèce que dans son bel égoïsme, elle jugeait geignarde et revendicatrice ; elle n'éprouvait pas le moindre sentiment de solidarité, ni même de fraternité envers les autres représentantes de son sexe). Mais là, dans son énervement, elle signa deux ou trois pétitions féministes qu'en temps ordinaire elle n'aurait même pas pris le temps de lire. Enfin, aidée par quelques critiques courageux — le courage consistant pour la plupart d'entre eux à être, pendant dix jours, d'un avis opposé à celui de leurs confrères — Béatrice parvint à assurer un vague succès à ses deux entreprises. Mais par moments, elle se sentait lasse : elle travaillait trop, depuis trop longtemps, et souvent à présent, elle buvait trop.

Le succès, en revanche, volait vers Édouard. Sa première pièce se montait déjà à grand bruit à Broadway. Les journalistes d'Outre-Atlantique découvraient ou avaient décidé de découvrir en ce jeune auteur français un talent original, et les premiers échos de cette gloire imprécise, rebondissant sur les télescripteurs, parvenaient jusqu'à Paris. Tony d'Albret, aux anges, paradait et avec son habituelle et inconsciente grossièreté, se félicitait elle-même et répétait partout qu'il n'y avait qu'elle, à Paris, qui fût capable de vendre ainsi, à l'avance et si cher, du vent. En tout cas Édouard, qui jusque-là avait toujours vécu dans l'ombre, se retrouva soudain piégé dans la lumière des projecteurs. Effrayé, et avec une adresse des plus involontaires, il se refusa à toute interview et même à aller jusqu'à New York arrêter la distribution. Ce détachement fit tant parler que l'on cria à l'habileté. En fait, Édouard était tout sauf habile, et il ne mentait que sur un seul point : l'origine de ce refus. Il invoquait sa nouvelle pièce à peine finie, fragile, mais ce n'était pas elle qui lui prenait tout son temps et l'immobilisait à Paris, comme garrotté, au cœur de l'hiver : c'était son amour pour Béatrice. Cet avion étincelant, cette capitale inconnue et magique — New York — ces plaisirs et ces fracas qui l'y attendaient et que lui décrivaient avec tant de chaleur tous ses amis, et Béatrice elle-même, ne se traduisaient pour lui que par quelques mots : être séparé d'elle. Tous ces gratte-ciel n'empêcheraient pas, peut-être, Béatrice de le tromper dans la chambre bleue, à l'instant même où il les découvrirait ; tous ces producteurs obséquieux ou ces journalistes enthousiastes ne l'empêcheraient pas non plus de regretter, en s'endormant le soir, la masse de ces longs cheveux noirs, cette masse soyeuse et chaude qu'il voulait à jamais interposée entre lui et la vie, comme un écran protecteur, un refuge ou un piège, qu'importe !

Et Édouard qui, à mesure qu'il était absorbé dans ce monde frénétique et moderne, se voyait de plus en plus comme un personnage démodé, 1900, une silhouette à la Vuillard justement, Édouard se disait avec une sorte d'orgueil tranquille que parmi tous ces affamés, ces soi-disant affamés de plaisir et de gloire, ces jouisseurs patentés, il n'y avait que lui, avec ses gants de pécari et son bougeoir imaginaire à la main, qui soit capable de tout abandonner pour passer une nuit avec une femme. Et cela pas seulement de peur que cette nuit, elle la passe avec un autre mais surtout et d'abord pour le plaisir qu'il était sûr de prendre avec le corps de cette femme ; ce corps dont il usait et abusait à son gré depuis plus d'un an à présent, ce corps infidèle et soumis, ce corps perpétuellement désirable, et qui ne lui laissait nul autre loisir que celui de l'aimer.

En tout cas, cet amour si despotique qu'Édouard en était tour à tour ébloui ou terrifié, cet amour dont il ne parlait jamais, était devenu symbolique aux yeux des gens. On parlait de la passion d'Édouard Maligrasse pour Béatrice Valmont avec cette sorte de stupeur envieuse, amusée et un peu rétive que donnent seuls les bonheurs évidents. Ce fut à ce propos d'ailleurs que pour la dernière fois l'on vit rire en public, de son fameux rire moqueur, l'élégant Jolyet à présent mourant : à une femme qui lui demandait, ou plutôt se demandait à voix haute « ce que Béatrice Valmont avait bien pu faire à ce pauvre Édouard », Jolyet répondit : « Tout, elle lui a vraiment tout fait », juste avant d'éclater de rire et de retomber dans son indifférence habituelle.

Son rêve interrompu, Jolyet étendit la main, rencontra la fraîcheur du drap et soupira d'aise un instant. Puis la douleur jaillit dans sa gorge, gagna le thorax, s'étendit en profondeur et en intensité. Il se redressa en geignant et alluma la lampe de chevet. L'interrupteur était toujours posé dans le même coin, tout à côté de lui, car il n'avait pas le temps de tâtonner dans le noir. Il fallait être rapide dans ces cas-là. Clignant des yeux, il ouvrit le tiroir de sa table de nuit — une ravissante table de nuit signée Jacob dont il avait été très fier. Les ampoules y étaient rangées comme au garde-à-vous, étincelantes, minces et glacées, et près d'elles, la grosse seringue neuve semblait endormie. D'un geste précautionneux, il décolla une des ampoules de la boîte et entre le pouce et l'index de l'autre main, il en saisit le haut et la décapita. Puis il attrapa la seringue, l'enfonça dans l'ampoule que telle un trésor il tenait à la main, et en aspira le contenu avec lenteur et minutie. Une douleur plus féroce, presque insultante, le fit se plier en deux ; mais déjà il avait acquis les réflexes nécessaires et ses deux mains précieuses restèrent immobiles et droites, dans le bon sens, tandis que sa tête se tournait et se retournait sur l'oreiller sous l'effet de la douleur. Il aurait mieux valu qu'il attende pour se piquer car la douleur, qu'elle soit physique ou sentimentale, peut vous arracher de faux mouvements, mais il n'en pouvait plus, et sans alcool, sans coton, repliant simplement les genoux sur sa poitrine, il poussa avec obstination l'aiguille dans sa cuisse. Il avait toujours détesté se faire mal, et devoir se piquer, devoir enfoncer ce bout de fer dans sa peau, traverser les nerfs tendus juste au-dessous, lui paraissait un acte contre nature.

Toujours recroquevillé, il attendit. Il souffrait, il avait trop mal, il était incroyable que l'on puisse avoir mal à ce point, que cela ne provoque pas des révolutions, des folies, des guerres ! Il était incroyable que l'on puisse avoir un autre souci ! Il en mordait le drap.

Et tout à coup, comme téléguidé, quelque chose se dirigea vers la bête qui lui dévorait le cou et s'y attaqua. Il sentit la douleur reculer et il soupira de bonheur anticipé, un immense bonheur. S'apercevant qu'il tenait toujours la seringue vide à la main, il la jeta dans le panier installé au pied de son lit. C'était la débâcle à présent, la douleur s'enfuyait de partout. Et enfin il put se retourner, il retourna un corps de nouveau souple, vivant et tiède entre les draps, et éteignit la lumière tout en laissant le commutateur bien à sa place : car cela pouvait recommencer aussi brutalement et aussi vite. Maintenant il fallait qu'il dorme, il lui fallait se rendormir, il dormait déjà. Il le fallait non pas pour garder son équilibre — notion des plus risibles pour un moribond — mais pour oublier cette certitude incessante et cruelle, pour oublier cet attirail de pharmacien, pour oublier qu'il allait vers l'oubli. Il pouvait dormir. A présent il avait mille molécules chimiques et mille flics qui veillaient sur lui, sur son corps, sur sa chaleur et son impunité, mille vigiles qui empêcheraient bien d'arriver jusqu'à lui cette nymphomane, cette délirante étrangère qu'est la douleur physique.

Il soupira, il rouvrit les yeux et regarda le réveil lumineux dans le noir. Il était trois heures, mais de quelle nuit, et de quelle saison ? Dieu merci, le jour viendrait demain et avec lui Béatrice. Il n'en avait plus pour très longtemps et elle était une des rares personnes dont il aimât la compagnie. Obnubilée par ses échecs, elle lui en parlait gravement et de temps en temps, se souvenant qu'il était mourant, lui disait des choses énormes telles que : « Vous prenez trop de morphine, ça va vous faire mal », bref oubliait scandaleusement sa mort prochaine ; et lorsqu'elle s'en souvenait, elle éclatait de rire avec lui, l'embrassait avec désinvolture, enfin ne lui manifestait aucune compassion. Et c'était bien là tout ce qu'il désirait. Pour le reste, il s'était procuré depuis le début ce qu'il lui faudrait pour se tuer le jour où il trouverait indécent de se survivre.

En attendant, il refusait de supporter la douleur, même un instant, et dès qu'elle s'annonçait, il saisissait sa seringue et déclenchait à sa poursuite la drogue merveilleuse. Il en était parvenu à chronométrer la rapidité de cette Diane nommée morphine, car il savait que le jour où le gibier serait plus résistant ou la chasseresse moins efficace, il devrait en finir tout de suite. Et Béatrice le surprenait souvent, une montre dans une main et une seringue vide dans l'autre, concentré et maniaque. « Il aura fallu la mort », disait-il, « pour me transformer en comptable et un comptable tatillon. Il est vrai que la mort transforme parfois, paraît-il, les comptables en héros; seulement moi, je n'ai jamais été un héros ! ». Et il riait.

Dans la journée bien sûr, il souffrait moins, même s'il toussait beaucoup et de toute manière, à ces moments-là, l'idée de ces dix petites ampoules mortelles cachées dans son tiroir, ses dix petites sentinelles à lui, le rassurait. Mais c'était la nuit dont il se méfiait. Car parfois la nuit, dans la solitude de la nuit, il s'affolait, il redevenait un enfant, il aurait voulu revoir sa mère, il aurait voulu, même, être marié ou père. N'importe quoi, mais pas seul. Jolyet n'avait pas d'amis ou d'amies à qui il se sentît le droit d'infliger le spectacle de son corps squelettique, de ses transpirations et de ses paniques. Au retour des vacances — si l'on pouvait appeler « vacances » son bref adieu à la mer — il avait essayé de demander à l'une ou l'autre de ses putains habituelles, car il était un homme à filles, de jouer pour lui le rôle d'infirmière. Il lui payait le maximum pour la nuit et, après l'avoir fait dîner avec sa courtoisie habituelle et lui avoir expliqué son cas d'une voix précise, il s'allongeait près d'elle, sans nul désir bien entendu, mais au chaud. Malheureusement, attristées sans doute de voir leur vieil ami dans cet état, et cette chasteté leur semblant plus indécente que toute lubricité, elles avaient pris l'habitude, les unes et les autres, de boire beaucoup à ces dîners. Plusieurs fois, Jolyet émergea de ses cauchemars pour retrouver près de lui non pas un corps tranquille et fraternel, non pas un souffle égal, mais au contraire l'agitation et les ronflements d'une femme ivre. Cela l'exaspéra et il retourna à sa solitude. Bientôt il n'y eut plus que Béatrice dont il attendît les visites. Elle entrait chez lui, le trouvait sur son lit ou dans le salon, inerte et paisible dans cette hébétude, ce vague que lui donnait la drogue. Elle s'étonnait. Elle s'étonnait de son indifférence, de son apathie ; il lui semblait qu'elle-même, dans ces conditions, eût voulu dévorer la vie par tous les moyens.

— Je l'aurais cru, moi aussi, dit Jolyet un jour qu'elle le questionnait. Après tout, j'adore la musique, la peinture et il y a des livres que je m'étais bien juré de relire avant ma mort. Seulement, contrairement à ce que je pensais de moi, de ma nature, ça ne me sert à rien, aujourd'hui. Aucun livre, aucune musique... Tout cela m'ennuie, me fatigue, tout ce qui me prive de mon temps. D'ailleurs, ajouta-t-il avec une ombre de colère, il n'y a pas de vraie nature en face de la mort. Il n'y a qu'un assemblage de cellules qui refusent obstinément d'être dissociées. Il n'y a que le vide, mon cœur qui bat, et le seul bruit que je supporte, c'est le battement de mon cœur ; la seule chose que j'ai besoin de regarder, c'est cette veine bleue qui se gonfle encore sur ma main, cette main de vieillard. Et le seul contact dont j'ai envie, c'est celui de ma propre peau. Béatrice, il m'arrive à moi qui fus vraiment dans la vie attiré par tout, sauf par l'onanisme, il m'arrive de mettre ma propre main sur ma propre joue, de m'en émerveiller et d'en rester émerveillé... Comme je ne le fus jamais par un autre corps. Quant aux gens, comment ai-je fait pour désirer tous ces corps, ces visages ? Je ne supporte même plus de les voir.

— Et moi ? demanda Béatrice, pourquoi moi alors ?...

Jolyet l'interrompit :

— Parce que tu ne me prends pas plus au sérieux agonisant que vivant. Parce que tu n'as aucun respect pour mon état, ni aucune compassion, contrairement aux autres, et que de ce fait, tu respectes le seul Jolyet que je respecte moi-même : celui qui était gai, rapide et désinvolte. Et que tu es aussi capable qu'il y a vingt ans de me poser un lapin, fût-ce le matin de ma mort. Cela me rassure. De toute manière, ajouta-t-il, je m'arrangerai pour que tu sois là. Je me tuerai l'après-midi, car j'ai trop peur la nuit et je suis trop fatigué le matin. Nous parlerons d'autre chose, tu me verras m'endormir et tu sauras à quoi attribuer mon impolitesse. La première, j'espère...

— Vous me préviendrez, ce jour-là ? demanda Béatrice vivement.

— Je n'en sais rien, avoua Jolyet, que préfères-tu ?

Elle hésita un instant puis tendit la main vers lui et la posa sur sa joue :

— J'aime mieux que vous me le disiez, dit-elle. Au moins, vous saurez que je sais : vous vous sentirez moins seul.

Jolyet la regarda un instant et ses yeux se troublèrent.

— Je te remercie, ma chère Béatrice ! dit-il. Tu es en effet la seule personne assez barbare ou assez tendre pour ne pas appeler une ambulance, Police-Secours ou Dieu sait quelle horreur...

A sa propre surprise, Béatrice sortait de ces conversations non pas déprimée mais étrangement revigorée. D'ailleurs la précision, la froideur, l'inéluctable de cette situation ne lui faisait en rien oublier les petites querelles, les vagues tempêtes qu'elle affrontait à ce moment-là. Elle ne se disait jamais que par comparaison, ces agitations étaient ridicules. Là au contraire, là était la vie : dans ces remous mesquins et violents, ces limons de vanité et de basse ambition, et elle était bien sûre que Jolyet regrettait amèrement de ne plus pouvoir s'y agiter. Cette mort si proche ne rendait pas dérisoire sa vie à elle, au contraire elle la colorait. Et le mépris même que lui inspiraient certains agissements, certaines réactions parisiennes devenait plaisant à ressentir. Et enfin, quand Édouard la prenait dans ses bras, quand il l'embrassait ou quand elle le sentait trembler contre elle, la nuit, de fatigue ou de désir, elle pensait parfois au tremblement éperdu et solitaire d'un autre homme à quelques rues de là, cherchant à ne pas renverser une ampoule sur son oreiller. Oui, comme dans les feuilletons, l'amour était bien à l'opposé de la mort. Bien sûr elle aurait un jour, elle-même, à affronter cette plage déserte et incolore qui vous mène à la mort, à la mer, à rien, mais elle ne se faisait aucun souci. Elle le savait depuis toujours : elle mourrait ou en scène, ou tuée par un jaloux, ou écrasée dans une voiture de sport, contre un platane. En attendant, elle ne répondait pas aux questions d'Édouard sur Jolyet, car ce dernier le lui avait défendu.

« Édouard est trop sensible », avait-il dit, « trop proche de moi peut-être, trop humain ; il serait et il me rendrait triste. Je préfère mille fois ta compagnie ». Et Béatrice souriant, avait pris cela pour ce que c'était d'ailleurs, un compliment.

— Que dois-je faire de lui ? avait-elle demandé un peu plus tard, toujours au sujet d'Édouard.

Jolyet avait soulevé une main fataliste.

— Oh, de toute manière, avait-il dit, il n'est pas à plaindre : il t'aime. Et actuellement, il t'a.

— Il m'est très attaché, dit Béatrice qui, à son grand étonnement, se sentit rougir de cette phrase un peu mièvre.

— Il verra bien, dit Jolyet. Pour te dire la vérité, tout me paraît enviable chez ce jeune homme. Je donnerais même cher pour avoir un affreux chagrin d'amour.

Mais après avoir refusé d'un geste de répondre au coup de téléphone que lui annonçait un maître d'hôtel aussi impavide que lui-même, il s'était retourné vers Béatrice avec curiosité :

— Et toi ? avait-il dit, tu l'aimes enfin ?

La question avait pris Béatrice de court, elle était même restée ébahie un instant, presque indignée.

— Mais enfin, avait repris Jolyet amusé, je ne te dis pas une grossièreté, je te demande si toi aussi tu l'aimes, ton amant.

— Ça va vous paraître extravagant, dit Béatrice, mais je ne me suis jamais posé la question.

— Tant mieux, avait conclu Jolyet. A mon avis, il est déjà très bête de se demander si quelqu'un vous aime, et il est encore plus bête de se demander si nous, nous l'aimons.

Et ils avaient parlé d'autre chose.

Mais en marchant dans la rue, en rentrant chez elle,

cette pensée avait continué à troubler l'esprit de Béatrice. Aimait-elle Édouard ? Oui en un sens, elle l'aimait, plus que n'importe quel autre homme qu'elle ait connu. Était-elle amoureuse de lui ? Oui en un sens, la nuit, quand elle lui disait, « Je t'aime », ce n'était pas uniquement son corps qui répondait. Mais serait-elle malheureuse sans lui ? Là résidait la question, la vraie, celle qu'elle ne s'était jamais posée. Édouard partant, Édouard ne l'aimant plus, cela était inimaginable. Mais pourquoi ? Parce qu'elle manquait d'imagination ou parce qu'il avait rendu cet imaginaire-là impossible ? En se livrant ainsi pieds et poings liés, n'avait-il pas jeté sur elle un filet autrement dangereux que celui du doute ou de l'habituelle inquiétude amoureuse ? En acceptant ses trahisons tout en s'en désespérant, ne l'avait-il pas amenée, elle, à trouver sans charme et sans goût ses incartades futures ? Bref en se déclarant à la fois mortellement épris d'elle et mortellement sûr qu'elle le quitterait un jour, n'avait-il pas provoqué chez elle, par un cruel et long défi, la tentation de le garder ? Et de le garder dans cet état, à vif, à cru et terrifié ? Jamais, au grand jamais, un homme n'avait devant elle jeté les armes à ce point, ni si tôt, ni avec autant d'ostentation, ni avec autant de plaisir à se rendre. « Il agit en Machiavel », pensa Béatrice non sans sourire, car l'idée de toute habileté venant d'Édouard vis-à-vis d'elle, lui semblait du plus haut comique. Néanmoins une méfiance habitait en elle à présent, quelque chose comme une méfiance... et une crainte, une très inattendue et très exquise crainte.

XIX

Tony d'Albret était assise sur le grand sofa du salon de Béatrice, avec ce qu'elle pensait être un air prostré : c'est-à-dire qu'elle avait rangé ses bottines l'une contre l'autre, croisé les mains et oublié de se remaquiller. Malheureusement, la vivacité étant son seul charme, elle ressemblait plus à un ruminant fourbu qu'à la fine et lasse conseillère qu'elle espérait paraître. Pour la centième fois peut-être de la journée, elle remâchait sa triste histoire. Walkers, l'homme qui avait acquis les droits théâtraux d'Édouard, avait pris en même temps une option sur les droits cinématographiques. A présent prévoyant un succès, il pressait Tony d'obtenir un accord définitif. Et Tony tentait depuis, en vain, d'intéresser Édouard à ce projet. Mais les offres de Walkers s'étaient précisées dans une période de tension, au début du film de Raoul, et Édouard, préoccupé des humeurs de Béatrice n'avait même pas écouté les mirifiques discours de son impresario. Tony alors, voyant ses dix pour cent encore incertains et se croyant fine psychologue, lui avait laissé entendre que Béatrice serait très sûrement la vedette de cette coproduction franco-américaine. Édouard qui à ce moment-là se raccrochait à n'importe quoi, avait sauté sur l'argument et déclaré à Tony que dans ces conditions, il était prêt à céder tous les droits qu'elle lui demanderait. « Du moins », s'était-il dit à cette époque, « du moins, si elle me quitte maintenant, aurai-je ainsi une occasion, un prétexte pour la revoir et peut-être la reconquérir. »

Walkers donc, avait renouvelé une offre ferme et des plus généreuses et Tony enchantée, avait rapporté le contrat entre ses dents, tel un bon chien de chasse, aux pieds d'Édouard. Les choses étaient alors redevenues au mieux entre les deux amants, mais entre temps Walkers avait définitivement retenu une star américaine. Tony, comptant sur la distraction d'Édouard et devant d'ailleurs, elle-même, renoncer à son prétendu pourcentage sur Béatrice, présenta ce changement de distribution à Édouard comme un double sacrifice. Mais un sacrifice compensé par un nombre impressionnant de dollars. A sa grande stupéfaction, Édouard lui avait jeté le contrat au nez. Il était entré dans une franche colère et il était même allé jusqu'à la menacer de lui faire franchir la porte « manu militari » si elle osait renouveler sa proposition.

— Mais enfin, Édouard, disait Tony, pour une fois effrayée et réfugiée sur le sofa, mais enfin rien ne prouve que la pièce va marcher ! Et si c'était un four ? Les droits de cinéma ne vaudront plus rien... D'ailleurs cette Glenda Johns serait merveilleuse, non, dans le rôle ? Et Béatrice n'y compte même pas ! Nous ne lui en avons pas parlé, ni l'un ni l'autre...

Il était vrai qu'Édouard, craignant que cela ne ressemble à un chantage, avait interdit à Tony de mentionner ce projet devant Béatrice.

— Et alors? dit-il abruptement, qu'est-ce que ça change?

— Ça change qu'elle n'en sera pas blessée, dit Tony. Il faut se mettre à la place de Walkers ! Béatrice vient d'avoir deux flops, l'un après l'autre, et contrairement à ce que vous semblez croire, New York n'est pas si loin : tout se sait.

Édouard eut un geste d'égarement et de colère qui fit se tasser un peu plus la malheureuse Tony.

— Comme vous le pensez bien, reprit-elle d'une voix plaintive, je sais ce qui en est ! Béatrice est mon poulain. Tout cela sera vite oublié. Sa carrière ne dépend pas d'un rôle, même si c'est le meilleur de votre pièce ; surtout, ajouta-t-elle mezzo vocce, que ce rôle, je n'y comprends rien et à mon avis, elle non plus. Mais pour vous, Édouard, cet argent, c'est la paix, la sécurité, la possibilité d'écrire d'autres pièces sans être aux crochets de qui que ce soit !

Édouard devint blanc et Tony, une fois de plus, battit des bras convulsivement.

— ... je ne veux pas dire une seconde que vous vivez aux crochets de Béatrice, Édouard, je sais très bien le contraire, mais enfin elle-même vous conseillerait...

Elle s'arrêta car la porte d'entrée venait de claquer et Béatrice arrivait vers eux, souriante et rosie par les premiers froids. Tony d'Albret reprit courage. Béatrice avait des défauts mais elle était une femme pratique, Dieu merci. Après tout, cet argent elle en profiterait largement, tout autant qu'Édouard. Pour cela, Tony pouvait lui faire confiance.

— Béatrice, dit-elle, Walkers offre trois cent mille dollars à Édouard pour les droits cinématographiques de « Un Orage Immobile » et il y aurait Glenda Johns dans le principal rôle. Qu'en penses-tu ?

Béatrice fit entendre un petit sifflement d'admiration.

— Mes compliments ! dit-elle, mes compliments, Tony. Trois cent mille dollars ! Et avant la générale ! Ce n'est pas mal. Il faut accepter, Édouard.

Il les regarda l'une après l'autre et articula :

— Je n'accepterai jamais!... — avant de tourner les talons et de quitter la pièce. La porte claqua avec violence et Béatrice, ahurie, éclata de rire avant de s'asseoir.

— Mais que se passe-t-il ? demanda-t-elle.

Tony se lança dans un long et confus discours, de plus en plus long, et le temps passant, de moins en moins confus. Le soir tombait mais Béatrice oubliait d'allumer les lampes : elle écoutait pensivement, un drôle de sourire aux lèvres, et Tony finit par s'énerver.

— Eh bien quoi ? dit-elle. Que tu sois contente de le tenir à ce point-là, je le comprends, mais il est idiot, non ? Tu ne trouves pas ça idiot, toi ?

— Oh si, dit Béatrice pensive, oh si, je trouve ça complètement idiot.

Elle alluma une cigarette, regarda dans le jardin et offrit ainsi à Tony un profil rêveur et tendre, tout à fait inconnu.

— D'autant plus, ajouta-t-elle distraitement, qu'en vérité, ce rôle de Pénélope ne me tente pas le moins du monde...

Tony soupira. Elle avait trouvé une alliée là où précisément elle aurait pu trouver une ennemie. « Décidément », pensa-t-elle en secouant la tête, « décidément, ces artistes n'étaient pas des gens comme les autres ».

— Ne t'inquiète pas, dit Béatrice sans la regarder et avec la même intonation distraite, ne t'inquiète pas, je le ferai changer d'avis.

Toujours tournée vers le jardin, elle ajouta :

— Je te laisse partir, Tony, tu connais le chemin.

Et ce n'est qu'une fois dehors que Tony d'Albret se rendit compte que, pour la première fois de sa vie, elle avait été mise à la porte.

Restée seule, Béatrice laissa se consumer entre ses doigts une cigarette, puis une autre. Elle regardait toujours vers le jardin à présent obscurci. Une odeur de froid, de ville, de réséda épuisé arrivait jusqu'à elle. « Il faudra penser à protéger les plantes pour l'hiver », se dit-elle. Et elle appela Cathy pour l'aider à allumer les lampes. Quand Édouard revint les bras chargés de fleurs, pour s'excuser de sa sortie, il se heurta à une Béatrice impénétrable et tranquille : elle ne savait donc rien. Il ne pouvait pas, lui, savoir que les femmes comme Tony, lorsqu'elles sont coincées, prennent toujours les devants. Il ne pouvait pas imaginer que Tony ait osé mettre, elle-même, Béatrice au courant de sa trahison, ni que leur amitié, cette vieille camaraderie féminine, reposait sur une férocité et un mépris mutuels. Il ne s'étonna donc pas lorsque, distraitement, Béatrice lui conseilla de signer ce contrat.

— Tu sais, marmonnait-elle en se déshabillant, cette Glenda Johns, avec ses yeux de chat et son air intellectuel, serait parfaite dans Pénélope. Ce n'est pas un rôle facile....

— Tu trouves? demanda-t-il.

— Ah oui ! Personnellement en tout cas, je serais incapable de le jouer.

— Mais tu peux tout jouer, dit Édouard surpris.

— Tout ce qui me tente, oui, dit Béatrice. Mais

bizarrement mon chéri dans tes pièces, ce sont les rôles d'hommes qui me plaisent.

Édouard resta perplexe. Elle avait raison en effet. Ses héroïnes étaient fades et il s'intéressait plus à ses héros masculins, mais c'était pour une raison bien simple : il pensait qu'un jour l'un deux, dans sa folie, son naturel ou sa bizarrerie serait enfin capable de fasciner Béatrice à sa place. Et c'est ainsi qu'au passage il leur faisait dire tout ce qui lui importait à lui, Édouard, tout ce qu'il n'osait pas ou ne pouvait pas directement dire à Béatrice. Il était donc normal que les personnages féminins, en face de ses messagers, semblent immatériels et presque fades. D'ailleurs ce héros idéal qu'il recréait sans cesse dans sa tête, celui-là même qui était désinvolte, courageux et irrésistible, il n'avait jamais tenté de le confronter à une héroïne comme Béatrice pétrie de chair et de sang. Pour le faire il eût fallu qu'il la connaisse, la cerne, qu'il soit sûr d'elle. Bref des choses irréalisables. Elle avait sûrement raison dans ce domaine. Elle connaissait bien son métier, elle l'aimait et c'était sans se plaindre qu'elle travaillait comme un chien. Il s'en émut, la regarda.

Béatrice, un coude relevé au-dessus de sa tête, lisait allongée sur le lit. Il posa l'air d'opéra sur le pick-up et s'allongea près d'elle. La voix de la chanteuse montait, rejoignait celle du ténor et ils faisaient ainsi appareiller sur la moquette les grands voiliers de l'amour et de la mort. Il les écoutait et Béatrice ayant posé son livre, les écoutait aussi. Mais quand il se retourna vers elle, elle mit la main sur son front et le repoussa d'un geste tendre.

— Non, dit-elle, pas ce soir s'il te plaît, je suis un peu lasse.

Édouard posa la tête sur son épaule, étonné de ne

pas se sentir blessé comme d'habitude lorsqu'elle se refusait à lui. Ce soir elle l'avait fait d'une manière si douce, si inhabituelle, ayant presque l'air de s'excuser... Oui, elle semblait tendre et contrite. Mais se rappelant de quels lendemains sauvages étaient généralement suivies ces brèves pauses, Édouard hésitait à s'en féliciter. De plus la scène avec Tony, sa propre colère l'avaient épuisé. Il s'endormit très vite.

A l'aube, dans la blancheur de l'aube, dans la terreur de l'aube, il fut réveillé par quelqu'un qui lui secouait la tête et lui parlait. Il fut terrifié. Quel enfer se préparait pour lui ? Que se passait-il et que lui disait-elle ? La voix de Béatrice était impérieuse et ses mains presque brutales.

— Je t'aime pour de bon, disait cette voix dans le noir — une voix calme — Tu as gagné, je t'aime vraiment à présent, je n'aime que toi.

Stupéfait, il se redressa, balbutia quelque chose mais une main ferme se posa sur ses lèvres.

— Je t'ai réveillé pour t'annoncer cette bonne nouvelle et je tombe de sommeil à présent. Ne dis rien surtout, et rendors-toi.

Et se retournant vers la fenêtre, Béatrice s'endormit d'un coup, foudroyée comme à son habitude. Le cœur battant, Édouard resta longtemps immobile dans le noir. Il y avait cinq ans, non, six ans, qu'il attendait cette phrase dite par cette voix, et elle était enfin arrivée. Cette phrase superbe, inespérée : « Je t'aime », avait été prononcée par son implacable amour. Mais pourquoi avait-elle choisi ce soir ? Pourquoi cette heure ? Et surtout pourquoi n'en était-il pas plus heureux ni plus triomphant ?

XX

Le lendemain, bien sûr, Béatrice ne lui parla de rien. Ce fut une journée plate, atone, et il finit par se demander s'il n'avait pas tout bonnement rêvé cette phrase, ou si Béatrice elle-même ne l'avait pas rêvée à voix haute. Cette idée le soulageait et le déchirait à la fois. Ce n'est qu'à minuit, après la représentation et un dîner paisible avec des amis, qu'ils se retrouvèrent seuls. Ils se déshabillèrent en plaisantant, mais lorsque Édouard fut debout près d'elle dans la salle de bains, elle s'immobilisa et le regarda gravement dans le miroir. « J'ai le cheveu hirsute » pensait-il, et leur double reflet lui sembla tout à coup extravagant.

— Quel effet cela fait-il, demanda-t-elle, d'être aimé en retour?

Sans attendre sa réponse, elle passa devant lui et alla s'asseoir au pied du lit. Elle prit une lime et s'attaqua à un de ses ongles de pied. Elle chantonnait. Embarrassé, il la rejoignit, s'assit près d'elle et tenta de prendre le même ton.

— C'est très agréable, dit-il en souriant, mais c'est si difficile à croire...

Il se sentait bête, gêné et en dessous de la situation. En fait — et il aurait pourtant détesté qu'elle le fasse — il s'attendait à ce qu'elle lui éclatât de rire au nez comme après une bonne et funeste plaisanterie.

— Comment as-tu pensé à ça ? dit-il. Comment peux-tu croire.. ?

Il bafouillait. Béatrice abandonna son ongle un instant.

— Que je t'aime ? interrompit-elle. (Elle se mit à rire en balançant son pied). Oh, c'est simple : je me suis posé la question.

— Tu ne l'avais pas encore fait ? demanda-t-il.

— Non, dit Béatrice. C'est curieux n'est-ce pas ? Je vivais avec toi sans y penser, enfin sans penser que je t'aimais. Mais là, j'ai bien réfléchi, cette fois je t'aime.

Elle avait gardé le même ton badin et de nouveau brandissait sa lime.

— Mais alors qu'est-ce que je vais faire, moi ? dit Édouard.

Il s'entendit prononcer cette phrase avec stupeur. Béatrice le regarda, elle aussi stupéfaite, avant de lui sourire.

— Cela ne t'empêche pas de m'aimer aussi, dit-elle. Ce sera ce qu'on appelle un amour réciproque ; le bonheur quoi. Oh flûte, Édouard, je déteste parler ! Ne prends pas cet air de jeune marié, enlève cette chemise et viole-moi, veux-tu ? Viole-moi vite, ajouta-t-elle en posant la main sur la cuisse de son amant, dépêche-toi, j'ai envie de toi, j'en ai eu envie pendant tout le dîner.

Il s'abattit sur elle. Ils se retrouvaient et ils se faisaient délibérément violence l'un à l'autre. Il leur semblait se livrer à une lutte sans merci, une sorte d'exorcisme. Comme s'ils avaient tué quelqu'un ensemble et essayaient de l'oublier. L'épuisement les retrouva sur la moquette, à un mètre l'un de l'autre, essoufflés mais tranquillisés. Béatrice tourna la tête vers Édouard, lui sourit en coin et murmura d'une voix très basse :

— Dis-moi, Édouard, dans ces cas-là qu'est-ce que ça change, petit salaud, que je t'aime ou pas?

— Je ne sais pas, dit-il sincèrement.

— Moi non plus, conclut Béatrice rêveusement. Mais là, pour une fois, elle lui mentait et elle se mentait elle-même, et pour une fois c'était par timidité. Avec un sentiment de désespoir, elle se déplaça, roula sur elle-même et se retrouva au-dessus du visage d'Édouard.

Ainsi ce visage si familier, si rassurant, si énervant parfois, c'était le visage de l'amour. Elle battit des paupières puis elle pencha la tête et embrassa les yeux, les tempes, le cou d'Édouard avec une lenteur respectueuse et chaste, très éloignée d'elle-même. Pour la première fois de sa vie, elle embrassait son vainqueur mais en même temps elle sentait sa propre défaite naître de la victoire d'Édouard. Et surtout elle sentait son vainqueur débordé par cette victoire et elle s'en effrayait. Au demeurant, elle n'avait pas l'impression de faire le moins du monde un cadeau à Édouard : c'était à elle-même bien plus qu'à lui qu'elle avait avoué la vérité cette nuit-là. A savoir que sa passion à lui avait battu son indifférence à elle, son dévouement sa morgue et sa tendresse sa férocité. Qu'elle l'aimât à son tour et qu'elle le lui dise n'était que justice.

« Seulement » se disait-elle, « seulement c'était bien là, maintenant, le bonheur, le moment d'être heureux » et elle s'étonnait que ce bonheur fût plus évident chez elle qui se plongeait dans les périls que chez Édouard, qui lui, émergeait des siens.

Bon, elle aimait Édouard et elle le savait. Ses amis, bien sûr, ne voulaient pas la croire. Nicolas lui rappelait ses innombrables toquades, Cathy semblait dérangée dans ses habitudes et Tony trouvait visiblement indécent, voire stupide et superflu qu'elle se targuât d'amour. Béatrice trouvait tout cela bien normal : la jalousie de ses amis, leur instinctive surveillance, leur sens de la possession s'accommodaient aussi mal de l'importance nouvelle d'Édouard qu'ils s'étaient bien accommodés de son fade rôle précédent. D'un simple point de vue professionnel, Tony s'indignait aussi. Elle avait eu beaucoup de mal à faire admettre, voire apprécier, l'insensibilité, la dureté et la santé de Béatrice à une époque où la solitude, l'incommunicabilité, les complications sexuelles étaient à la mode, et où l'on réclamait l'humanité partout, jusque chez les comédiens. Il était vrai que Béatrice, lorsqu'elle était entourée d'autres vedettes, avait facilement l'air d'un fauve repu égaré au milieu de pauvres brebis affamées ; et que l'absence chez elle de toute gêne s'était souvent montrée gênante. Alors que lui prenait-il, maintenant, d'aller clamer sur les toits cette belle passion — déjà assez tardive aux yeux des Parisiens, même si elle était toute fraîche à ses yeux à elle ? C'était ridicule et cela ne lui ressemblait pas. De tout cela Béatrice ne se serait pas souciée s'il n'y avait eu que Tony et ses pairs à se montrer sceptique. Mais il y avait Édouard ; il semblait devenir méfiant, presque rancunier comme si elle eût failli à sa parole.

Comme ils étaient dans le jardin un après-midi et comme il la regardait d'un air biais, Béatrice s'exaspéra :

— Au fond, dit-elle, que je t'aime et que je te le dise, cela te paraît pervers ou inutile ?

— Pervers ? en aucun cas ! protesta Édouard.

— Mais sûrement inutile, reprit Béatrice. Tu t'étais habitué à ton rôle ; les mauvais traitements ne te gênaient pas...

— Oh si, dit-il, oh si, je souffrais comme un damné. Tu le sais. Je l'ai accepté de toi car c'était toi. Et d'ailleurs, je l'accepterai toujours.

— Mais nom d'un chien, je t'aime maintenant ! dit Béatrice excédée.

Et elle cria « Cathy ! » d'une voix si puissante que sa camériste apparut aussitôt à la porte de la cuisine, et demanda, visiblement affolée, ce qu'il se passait.

— Il se passe que j'aime Monsieur, dit Béatrice, et que je vous en fais témoin. Cathy, vous me connaissez depuis dix ans, non ?

— Douze, Madame, rectifia machinalement Cathy.

— Bien, douze ; et vous avez vu passer d'autres hommes ici non ?

Cathy se livra alors à une série de mimiques étonnantes et charmantes où se mêlaient : *a*) l'air navré de ce que ces tristes erreurs aient eu effectivement lieu ; *b*) l'air fataliste mais ferme de la personne décidée à ne pas porter de jugements sur le passé d'autrui ; *c*) l'air absorbé enfin, voire chiffonné de quelqu'un qui se livre tout à coup à un long et imprévu calcul mental. Cette dernière expression, la plus manifeste d'ailleurs, accéléra le discours de Béatrice :

— Eh bien, Cathy, m'avez-vous entendu dire à aucun de ces hommes, en plein jour et à jeun : « Je t'aime » ?

Cathy prit un air discret mais à tout hasard résolu :

— Même si Madame l'avait dit, je n'aurais pas entendu, dit-elle avec tout l'éclat de la discrétion.

Puis devant l'air courroucé de Béatrice, elle enchaîna précipitamment :

— ... En tout cas cela m'aurait frappée.

Elle adressa un sourire aimable à Édouard qui, bêtement, le lui rendit.

— Merci Cathy, dit Béatrice.

Et dès que celle-ci eut disparu, elle se retourna exaspérée contre Édouard :

— Te rends-tu compte où j'en suis arrivée, moi? A prendre Cathy comme Œnone ! C'est extravagant quand même... J'ai l'impression que je transporte mon cœur à bout de bras avec « des fruits, des fleurs et des branches » comme dans Verlaine, que personne n'en veut ou qu'il est trop tard !

— Ah ça non, dit Édouard, ça non, il n'est pas trop tard...

Il avait la voix tendre mais Béatrice s'était déjà détournée.

— Ce serait même un peu trop tôt, non? dit-elle. Remarque pour moi, c'est vrai, c'est merveilleux, chacun de mes gestes a un sens : si je me lave les cheveux, c'est pour toi, si tu es en retard, j'ai peur. Et puis j'ai envie de te raconter ce que j'ai fait toute la journée, j'ai envie de te plaire.

— C'est déjà fait, dit Édouard.

— Oui mais là, il me plaît de te plaire et je me plais moi-même en le faisant, tu comprends?

Il hésita puis leva les yeux sur elle :

— Et moi, dit-il, je te plais?

— Oh non, dit-elle, toi c'est bien pire, je t'aime ; j'ai envie de t'accrocher aux pieds du lit quand je sors et de te couvrir de santal en rentrant. J'ai à la fois envie que tu sois libre et heureux et que quelque chose se retourne en toi, à cette hauteur-là (elle lui tapota le plexus du doigt) quand tu penses à moi. Ça ne te fait rien que je t'aime ?

— Moi ? Mais, mon Dieu, c'est tout ce que je voulais ! dit Édouard avant de retomber dans son fauteuil.

Et c'était vrai. Depuis le début il avait voulu cela. Et vraiment il ne savait pas, il ne savait plus aujourd'hui depuis quand il s'était décidé — ou résigné — à l'aimer plus qu'à en être aimé. En quoi cette réciprocité tellement désirée lui faisait-elle aujourd'hui l'effet d'une trahison ou d'une farce ? Parce qu'il ne la croyait pas ? Mais si, il la croyait. Il la voyait multiplier les signes d'abandon, de douceur, de défaite. Maintenant dans la nuit, il faisait parfois semblant de dormir et de ne pas la voir, tandis qu'accoudée sur l'oreiller, belle, si belle avec ce nouveau regard, elle veillait sur son sommeil à lui. Il refusait d'ouvrir les yeux, il avait peur. Il se demandait presque ce que lui voulait à la fin cette étrangère trop attentionnée.

On s'arrachait leur présence, d'abord séparément, Édouard était un auteur à succès — car même si ce succès n'était pas entériné à Paris, il était déjà un nom en Amérique, et cela avait beaucoup de prestige — et Béatrice, elle, s'était révélée une nature ; son agressivité qui avait été si longtemps un handicap étant, grâce à la télévision, devenue un charme. Ensuite on les recherchait ensemble puisqu'ils s'aimaient et qu'à Paris, cela excitait toujours la jalousie, la curiosité et bien entendu, l'envie de détruire. Ils allaient de lumières en lumières, comme les phalènes, mais il semblait toujours qu'il y eût entre eux une ampoule mystérieuse, invisible aux autres, et qui les faisait se rapprocher instinctivement quelle que soit la longueur du salon ou la pagaille des galas. La nuit ils se retrouvaient seuls et comme surpris de l'être. Cette approbation générale, cette aura dont ils bénéficiaient en tant que couple, les laissait un peu gênés lorsqu'ils se retrouvaient en face l'un de l'autre, comme s'ils avaient eu à prolonger sans texte une pièce trop applaudie. Tout au moins cela gênait Édouard, habitué à suivre, à être le second, celui que l'on amène et qui n'a qu'une chance sur deux de repartir accompagné ; il trouvait cette sécurité publique et officielle un peu inquiétante. Il se disait avec horreur que c'était par l'habitude du malheur et de l'inquiétude, et qu'il devenait un de ces personnages désespérants et désespérés aux oreilles de qui le bonheur sonne toujours faux.

Béatrice percevait animalement ce désarroi, mais elle l'attribuait à la stupeur, d'autant plus facilement qu'elle partageait cette stupeur. Elle aimait, elle aimait quelqu'un, elle aimait ce grand dadais mélancolique qu'elle avait rejeté cinq ans plus tôt et qu'elle avait failli rejeter à nouveau, dix fois, depuis un an. Et maintenant quand il entrait dans une pièce, quand elle l'entendait rire, quand il la regardait, cet amour s'imposait à elle comme une évidence presque gênante. Depuis le temps qu'elle en parlait, qu'elle en entendait parler, depuis le temps qu'elle provoquait l'amour chez les autres et qu'elle le simulait elle-même, cela lui était arrivé. Elle en éprouvait une fierté incroyable et presque mystique à son propre égard : elle était donc capable d'aimer ; et l'étonnement d'Édouard l'empêchant de faire de cet événement un bonheur glorieux, elle en faisait résolument un bonheur saugrenu. Au lieu de lui dire et de se dire : « C'est merveilleux, je t'aime », elle disait : « C'est extravagant, je t'aime ». Et au lieu de dire :

« Je rêvais que cela m'arrive », elle disait en haussant les épaules : « Il fallait bien que cela m'arrive ». Et si son sourire était comblé, c'était presque par égard pour Édouard qu'il demeurait ironique. Elle ne voulait pas le malmener avec cet amour, ni l'inquiéter. Elle voulait qu'il en soit heureux.

En revanche c'est avec une belle absence de réticence et de modestie qu'elle annonçait cet amour aux autres : Tony, Nicolas, etc. Il lui semblait assumer ainsi des tonnes de responsabilités, de périls, voire de respectabilité. Et elle leur disait, « J'aime Édouard » comme une jeune femme aurait pu dire « Je suis enceinte ». Malheureusement, depuis longtemps ses amis la croyaient stérile, en tout cas sentimentalement ; et tout au plus certains attribuaient-ils au succès d'Édouard cette espèce de grossesse nerveuse qui enflait ridiculement les propos de Béatrice. D'ailleurs, comme elle était une femme entière, elle semblait aussi outrée dans sa passion que dans ses cruautés passées. Elle jetait ses armes avec autant d'éclat et de bruit qu'elle s'en était servi jadis, mais l'abandon de l'amour, sa reddition épatait moins ses amis que sa férocité habituelle. Des femmes amoureuses, mon Dieu, il n'en manquait pas, mais des femmes indépendantes, et féroces, et fières de l'être, c'était beaucoup plus rare. Il leur semblait que Béatrice avait quitté un rôle brillant pour un rôle vulgaire et ils lui en voulaient, même si cela les rassurait. Si la cruauté pouvait être fracassante, la passion se devait d'être discrète, et en affichant la sienne, Béatrice la rendait peu vraisemblable. Car on attend de ces gens-là, de ces bêtes féroces, des Béatrice, qu'ils aiment en secret, contre eux-mêmes, contre leur gré, qu'ils cachent leurs sentiments comme une maladie de peau. Et l'on veut bien, après, les découvrir capables d'amour, mais seulement « après », quand c'est trop tard, que tout a mal fini et qu'ils ont craqué. Alors on dit : « Finalement, elle y tenait à son petit Édouard, finalement, elle lui était beaucoup plus attachée qu'elle ne le disait. Finalement elle s'est bien fait avoir, elle aussi. » Et l'on prend l'air goguenard ou compatissant, pendant que la victime se cache, se moque d'elle-même ou pleure dans les coins.

Mais Béatrice, une fois de plus, ne suivait pas le règlement. Et lorsqu'Édouard disparaissait dix minutes et qu'elle s'affolait brusquement, devenait pâle, le cherchait des yeux ou questionnait les maîtres d'hôtel, il y avait beaucoup de gens, pourtant bonasses, qui trouvaient cela artificiel, indécent, en tout cas déplacé. Seulement pour une fois, elle ne simulait rien : elle avait imaginé Édouard renversé par un autobus, elle avait cru voir disloqué ce long corps si familier, voilés ces yeux idéalement marron et anéanti cet immense amour qu'il lui vouait. Alors elle tremblait vraiment, et lorsqu'il revenait, elle disait à Édouard : « Mais où étais-tu donc ? J'ai eu si peur » d'une voix si émue qu'il ne pouvait que broncher et s'étonner de ce que l'achat d'un paquet de cigarettes ait pris une telle importance. Dans ces instants-là, il se sentait définitivement incapable de croire à cet amour. Il ne pouvait pas imaginer que prise au dépourvu par ses propres sentiments, Béatrice en subissait les barbarismes et les illogismes sans nulle retenue. Lui demander de simuler même une légère indifférence eût été parfaitement inutile ; autant demander à un homme mort de soif d'attendre près d'un ruisseau qu'on lui fournisse un verre. C'était par absence de manières qu'elle semblait soudainement maniérée, et lorsque, par exemple, sortant d'une piste de danse, elle cinglait vers Édouard assis, et lui embrassait longuement le front, elle ne le voyait pas fermer les yeux, s'immobiliser, partagé qu'il était entre le goût physique, toujours aussi violent qu'il avait d'elle, et la gêne pure et simple. Il semblait à Béatrice, au contraire, que tous ses élans le comblaient. Combien de fois ne lui avait-il pas mendié un geste de ce genre, une étreinte ou un regard ? A présent elle était heureuse de pouvoir les lui prodiguer instinctivement et rien au monde ne l'en retenait. Au contraire : car la nuit, c'était bien le même jeune homme affamé qu'elle retrouvait près d'elle, le loup et le chien de toujours, celui qui lorsqu'elle lui disait « Je t'aime » le lui faisait mille fois répéter ; il disait « Répète, répète-moi que tu m'aimes, jure-le, répète-moi » des nuits entières. Et elle voyait ainsi se lever des aubes beiges de bonheur, de fatigue et de fatalité.

Et c'était aussi à une sorte de fatalité que pensait Édouard lorsqu'il évoquait l'aveu de Béatrice, quinze jours plus tôt. Pas une seconde et malgré les quelques insinuations qu'il avait surprises, il n'imaginait que Béatrice l'aimât pour sa nouvelle gloire, sa célébrité naissante. Il estimait Béatrice ; il avait autant confiance en elle, objectivement, qu'il s'en méfiait par rapport à lui-même. Car il restait toujours persuadé qu'il vivait au-dessus d'un volcan et qu'il serait un jour rejeté par elle avec pertes et fracas. Simplement ce renvoi, cette rupture, après les mots d'amour qu'elle lui disait à présent, lui sembleraient traîtres, fardés et médiocres, au lieu de survenir comme il les attendait, éclatants et allant de soi : elle faussait le jeu en y mettant enfin sa mise et elle trichait en abattant ses cartes. Ce n'était pas de lui mentir sans doute qu'il lui en voulait finalement, mais de lui dire peut-être la vérité. « Je ne supporte pas plus la vérité que le bonheur » se disait-il, et si cette idée redoublait son mépris pour lui-même, elle redoublait aussi ses douteux regrets. « Où était passé son beau bourreau ? D'où lui venait donc cette amoureuse ? » Et lorsque Béatrice s'inclinait sur son corps, aussi soucieuse maintenant de sa volupté à lui que de la sienne, Édouard, bien qu'emporté et submergé par son inexorable habileté, se sentait, après, envahi d'une bizarre nostalgie : celle d'une autre femme — la même en fait — mais celle-ci d'un égoïsme aussi impérieux qu'éhonté. Béatrice pouvait être aussi irrésistible dans ses exigences que dans ses soumissions et elle le savait. Mais elle ignorait toutefois à quel point c'était vrai pour Édouard. Et à quel point il l'aimait lorsque souveraine, elle l'appelait dans sa chambre à toute heure et que, sans lui laisser le temps de se dévêtir, sans le toucher elle-même, elle lui donnait d'une voix brève les directives les plus précises, les ordres les plus crus et, pour finir, les insultes les plus comblées. Lorsque l'oubliant, comme s'il avait été un objet ou un hasard, elle rejetait la tête en arrière loin de lui et étouffait ses cris dans l'oreiller. C'était là qu'elle rejoignait le mythe d'Édouard et ses souvenirs. C'était à cette féroce prêtresse qu'il s'était voué. C'était celle-là qui l'avait, dès la première nuit, initié à ce culte brûlant et sacrilège et qui avait fait de lui, jusque-là pratiquant moyen, un fanatique ébloui.

XXI

Jolyet mourait. Béatrice attendait chaque jour à présent qu'il se décide, mais depuis une semaine il semblait de plus en plus rêveur et comme oublieux de sa propre mort. Son médecin, — son ami et complice à la fois — parlait de rémission, avec une sorte d'épouvante, et Béatrice tremblait que Jolyet aussi ne tremble au dernier instant; et qu'un jour, en arrivant comme d'habitude, elle ne le trouve plus couché sur le dos, les yeux fixés au plafond, quelques seringues vides jonchant la moquette, mais qu'au contraire, le maître d'hôtel lui annonce de sa voix plate que « Monsieur était parti pour l'hôpital ». Là, elle le savait, on le priverait de sa mort. On le laisserait souffrir quelques instants de trop, et elle ne pourrait plus rien pour lui, ni lui-même. Cette idée lui faisait peur. Mais pour qui cette peur? Était-ce bien là Jolyet, le séduisant Jolyet, le grand piéton et le grand coureur, l'homme épris des trottoirs et des filles de sa ville ? L'homme si évidemment fait pour les avions, les capitales et les lits de hasard ? L'homme aussi à son aise dans les coulisses que dans les loges, dans les succès que dans les échecs ? L'érudit aux insolences sans méchancetés, l'homme à femmes sans amour, le grand chasseur toujours en fuite, était-ce bien lui, cette momie aux yeux bleus fixes, qui pour une fois semblait ne plus pouvoir fuir, s'enfuir, se fuir, en finir ? Que demandait-elle donc, à ce débris saturé de morphine qui ne trouvait pas plus le temps de mourir qu'il n'avait trouvé celui d'aimer ? Un jour, devant elle, par maladresse, il brisa une ampoule, puis deux, et le front de Béatrice se couvrit de sueur, en même temps que celui de Jolyet, avant qu'il ne parvienne à remplir sa seringue. Oui, elle tremblait pour lui. Et si, le jour venu, il ne pouvait plus matériellement accomplir les trois gestes misérables et rituels de la piqûre ? Mais le même après-midi, il lui sourit soudain, de son ancien sourire, et se penchant, ouvrit le second tiroir de sa table de nuit : toute prête, pleine à ras-bords, une longue seringue y semblait assoupie. Béatrice la regarda avec une admiration horrifiée comme elle eût regardé un revolver, un poignard, bref comme elle regardait les armes en général ; mais les armes du moins étaient belles. Tandis que là... l'esprit, l'âme, le regard de Jolyet, tout cela allait être anéanti par ce petit liquide incolore dans cette banale seringue de verre... Lorsqu'elle releva les yeux, elle croisa ceux de Jolyet et ils renfermaient le même effarement et le même respect que les siens.

— Bizarre, non ? dit-il en refermant le tiroir.

Il se reprenait, il était à nouveau lui-même. C'était le bon moment, le moment précis où la morphine ayant traqué et anéanti la douleur, se reposait un instant avant de reprendre sa course et se lancer frénétiquement à la recherche d'une autre proie. Cette autre proie, c'était le cerveau de Jolyet et sa lucidité. Il y avait toujours eu ainsi une trève entre la souffrance, le manque — déjà — et l'abrutissement inévitable. Mais ces trèves étaient de plus en plus rares et de plus en plus brèves.

— Ne t'inquiète pas, dit Jolyet d'une voix nette, je surveille cette femme de très près...

Il appelait la douleur « cette femme », et il la traitait cavalièrement, il en parlait comme d'une maîtresse qui eût été plus encombrante ou plus sotte que les autres.

— J'ai encore eu des rêves très agréables cette nuit, dit-il. Mais je ne sais plus où me piquer ; mes cuisses sont de vraies passoires... Le combat va donc cesser, non pas faute de combattants, mais faute de champ de bataille. Tu ne te seras pas trop ennuyée ici, tous les après-midi ?

— Non, dit Béatrice, non, vraiment pas. J'ai pris l'habitude de venir tous les jours. J'aime bien ça. Vous me manquerez encore plus, ajouta-t-elle sincèrement.

— C'est l'avantage que j'ai sur toi, dit-il, — le seul, remarque — tu ne me manqueras pas; rien ne me manquera, j'imagine. Tu crois en quelque chose, toi ?

— Moi ? dit Béatrice.

Elle hésita. Elle se pensait athée mais de temps en temps, lorsque la vie lui semblait injuste à son égard, il lui arrivait d'invoquer le nom de Dieu. Un Dieu qu'elle voyait alors assis, avec une barbe blanche, tantôt comme un juge décidé à se prononcer en sa faveur, tantôt comme un vieillard incapable et sénile. De là à y croire...

— Non, dit-elle, mais pourquoi pas, au fond ?

— Évidemment, dit Jolyet, mais aussi, au fond, pourquoi ? Quand même, prendre un seul billet et pour un aller simple, cela me semble d'une radinerie...

— Il est vrai que cela ne vous ressemble pas, dit Béatrice en riant.

Ils échangèrent un regard affectueux.

— C'est drôle comme une décision est dure à prendre, quand on sait qu'elle est la dernière, dit Jolyet. Bien portant, on n'hésite pas une seconde à faire un enfant ni à tuer un homme à la guerre... Et fichu, on n'arrive pas à se décider à quitter ce paquet d'os inutiles...

Il désignait son corps d'un doigt ironique. Béatrice se sentit rassurée. Elle savait à présent que Jolyet s'en sortirait bien. Elle avait eu peur pour lui, un instant. « Me voilà rassurée, mais pourquoi ? » pensa-t-elle, « Il va mourir... Je deviens folle ! ». Et elle eut envie de rire.

— Demain, dit-il, porte-moi des mimosas, si tu en trouves. J'ai envie de mimosas, j'ai des envies maintenant, comme une femme enceinte. Accouche-t-on de sa propre mort, vraiment ?

Ses yeux se fermaient déjà. Elle se leva et, à la porte, se retourna. Il avait rouvert les yeux et il lui jeta un curieux regard, puis il leva le poing au-dessus de sa tête, à l'espagnole, dans un geste de camaraderie guerrière qui ne lui ressemblait pas. Béatrice revint sur ses pas.

— Non, dit-elle, pas entre nous.

Et elle se pencha et posa sa bouche fraîche sur la bouche tiède de Jolyet en pensant « Adieu ».

Elle ne s'étonna pas le lendemain, en arrivant à son heure habituelle, de trouver Jolyet endormi et déjà inconscient. Elle posa les mimosas sur son oreiller, s'assit dans le fauteuil familier et attendit qu'il meure, ainsi, plus d'une heure. Elle ne pensait à rien. Quand il tourna soudain la tête vers la fenêtre et qu'il rouvrit les yeux, elle ne bougea pas. Il faisait déjà nuit. Et quand un peu plus tard, le maître d'hôtel vint allumer une lampe et qu'elle le vit s'immobiliser brusquement entre le lit et elle, lui cachant Jolyet déjà mort, elle sortit sans un autre regard.

Dehors, elle eut du mal à trouver un taxi, il pleuvait, et cela l'énerva. Ce n'est qu'une heure plus tard, après s'être changée, avoir bavardé avec Cathy et plaisanté avec Édouard et Nicolas dans le salon bleu, ce n'est qu'une heure plus tard, devant le feu, et tandis que les deux garçons s'interrogeaient sur le choix d'un restaurant, qu'elle se rappela soudainement la mort de Jolyet et qu'elle la leur apprit. Ils se levèrent ensemble, comme si elle eût proféré une indécence :

— Jolyet... mort ? André ? s'exclama Nicolas. André Jolyet ? Et tu étais là ?...

— Oui, dit Béatrice d'une voix atone, je l'ai vu mourir. C'était convenu ainsi, d'ailleurs.

Les deux hommes la contemplaient sans rien dire. Nicolas s'enquit enfin à voix basse :

— Et pourquoi ne nous l'as-tu pas dit plus tôt ? Il y a une heure que...

— J'avais oublié, dit-elle.

Et elle éclata d'un rire nerveux en voyant leur ahurissement.

— C'est vrai, reprit-elle, riant toujours, je vous le jure, j'avais oublié.

— Ça peut arriver, dit Nicolas très vite. Il y a des choses comme ça, on voit, on croit...

Et il fit un geste vague de la main qui sembla rompre l'immobilité d'Édouard et le réveiller. Il s'approcha d'elle et mit la main sur son épaule.

— Tu as du chagrin ? demanda-t-il.

Alors Béatrice se surprit à pleurer : des larmes

chaudes, amères, des larmes de colère, de chagrin et de peur, des larmes pleines de tendresse et de regrets. Tout à coup, elle se rappela le bleu exact des yeux de Jolyet, le son de sa voix, la veille, et l'odeur des mimosas dans cette chambre vide à présent là-bas, définitivement vide de toute vie, la vie irremplaçable et chaude de cet homme nommé Jolyet, cet homme qu'il ne lui restait plus maintenant qu'à oublier.

XXII

L'enterrement fut superbe. Tout Paris se dérangea et il fit très beau. Par dérision, Jolyet s'était commandé des funérailles solennelles, car sachant que dans ce milieu chacun aimait pleurer, ou faire semblant, (ou les deux ensemble), en public, il n'avait pas voulu refuser ce dernier plaisir à son entourage.

L'après-midi, Édouard et Béatrice assis devant le feu, parlèrent tranquillement de lui. Édouard était fasciné par le récit qu'elle lui avait fait de cette agonie, de ce suicide, ou plutôt par l'absence de relief qu'elle donnait à ce récit. A l'entendre, il semblait des plus naturels de choisir l'heure de sa mort, et de s'y laisser glisser devant une personne renseignée et discrète. Cela paraissait logique et raisonnable à Béatrice.

— « Alors pourquoi, demandait Édouard, pourquoi cela arrivait-il si rarement, et pourquoi fallait-il qu'il y eût toujours des sanglots, des mensonges, des cris et des surprises ? ».

— Parce que la morphine coûte cher, répondit Béatrice d'une voix de femme pratique. Et puis parce que les gens n'ont pas d'amis discrets. Moi, Jolyet savait que je ne dirais rien.

Et c'était vrai qu'elle n'avait rien dit, même à lui, Édouard. Instinctivement, elle lui avait caché ces entrevues, aussi instinctivement que Jolyet, traqué, s'était réfugié auprès d'elle et d'elle seule : il savait qu'elle était assez animale pour supporter d'attendre la mort avec lui. Il n'y a que les hommes et de très rares espèces qui s'enfuient devant leurs mourants. Les animaux, eux, se rassemblent autour des leurs, et leur tiennent chaud jusqu'au bout. Les animaux et Béatrice. Et Édouard s'émerveillait de ce mélange inattendu de cruauté et de tendresse qui avait ramené secrètement, cette femelle tous les après-midi, auprès du vieux mâle abandonné. Il s'émerveillait de ce que ayant vécu tous deux parmi les artifices, les ruses et les déguisements de leur époque et de leur milieu, étant eux-mêmes deux archétypes de ce que l'on appelait la fausseté du monde théâtral — cet homme et cette femme qui s'étaient liés par intérêt, un beau jour, se soient retrouvés et aidés par instinct, un jour moins beau.

— Mais, dit-il, tu savais toi, la veille par exemple, qu'il était décidé ?

— Oui, dit-elle, je crois...

Elle étendit les bras devant le feu, s'étira, et eut un petit rire.

— Je l'ai même embrassé avant de partir ; il a dû être furieux : Jolyet a toujours détesté qu'on l'embrasse quand il était couché ou grippé ou endormi. Il disait que c'était la manière qu'avaient les femmes de violer les hommes. Tu m'embrasserais, toi, si je dormais ou si j'avais la fièvre ?

— Non, c'est vrai, dit Édouard, j'en aurais envie, mais je ne le ferais pas.

— Eh bien, dit Béatrice, il paraît que nous, les femmes, on fait toutes ça : on vous embrasse malgré vous — sous prétexte de vous consoler. D'ailleurs, c'est drôle, je n'aime pas ça non plus. Je n'aime pas embrasser un homme qui dort, ou qui est malade. J'ai l'impression de le voler, ou alors j'ai peur d'attraper ses microbes.

Elle riait à présent, elle secouait les cheveux en arrière et Édouard se sentait de plus en plus déconcerté.

— Alors pourquoi as-tu embrassé Jolyet ?

Elle se tourna vers lui et le regarda, le jaugea du regard, puis haussa les épaules, comme résignée d'avance à ce qu'il ne la comprît pas. Mais elle lui répondit quand même.

— C'était pour l'embêter, dit-elle, pour l'embêter et pour lui faire plaisir ; parce qu'il savait que je faisais ça rien que pour l'embêter ; et parce que ça lui faisait plaisir que j'ai encore envie de l'embêter. Tu comprends ? C'était un homme, tu sais, dit-elle fièrement, jusqu'à la fin. Et les hommes adorent qu'on les embête.

Et se penchant, elle lui embrassa le cou, le lui mordilla un peu, comme pour bien lui rappeler qu'il était lui aussi un homme, et qu'elle aimait l'embêter. Il la prit dans ses bras : « C'était là une étrange oraison funèbre » pensa-t-il, en la renversant contre lui, devant le feu,« mais peut-être était-ce bien la seule que Jolyet — et d'ailleurs lui-même — pouvaient souhaiter.

La sonnerie de la porte, plus tard, les tira de leur engourdissement. Vêtue de beige et de noir, des lunettes de soleil cachant des yeux improbablement rougis par les larmes, Tony d'Albret fit son apparition dans le salon. Elle était parfaite toujours, pendant et après les enterrements. Impresario d'un seul dixième des célébrités vivantes à Paris, elle se sentait l'impresario de toutes les célébrités mortes. Elle s'assit donc tristement sur un fauteuil, jeta un œil réprobateur et puritain sur Béatrice qui se recoiffait sans nulle gêne, et demanda un porto d'une voix oppressée.

— J'étais sûre que tu viendrais, dit Béatrice avec gaieté, je l'aurais juré.

— Je sais que tu l'aimais beaucoup aussi, commença Tony, et que peut-être ma présence...

— Ah non ! dit Béatrice (et sa gaieté fit place à une subite colère) ah non ! D'abord d'où viens-tu ? Chez qui as-tu été faire la pleureuse, avant ?

— Mais voyons, Béatrice, dit Édouard, choqué lui-même, que te prend-t-il ?

— Il me prend que Jolyet ne pouvait pas supporter Tony, qui le lui rendait bien. Alors buvons tous les trois du porto et parlons d'autre chose. Si tu comptes sur moi pour te donner des détails croustillants sur sa mort, ma petite Tony, ce n'est pas la peine.

La première surprise passée, Tony, indignée et vexée, s'ébroua, ôta ses lunettes — révélant ainsi des yeux indemnes — et récupéra sa voix de stentor :

— C'est le comble ! dit-elle. C'est vrai que je ne pouvais pas supporter Jolyet, cet espèce de snob. Mais je viens ici pour t'aider, et tu m'accueilles comme ça ?...

Béatrice éclata de rire :

— Voilà, dit-elle, je te retrouve. Cela dit, Édouard, ne t'y trompe pas, Tony a vraiment de la peine : avec toute personne connue, elle enterre aussi un pourcentage éventuel. Et cela gâche son sommeil. C'est le seul impresario posthume que je connaisse.

Et elle se leva, fit trois pas vers la porte, apparemment prise entre la colère et la gaieté, puis, haussant les épaules, quitta la pièce. Édouard et Tony se regardèrent.

— Il faut l'excuser, dit rapidement Tony à Édouard, comme si c'était lui qui eût été maltraité. (Et il ne put s'empêcher de sourire ; c'était un des réflexes les plus habiles de Tony quand on l'insultait un peu trop précisément : elle généralisait l'insulte et implorait, pour son agresseur personnel, une mansuétude globale, que plus gênés que visés les témoins lui accordaient vite. Cette ruse grossière réussissait très souvent.) Il faut l'excuser, elle est très nerveuse. Jolyet et elle s'aimaient beaucoup, et vous savez, elle lui devait beaucoup : c'est lui qui — au début — lui avait mis le pied à l'étrier... si je peux dire. D'ailleurs, quelle folle je suis, s'interrompit-elle brusquement, je radote, vous étiez là !

Ce rappel de son infortune passée, cette petite méchanceté gratuite, amusèrent Édouard. Un an plus tôt, cela l'eût révolté, mais il s'était peu à peu habitué aux manières des familiers de Béatrice, et Tony elle-même ne lui faisait plus peur. C'était là une des bonnes choses que Béatrice, en lui avouant son amour, lui avait données : cette assurance placide envers les intermédiaires. Il n'était pas à l'abri d'une rupture, bien sûr, mais il était à présent à l'abri d'un accident. Lui ayant dit qu'elle l'aimait, Béatrice serait maintenant obligée de lui dire — si cela arrivait — qu'elle ne l'aimait plus. (Édouard ne se rendait pas compte de sa naïveté, d'ailleurs, à cet égard). En tout cas, il sourit au lieu de se troubler ou de marquer le coup, et ce sourire exaspéra Tony.

— Avez-vous réfléchi, dit-elle, pour ce contrat ? Je sais bien que ce n'est pas le moment de parler de ça, mais justement il le faut, il faut parler d'autre chose.

Je n'ai pas, moi, dit-elle, les yeux tournés vers la chambre de Béatrice, l'esprit morbide.

Édouard se sentit coincé. Ce fameux contrat de cinéma, qu'il avait toujours refusé de signer, devenait maintenant un problème, d'autant plus irritant qu'il n'en était pas un. Béatrice ne voulait pas du rôle, elle le poussait à signer ce contrat, et Lawrence Herner, le grand metteur en scène anglais, avait déjà demandé à tourner lui-même le film — quel que soit le succès de la pièce. Il avait même écrit à ce sujet à Édouard qui en avait été flatté. Il admirait Herner. Bien sûr cette pièce, il l'avait écrite cinq ans auparavant, et les héros en étaient devenus pour lui comme autant de camarades de classe, d'amis d'enfance ou de voyage, de ces gens qui ont été « tout » pour vous, très proches ou très nécessaires, et envers qui l'on s'étonne, non sans s'en vouloir, de se sentir si détaché, si lointain, lorsque le hasard vous les ramène. L'enthousiasme intelligent de Herner était encore plus gênant que l'enthousiasme factice de Tony d'Albret. On lui disait : « Ah votre Jeremy! Ah votre Pénélope ! » et il lui semblait qu'on le félicitait d'une parenté solide et terne, d'un cousinage oublié, alors qu'il avait déjà pris son vol vers une périlleuse, fragile et étincelante passion : sa nouvelle pièce.

Frédéric, son héros, était vivant, d'autant plus vivant qu'il n'était pas vraiment achevé, qu'Édouard ne l'imaginait encore ni interprété ni interprétable, et qu'ainsi ce personnage jouissait de tous les charmes de l'incertain, du faillible et du désirable. Peut-être cette pièce n'était-elle pas bonne ? Peut-être à force de vouloir y dire la vérité, était-il devenu ennuyeux ou confus ? Peut-être avait-il accumulé du vent sur du vent ? Mais chaque fois qu'il y pensait, il sentait renaître en lui le trouble, la peur et l'émerveillement. De quel chaos, de quels désordres aussi, cette œuvre bizarre n'était-elle pas née ? Comment avait-elle fait pour ne pas devenir secondaire un instant, alors qu'il l'avait commencée avant de retrouver Béatrice, et que c'était pendant leur liaison et ses bourrasques qu'il l'avait continuée et terminée ? Depuis un an, tout ce qu'il avait écrit, il l'avait littéralement arraché de lui-même en même temps que subi, car tout le temps où il l'avait écrit, tout ce temps avait été soustrait au temps précieux, sensible, irremplaçable, où il était l'amant de Béatrice. Il n'avait vraiment pas eu le temps d'écrire pour écrire, ni de jouer avec les mots ou les idées. Il n'avait même pas eu le temps d'« hésiter » à l'écrire. Il avait été comme une sorte de ventriloque dans un cirque, disposant d'une seule marionnette et qui, fou d'amour pour une écuyère prête à partir, s'oblige néanmoins à remplir son contrat. Et les vertiges de bonheur ou de détresse qu'il avait éprouvés à écrire sa pièce, lui avaient semblé autant de miracles et de maléfices. Comment avait-il pu, presque à son insu, et alors qu'il ne pensait réellement qu'à Béatrice — comment avait-il pu donner une vie, un destin et des projets, à cet être fantomatique nommé Frédéric ? Comment avait-il pu notamment, quand il s'était cru abandonné de Béatrice — mort, quoi ! — écrire ce dialogue que l'on s'accordait à trouver si gai, si vif et si brillant ? Et surtout, comment avait-il pu l'écrire avec un tel naturel, une telle acceptation tacite d'un divorce entre son cœur affolé et sa tête agile ? Et comment avait-il pu, ce soir où Béatrice s'était pour la première fois montrée tendre envers lui, tranquille, et où devant la porte-fenêtre ouverte sur l'été, il l'avait sentie désarmée, presque attachée à lui, comment avait-il pu — deux heures plus tard, il se le rappelait — amorcer et tracer ce monologue si triste, si désespérément froid et solitaire de son héros, monologue qui était pour lui le meilleur moment de la pièce ?

Cela le remplissait d'un étonnement proche de la peur, mais aussi d'un orgueil puéril. Il l'avait toujours su : le cœur était fait pour s'aveugler et la mémoire pour se souvenir — ou oublier, qu'importe : c'était là deux matières spongieuses et folles, irresponsables, qui retenaient au hasard les impressions de la vie; mais l'intelligence, elle, était une chose tranchante, faite pour trier et couper comme une épée. Cependant il ne pouvait pas dire qu'il n'avait pas mis toute son intelligence au service de son amour; il n'avait pas cessé un instant d'imaginer, d'espérer, de lutter, de parer, de se débattre afin de nourrir, de combler sa propre famine sentimentale ; et quand parfois l'intelligence avait rejoint dans un même élan sa sensualité et son cœur, il avait, là, connu le bonheur : lorsque comblé, il avait su pourquoi il l'était. A présent son intelligence n'avait plus à l'aider : Béatrice l'aimait. Cela transformait en liaison son amour malheureux et cette liaison lui semblait douteuse dans sa logique apparente ; un auteur à succès, une vedette, quoi de plus banal, de plus conformiste. Il eût préféré peut-être rester inconnu, falot et fade. En revanche, il n'eût jamais souhaité le contraire. Soit par bonté d'âme, soit parce que son imagination érotique le lui demandait, il continuait à souhaiter Béatrice triomphante, superbe, le pied posé sur lui. Il ne croyait pas à l'égalité en amour, il n'y avait jamais cru, il n'y croirait jamais. Par conséquent il ne pouvait croire non plus, ne les ayant pas connus, à ces savoureux ou atroces revirements, qui font que tout à coup l'adorateur se prend à bâiller et l'idole à s'en désespérer. Ces sortes de courses-relais bref, où l'amant et l'aimée changent de rôles, lui semblaient relever du vaudeville et non pas de la vie. Il s'était lancé, lui, trop éperdument, trop sincèrement vers Béatrice pour qu'il ne trouve pas indigne, médiocre, invraisemblable que leurs rôles soient interchangeables. Leur histoire était écrite et distribuée aussi précisément que les tragédies de Racine. Pouvait-on rêver que brusquement Oreste soit aimé d'Hermione ? Et alors où allait-on ? En attendant, à quoi appliquer son ingéniosité, ses pressentiments, son instinct ? Car si sa pièce était finie, et si Béatrice l'aimait, que lui restait-il d'autre à faire, qu'à être heureux ?

Et heureux, lui, qui lui avait appris à l'être, heureux ? Qui lui en avait donné l'occasion ? Cela s'apprenait aussi, le bonheur, sans doute, et sans doute aussi difficilement que le malheur. La seule fois de sa vie où il se rappelait avoir été heureux, c'était grâce à Béatrice, cinq ans plus tôt, et elle lui avait retiré ce bonheur des mains aussitôt, comme un jouet trop luxueux donné à un enfant pauvre, par inadvertance. Et maintenant qu'on lui rendait ce cadeau, que voulait-on qu'il en fasse ? Il n'avait pas eu le temps d'en apprendre le mécanisme. Il ne savait pas comment cela marchait. A qui la faute ? Il aurait fallu lui laisser ce jouet, cinq ans plus tôt, ou alors il n'aurait pas fallu le lui rendre aujourd'hui, car vis-à-vis de lui, il se sentait pour toujours un enfant pauvre et puni. C'était cet enfant pauvre d'ailleurs, qui avait écrit cette première pièce si maladroite — mais si attendrissante, semblait-il, puisque tous ces gens en faisaient leurs délices à présent, qu'ils voulaient même en faire des films, et au passage le couvrir de dollars, comme pour le remercier d'avoir été si sage. C'était aussi cet enfant pauvre qui avait écrit la seconde pièce, déjà plus mûre, plus facile à faire déjà, et plus efficace. Et c'était cet enfant pauvre qui, même après qu'on lui eut rendu son triomphal cadeau, avait continué en secret, en cachette, à écrire son devoir d'écolier et à faire cette pièce dont le héros s'appelait Frédéric et lui ressemblait comme un frère. C'était cet enfant pauvre qui avait passé un an à trembler, à craindre, à souffrir, à se mépriser — tout autant qu'à s'émerveiller et s'éblouir dans les bras de cette femme. Et c'était de lui qu'on attendait maintenant, avec le plus grand sérieux, qu'il fît semblant d'avoir toujours été riche et d'être sûr de le rester toujours ? Eh bien non, il ne pouvait pas, il ne savait pas. Ni Herner, ni Tony d'Albret, ni Béatrice, ni personne au monde ne pourrait plus lui donner pour de bon ce qui lui avait été volé définitivement une fois pour toutes et six ans plus tôt.

Tout cela bien sûr, Édouard ne se le disait pas. Il ne le pensait pas d'ailleurs. Mais tout cela il le ferait dire un jour, bien plus tard (et cela il l'ignorait lui-même), il le ferait dire à quelqu'un sur une scène, dans un théâtre vide ou plein ; il montrerait l'enfant pauvre, vaincu, humilié, et il se demanderait sûrement à lui-même qui avait bien pu lui donner une idée pareille.

— Vous m'entendez, Édouard ? dit la voix impatiente de Tony d'Albret et il sursauta.

Elle le surveillait avec curiosité maintenant, et non plus avec condescendance. La condescendance, elle, était partie avec les chèques d'Amérique, et la curiosité avait suivi très vite : dès l'instant où cette sotte de Béatrice s'était mise à avouer son amour prétendu pour Édouard, et même à le crier sur les toits. Tony l'avait cru perdue, et perdus en même temps les belles promesses, les beaux serments que lui avait tenus Édouard. Elle avait vu assez d'hommes ainsi, souffrir mille morts et promettre monts et merveilles à de jeunes ou vieilles oies; et elle en avait trop vu, aussi, prendre la fuite ou renier leur parole dès que leur amour s'était avéré partagé. Elle avait même eu peur pour ses pourcentages car, elle le sentait bien, Édouard la méprisait profondément et Béatrice était le seul lien qui les rattachât. (Cela dit, elle se moquait éperdument du mépris d'Édouard, considérant que le succès, le futur, l'avenir de ce dernier ne tenaient qu'à elle, et elle pensait qu'il finirait par s'en rendre compte aussi). Mais Édouard restait obstinément amoureux de Béatrice et cela sautait aux yeux. Tony en éprouvait un double sentiment : d'abord d'agacement — car elle eût bien aimé pour une fois, en tant que femme, voir Béatrice mordre la poussière — mais aussi de réconfort, en tant qu'impresario (sa pouliche décidément, quand elle tenait un homme le tenait bien). Et que Béatrice pût jouer ainsi l'amoureuse, après avoir joué plus d'un an la dédaigneuse, n'était qu'une preuve de plus de son grand talent de comédienne. A vrai dire, comme tous les gens dénués de vie privée, Tony d'Albret n'en supposait pas une aux autres. Elle n'imaginait jamais Béatrice dans un lit, sinon sur une scène. Et si elle imaginait Béatrice disant : « Je t'aime », ce ne pouvait être que devant un micro. C'était d'ailleurs, sans doute, cette absence d'imagination qui lui permettait d'adorer son métier et de le faire si bien ; car autrement, tous ces gens beaux et doués, au lieu de les propulser vers le succès et d'en faire des machines à sous, applaudies et aimées, elle n'aurait pu rêver que de les piétiner.

En attendant, Herner s'impatientait, il fallait qu'Édouard signe ce contrat. Il était ridicule à présent qu'il affiche une telle fidélité à un serment que personne ne lui réclamait.

— Je me fais bien du souci pour Béatrice, dit Tony.

— Elle s'en remettra, vous savez, dit Édouard, d'une voix attendrie qui irrita l'ambitieuse Tony.

— Je ne parle pas de ce décès, je parle de choses plus sérieuses... enfin je veux dire, de choses plus actuelles.

Elle s'embrouillait tout à coup, s'enferrait, et Édouard, toujours poli, vint à son secours :

— De quoi voulez-vous parler, Tony?

— Cela va vous paraître bien matériel, un jour comme aujourd'hui, mais je parle d'impôts. Comme vous le savez, je m'occupe des affaires de Béatrice. Comme vous le savez, elle jette l'argent par les fenêtres. Et comme vous ne le savez pas, d'ailleurs, je ne vais pas pouvoir payer ses impôts.

C'était un demi-mensonge. Béatrice joignait en effet la générosité à son goût du luxe — chose très rare chez une actrice en 1975. Elle n'avait même pas prévu le moindre snack-bar, la moindre laverie automatique où se réfugier en cas de disgrâce publique. Il est vrai qu'elle pensait mourir en scène, et dans la fleur de l'âge. Mais Tony d'Albret ne partageait pas cette charmante superstition et elle voyait, avec un mélange de terreur et de vague admiration, l'argent s'évaporer entre les mains de Béatrice. Au demeurant, Béatrice était capable de faire une scène dans un restaurant pour une note qu'elle jugeait excessive. Mais elle était capable, aussi, de faire un chèque au premier venu et si l'état de ses finances n'était pas aussi critique que le disait Tony, il n'en était pas moins vrai que le fisc, tels la foudre ou l'eczéma, s'était abattu sur elle ; et que ses deux échecs consécutifs laissaient prévoir à Tony un proche avenir des plus compliqués.

— Ah c'est vrai, dit Édouard ennuyé, les impôts...

Il était, lui, d'une distraction totale au sujet de l'argent, en ayant eu fort peu quand il était plus jeune, et ignorant encore ses périls et ses charmes. Béatrice d'ailleurs, lui reprochait volontiers sa générosité et son insouciance dans ce domaine, jugeant qu'un homme se doit de veiller sur ses gains comme sur sa femme.

— Eh oui... les impôts, reprit Tony. Et vous, qui s'occupe des vôtres ?

— Un ami de mon père qui est avoué et chez qui j'ai commencé à travailler en arrivant à Paris, dit Édouard.

— Quand vous serez milliardaire, il faudra prendre un spécialiste, dit Tony d'Albret sentencieuse, gagner de l'argent coûte cher. En attendant, mon cher Édouard, ce n'est pas à moi de vous le suggérer mais je le fais quand même : si vous signez ce contrat de cinéma — en laissant libre ce rôle dont Béatrice ne veut pas, en plus — vous seriez à même de la dépanner.

— Mais... dit Édouard stupéfait, mais naturellement. Je ne savais pas...

Il était devenu rouge. Il se rendait compte avec horreur qu'il ne s'était jamais préoccupé de ces questions matérielles ni de l'avenir de Béatrice, et qu'il s'était borné à payer leurs factures d'hôtels, de voyages ou de restaurants, tout cela en habitant chez elle. Il s'était conduit sans doute aux yeux des autres comme un gigolo de la plus basse espèce, jouant l'inconscience. Il paraissait si horrifié que Tony s'y trompa.

— Naturellement nous vous rembourserions, mon petit Édouard, très vite même.

— Mais enfin, dit Édouard, il ne s'agit pas de ça. Vous plaisantez ! Tout ce que j'ai est à Béatrice, tout de suite. Je...

Il bafouillait dans sa gêne et c'est alors qu'il vit le

petit sourire triomphant et sournois sur les lèvres de Tony d'Albret. « Ah c'est donc ça » se dit-il, « elle pensait à son pourcentage, elle m'a bien eu. Mais de toute manière, je me conduisais comme un goujat ». Il regarda Tony et prit une voix froide :

— Vous devriez le savoir, je suis moi-même tout entier à Béatrice. Je signerai ce contrat demain, où vous voudrez, et vous me direz l'argent qu'il vous faut.

Tony hésita. Il y avait eu là un changement de ton, un changement de rythme, qui l'avait un peu désarçonnée. Comme chaque fois qu'elle se trouvait en position instable, elle se rattrapa sur les bons sentiments : c'était finalement les plus sûrs. Il y avait beau temps qu'elle savait que dans ce milieu, il valait toujours mieux avoir l'air d'une sotte que d'une roublarde, et cela avec qui que ce soit, les plus corrompus comme les plus purs.

— Béatrice va être très touchée, dit-elle. Vraiment.

— Je vous interdis de lui en parler, dit Édouard. Vous ne parlez pas d'affaires généralement, avec elle, que je sache. Pourquoi commencer demain ? Pour moi ?

Ils se regardèrent comme deux ennemis. Une sorte de méfiance, de haine semblait prendre forme entre eux, devenir consistante. Enfin ! Après tous ces mois de réticence et de politesse ! Tony sentait son pouls battre plus vite, la colère s'installer chez elle en même temps que le mépris : le mépris du mépris qu'elle inspirait.

— Vous êtes vraiment un preux chevalier, mon petit Édouard, dit-elle d'un ton sarcastique.

— Oui, dit Édouard, je suis un preux chevalier et je compte le rester.

Et tout à coup il sourit, comme ferait un enfant

farceur. Une seconde, Tony d'Albret comprit que Béatrice était peut-être vraiment amoureuse de lui. Il avait l'air si vif et si faible à la fois, si implacable et si abandonné, il faisait penser à un oiseau inconnu, mâle et sans craintes.

— Et si je reste chevalier, ma chère Tony, dit-il, ce sera grâce aux contrats royaux que vous saurez me décrocher. Je vous en remercie d'avance.

Il éclata de rire, et se levant, sembla signifier ainsi par son attitude à la fois impatiente et courtoise, que le rendez-vous était fini, l'affaire faite, et qu'en même temps que cet argent, Tony avait gagné le droit de partir, et lui celui de transformer ce droit de partir en un devoir impérieux. Décidément Tony d'Albret n'était plus chez elle dans le salon bleu... C'est en se dirigeant vers la porte que cette pensée lui traversa l'esprit : ce salon bleu qu'elle avait pourtant aidé à meubler, grâce à ses efforts, ses coups de téléphone et ses ruses, grâce à son dévouement, quoi... Et enfin elle partit comme elle aurait dû arriver : les larmes aux yeux.

XXIII

Béatrice se pencha à la fenêtre, regarda le jardin noirci par l'hiver, puis revint vers sa console et y attrapa la bague. Elle la fit sauter dans sa main et la leva une fois de plus devant la lampe. Oui, c'était bien un blanc-bleu — sa perspicacité était sans défaut à ce sujet — et il devait bien être de trente carats. Édouard l'avait rapporté, l'air enchanté de lui-même tel un Roi Mage. Mais pour la première fois de sa vie, Béatrice avait dû simuler la joie en ouvrant un écrin. Jusque-là les bijoux lui avaient toujours fait plaisir comme un dû, un impôt par elle prélevé sur chacun de ses amants riches (lesquels d'ailleurs n'avaient pas été les plus nombreux). Édouard devenu dispendieux grâce à ses contrats américains, ne faisait donc que suivre leur exemple et leur ressembler. Seulement, c'était bien la première fois qu'Édouard ressemblait à un autre, à un des « autres » et elle en restait désemparée, presque triste.

Il lui avait offert une chose pour elle seule, une chose qu'elle pourrait conserver après lui — s'il y avait un après-lui — une chose dont elle serait la seule à tirer plaisir. C'était le cadeau d'un homme à une femme, cadeau somptueux, ruineux, plus que gentil, et elle se demandait pourquoi elle eût préféré un week-end à Saint-Germain-en-Laye ou un disque d'opéra, ou même un chandail, n'importe quoi enfin qu'elle aurait pu partager avec lui. Pour une femme nantie d'un passé comme Béatrice, un bijou était une trace et une trace c'était ce qui reste, après, sur des plages vidées par le temps. Et Béatrice n'imaginait plus la vie sans Édouard.

« C'est la mauvaise heure maintenant » pensa-t-elle en reposant la bague, « cette heure me déprime ». C'était la fin de l'après-midi et pendant deux mois, presque trois, elle avait été généralement à ce moment-là au chevet de Jolyet. Au milieu de ses rendez-vous multiples, futiles ou professionnels, elle avait toujours préservé ces deux heures et elle continuait machinalement, — même maintenant que Jolyet était mort. Édouard était parti assister aux essais de différentes actrices en compagnie de Lawrence Herner, Tony depuis quelques jours, semblait délaisser le salon bleu, Nicolas suivait une lointaine tournée et Cathy cousait dans la cuisine. Elle se sentait seule. Ce soir, elle irait jouer sa pièce manquée devant une salle à demi pleine, puis ils iraient dîner avec Lawrence Herner et ils rentreraient. Alors, avant de se coucher, elle lèverait une fois de plus sa main baguée devant ses yeux — car bien entendu elle la porterait toute la soirée — et elle dirait : « Vraiment Édouard, quelle folie ! » d'une voix fausse et enjouée avant de se retourner vers le visage — véridique, lui — de son grand amour. Comment était-il possible que même là, avec lui, en ce moment où elle avait envie de tout sauf de mentir, en ce moment où les mots d'amour étaient devenus vrais (et où même en scène elle s'ennuyait de lui), comment fallait-il qu'elle dût dire cette phrase stupide : « Vraiment Édouard, quelle folie ! », phrase qu'elle avait dite vingt fois et sur le même ton à d'autres hommes qu'elle n'aimait pas ? Il y avait là quelque chose de faussé, quelque chose de ridicule et de cruel mais elle ignorait qui en était le responsable. Ce n'était pas Édouard bien sûr, puisqu'il l'aimait, qu'il lui avait donné cette bague pour lui faire plaisir. Pas plus que ce n'était sa faute à elle si elle avait eu quelques amants riches avant de connaître Édouard. C'était même parce qu'elle avait eu tous ces amants — fortunés ou pas — qu'Édouard l'avait aimée. Édouard n'aurait jamais aimé une femme sans passé. Mais peut-être les aimait-il aussi sans avenir ? Peut-être ce cadeau qu'il lui avait offert avec un tel élan et un tel bonheur à l'idée du sien n'était-il qu'un prélude à son départ ?

Elle revint vers la fenêtre, appuya son front contre la vitre froide et secoua la tête. Elle devenait folle ! Depuis quand le fait qu'un homme se ruine pour elle, ou manque de le faire, était-il une preuve de désamour ? Pauvre Édouard, s'il avait pu imaginer l'effet de son cadeau... Bien sûr il ne pouvait pas savoir que toutes ces pierres qui lui avaient été si précieuses, étaient devenues maintenant pour elle, comme pour lui, autant de cailloux. Bien sûr il ne pouvait pas comprendre qu'elle avait changé et que des mots qui l'avaient toujours fait rire, tels que « constance », « fidélité », « confiance » lui paraissaient maintenant aussi aigus, vifs et chauds que les mots « ambition » ou « égarement ». Il ne pouvait pas savoir qu'à présent elle jouait en majeur l'adagio d'une rhapsodie étrangère, dont elle n'avait jusque-là jamais joué que le contre-chant et même pas suivi la mélodie. Bref elle ne pouvait pas demander à Édouard d'accepter si vite ce qu'il avait toujours désiré : qu'elle l'aimât. Et cette idée la fit rire.

C'était drôle d'ailleurs, à y penser, la réaction d'Édouard quand elle lui avait avoué son amour. Elle avait pensé qu'il serait fou de joie, qu'il s'enivrerait au champagne, qu'il se roulerait par terre et qu'il dirait « Enfin ! », rendant grâce au Seigneur, à la vie et à elle-même. Elle avait pensé le voir transfiguré par le bonheur. Or elle l'avait vu demeurer stupéfait, inerte, comme dérangé. Elle l'avait entendu respirer longtemps dans le noir à côté d'elle, ensuite, d'un souffle inégal, pesant, avec des haltes qui ressemblaient à des soupirs. Bien sûr il n'aimait qu'elle et passait ses nuits à le lui dire et à le lui prouver. Mais quand elle lui donnait sur le même ton, et pour une fois sans mentir, une réponse tout aussi éperdue, il semblait par instants qu'il ne l'entendît pas, et que plus qu'à un dialogue d'amants comblés, ce fût à un monologue d'amant trahi qu'il se livrait. Alors, une autre en elle — une vieille, très vieille amie — se levait et faisait taire cette amoureuse maladroite aux mots trop simples, une autre lui redonnait des gestes savants, des silences ou des cris totalement étrangers à son cœur. Et devant cette femme-là, Édouard se calmait, s'épuisait et s'abandonnait. Cela aussi était normal : même si elle l'avait trompé, le corps de Béatrice avait toujours été fidèle à celui d'Édouard, fidèle dans le plaisir. Et c'était auprès de ce familier tendre qu'Édouard, successivement malmené et sublimé par l'humeur de Béatrice, venait se réfugier, par un instinct qu'après toutes ces années elle ne pouvait vraiment pas lui reprocher...

Elle était revenue près du lit et elle s'y allongea, les yeux fermés, épuisée. Elle n'était pas — loin de là — habituée à l'instrospection, n'ayant jamais éprouvé que des sentiments frêles, aussi prompts à s'évanouir qu'à naître — et sans autres commentaires de sa part. Elle s'ennuyait à cette analyse imprévue, elle se déplaisait. Le soir tombait. Elle étendit le bras et alluma la lampe. La lumière la rassura d'un coup et elle se redressa, s'assit sur le bord de son lit et posa les pieds sur la moquette.

— Ce serait bien le diable, dit-elle à voix haute, et avec un élan de gaieté, une ironie acerbe tout à fait indépendante d'elle-même (ironie qu'elle avait toujours eue, mais qu'elle avait toujours refusé d'entendre car elle l'aurait empêchée « d'arriver »), c'est avec une amère gaieté donc, qu'elle ajouta : ce serait bien le diable que pour une fois que j'aime quelqu'un, cela ne lui fasse pas plaisir !

Édouard rentrait. Il courait vers elle et il n'était plus question de désinvolture : il la serrait dans ses bras, il lui disait qu'il avait vu défiler une série de mannequins inertes sur un écran, que pas une de ces stars n'avait le quart de sa beauté, qu'il avait passé l'après-midi à rêver d'elle. Puis il la fit rire : il racontait ses expériences d'auteur dramatique livré au cinéma avec une dérision à son propre égard des plus déconcertantes. A l'entendre, c'était toujours sa naïveté, sa sottise et son manque d'autorité qui provoquaient les complications ou les désastres ; et Béatrice, habituée à entendre les hommes de son sérail évoquer leurs succès, leur ironie et leur intelligence, trouvait un charme fou à ses récits masochistes. Pourquoi donc avait-elle été si triste tout l'après-midi ? De quoi se plaignait-elle ? Édouard la serrait contre lui, suppliait qu'ils dînent là tout seuls, Édouard l'aimait, le lui disait et lui demandait de faire l'amour avec le même désir et la même fièvre inapaisables.

Plus tard, bien plus tard, allongés l'un près de l'autre, ils échangeaient des mots glissants, doux, soyeux et plats, des mots d'amants comblés, des mots au travers desquels, inconsciemment, ils se remerciaient d'être parvenus ensemble à cette indifférence heureuse et provisoire de leurs corps. Édouard avait mis un disque sur le pick-up au pied du lit et il chantonnait en même temps que Frank Sinatra, la tête enfouie dans les cheveux de Béatrice.

— Et ton vieil air d'opéra ? dit-elle. On ne l'entend plus...

Le vieil air d'opéra, c'était leur musique à eux, l'air par lequel, sans un mot, ils se prévenaient l'un ou l'autre de leur désir naissant, l'air sur lequel ils avaient fait l'amour tout l'été et tout le printemps, l'air qui les avait menés jusqu'au faîte du plaisir et de la musique, grâce à cette chanteuse italienne et à sa voix superbe. L'air qui avait été si longtemps pour eux un signal d'incendie et une récompense.

— Je vais le racheter, si tu veux, dit Édouard à demi-assoupi. Le disque est tout rayé.

— Tant mieux, dit Béatrice. On commençait à s'en lasser, non ? Tu ne trouves pas ?

— Si, dit vaguement Édouard — de plus en plus enfoui dans son parfum, sa chaleur et son cou — si, c'est vrai. On l'a beaucoup entendu.

Il s'endormait, il était bien. Il ne pouvait pas savoir que Béatrice, elle, avait brusquement rouvert les yeux, et que la question qu'elle lui posait en était vraiment une.

XXIV

Édouard avait passé le bureau des passeports et s'était engagé sur l'escalier mécanique. Béatrice le regardait disparaître peu à peu dans ce couloir de plexiglass, plus inquiétant que romanesque. Il était tourné vers elle, il agitait les mains, il était pâle ; et pour la voir plus longtemps, il plia un peu les genoux et s'accroupit à demi. Dans cette file de voyageurs blasés, habitués de ces lieux, il semblait ainsi, penché vers elle à contre-courant, un enfant égaré qu'on arrache à sa mère. Il mourait d'envie, et cela se voyait, de redescendre à l'envers cette funeste machinerie, de repasser devant les douaniers ébahis et de retomber sauvé dans les bras de Béatrice : sauvé de l'Amérique, de ces voyages, de ces hôtels, sauvé de leur séparation. Béatrice avait adopté un air narquois mais à le regarder partir, elle se sentait l'œil liquide et la gorge serrée. Enfin les chaussures d'Édouard disparurent complètement et Tony d'Albret se mit à rire.

— C'est quand même inouï : un homme de son âge, partir comme ça ! Quand tu penses qu'il ne connaît même pas New York... Tu crois qu'il va faire tout le voyage à reculons ?

Béatrice ne répondit pas. Elles roulaient à présent vers Paris, la maison, la chambre bleue, privée d'Édouard, et un lit trop grand d'avoir été partagé si longtemps. Il était une heure de l'après-midi, il pleuvait et elle savait que vers neuf heures, Édouard éperdu de fatigue, d'ennui et de solitude lui téléphonerait d'un de ses gratte-ciel. En attendant, entouré d'inconnus et ficelé sur son siège, dans cet avion énorme, loin de trembler d'excitation ou d'appréhension à l'idée des flashes, des « Sardis » et des mille mythomanies américaines, il devait trembler au contraire de fatigue et de regret en pensant à la chambre, la porte-fenêtre et le jardin d'hiver. Il était même, sûrement, très malheureux. Et vraiment, il avait fallu la conjugaison de ses efforts et de ceux de Tony et de Nicolas — enfin revenu — pour décider Édouard. « Il était hors de question » — lui avaient-ils tous expliqué — « que cette pièce s'ouvrît sans lui, qu'il n'eût même pas la politesse d'assister à la première, ni de féliciter ou consoler ses interprètes ». Ils lui avaient tous trois tenu ce discours, mais pour des raisons différentes : Béatrice pour voir s'il s'y rendrait, Tony car c'était son métier et Nicolas parce qu'à la place d'Édouard, il eût mené joyeuse vie en Amérique depuis belle lurette. Tous trois disaient : « Ça te fera du bien, ça te changera » et même si l'un d'eux ne pensait pas ce qu'il disait, cela ne se voyait pas.

Le premier émoi passé, regardant Paris défiler par la vitre, Béatrice se sentit tout à coup assez contente. Son amant, son bel amour volait à présent vers un succès probable, il allait s'ennuyer d'elle et revenir plus épris que jamais. Elle-même, pendant quelques jours, aurait le plaisir jusque-là ignoré, de penser à son amour, de se le rappeler et de l'attendre. Le plaisir de rêver à quelqu'un qui au même moment, rêvait à elle. Cela la mit de fort bonne humeur, et quand Tony d'Albret lui suggéra d'aller déjeuner avec Nicolas et quelques amis, Béatrice se sentit brusquement très jeune, très libre et très sociable.

Elles arrivèrent très tard au restaurant, où Béatrice fut accueillie par une foule d'anciens amis ou d'anciens amants qui lui firent fête. Elle se rendit compte avec stupeur que depuis six mois, elle n'avait strictement vu personne. « Bien sûr », se disait-elle tandis que Nicolas, enchanté, la tenait aux épaules, « bien sûr, aucun de ces hommes n'arrive à la cheville d'Édouard ». Mais ils étaient là, ils étaient gais et certains regards lui rappelaient qu'elle était une femme d'une manière délicieuse — non pas qu'Édouard le lui ait laissé oublier, mais son regard à lui signifiait qu'elle était une femme aimée, et non plus une femme « à aimer ». Et, se sachant désirée par cet amant que chaque minute éloignait d'elle, elle se sentait d'autant plus désirable pour tous ces semi-inconnus soudainement si proches. Elle souriait, elle répondait d'une voix claire, elle riait, elle faisait du charme, elle s'énervait un peu, elle redevenait la fantasque, belle et insolente Béatrice Valmont. Nicolas s'apercevait de cette euphorie, et malgré son amitié pour Édouard, y prenait grand plaisir. Car en même temps que son amant exilé, Béatrice oubliait dix ans, vingt ans, et Nicolas se retrouvait indemne et très jeune en même temps qu'elle. Il passait sans doute quelque chose entre eux d'assez tangible bien qu'inconscient, pour que Tony d'Albret s'exclamât :

— Ah revoilà les deux complices ! C'est vrai que vous faites un beau couple, tous les deux.

Ils se regardèrent d'abord l'un l'autre, puis dans la glace, et se sourirent avec fatuité. Il était vrai que Nicolas, avec ses cheveux blonds, ses yeux bleus, son air gai, allait bien avec le côté noir, léonin et distant de Béatrice. Ils saluèrent tous deux de la tête l'image que leur renvoyait la glace en un signe d'hommage réciproque, ils se félicitèrent d'être, quinze ans plus tard, aussi beaux, aussi gais et aussi amis qu'ils l'avaient été jadis.

Tony les quitta très vite après le café, courant à un de ses éternels rendez-vous, et ils burent quelques fines à sa santé, tout en parlant d'elle avec leur habituel mélange de mépris, d'affection et de sarcasme. Quand ils quittèrent le restaurant, il était cinq heures de l'après-midi, il faisait déjà noir et ils essayèrent en vain d'entrer dans deux ou trois cinémas du quartier. Les photos des films les rebutaient, comme les files de gens qui attendaient et comme l'idée de rompre entre eux ce charme amical, cette gaieté et cette disponibilité.

— Allons plutôt chez toi, dit finalement Nicolas. On prendra un thé et je te raconterai ma tournée.

La maison était vide. Béatrice avait profité de l'absence d'Édouard pour donner quelques jours de vacances à Cathy. Elle fut soulagée de ce que Nicolas vienne avec elle dans cette maison obscure, l'aide à allumer les lampes, le feu, et à démouler la glace — car bien sûr, après ces cognacs, l'idée d'un thé devenait écœurante. Béatrice passa dans sa chambre, jeta son manteau trempé et mit un pull-over sec et chaud, un pantalon et des ballerines ; puis elle alla rejoindre Nicolas qui, assis devant le feu comme un grand chat, semblait y ronronner. C'était un de ses charmes que cette facilité à entrer dans une maison étrangère ou oubliée, et à s'y installer tout de suite, au meilleur endroit, avec une aisance égale à sa gratitude. Car Nicolas était bien chez les autres, il se sentait utile, agréable dans une maison, il était heureux d'y être et heureux de le montrer. Il regardait Béatrice assise à côté de lui, le visage rafraîchi et lavé par la pluie, les yeux brillants grâce à l'alcool chaud qu'ils avaient bu ensemble, et il se disait qu'il aurait volontiers vécu comme un pacha tranquille auprès de cette femme dangereuse, que finalement ils se seraient très bien entendus et qu'il avait été un niais de ne pas le savoir, dix ans plus tôt.

— Alors comment s'est passée ta tournée ? demanda-t-elle. Qui as-tu séduit ? La petite Beaufour ?

— Non, dit Nicolas, enfin si peu... ce serait plutôt la belle Hermione à qui je plairais.

— Mon Dieu ! dit Béatrice. Mais quel âge a-t-elle ?

Nicolas se mit à rire :

— Je l'ignorais déjà avant de partager son lit, alors maintenant, tu penses, comment veux-tu que je le sache ?... Mais elle est exquise.

— C'est vrai, dit Béatrice. Elle frissonna. J'ai eu froid dehors, ajouta-t-elle. Pauvre Édouard, il va geler à New York. Tu crois qu'il fait très froid là-bas ?

— Mais non, dit Nicolas — un peu agacé, sans savoir pourquoi — tu as bien mis un cache-nez dans sa valise, non ? Et ses gouttes ?

— Vieux salopard ! dit-elle. Et si on allait danser ce soir ? J'ai envie de danser. Il y a un temps fou que je n'ai pas dansé...

Elle se leva et s'étira.

— Tu n'as pas envie de danser, toi ?

Nicolas quitta le feu des yeux et se retourna vers

elle. Elle était debout devant lui, la lumière des flammes donnait à son visage un air diabolique et elle avait envie de danser.

— Tu as bien un pick-up ? dit-il d'une voix un peu sourde.

Et il se déplia, passa près d'elle et posa un disque sur le pick-up avec un vague sentiment de fatalité. C'était un slow, plutôt dansant, et il murmura : « C'est très joli, ça », avant de se retourner et d'aller s'incliner vers elle dans un geste où il entrait à la fois du défi et un respect cérémonieux. Elle sourit gentiment, avant de se glisser dans ses bras, mais très vite elle changea de sourire. Ils manquèrent quelques pas, comme surpris eux-mêmes de se retrouver l'un contre l'autre, avant de pouvoir danser. Le bras du pick-up était à répétition et remettait le même air indéfiniment. Ils dansèrent une fois, deux fois, sans rien dire. Ils ne pensaient plus à rien de très précis, ils ne se rappelaient même plus très bien ce qu'ils étaient l'un vis-à-vis de l'autre, sinon que lui était un homme qui avait envie d'une femme, et elle une femme que l'envie de cet homme troublait énormément. « Que c'est drôle » pensait Béatrice, les yeux fermés, « que c'est drôle, Nicolas... Quelle drôle d'idée ! Nicolas... » Mais à la fois elle ressentait un tel bonheur en elle, une telle envie de vivre, un tel plaisir à vivre... Et loin de penser qu'ainsi elle reniait Édouard, le trompait ou l'oubliait, elle devinait confusément que l'élan, l'appétit heureux de son corps pour ce plaisir qu'allait lui donner un autre homme, elle le devait à l'amour si fidèle et si entier d'Édouard. S'il ne l'avait pas tant aimée, si elle avait été moins sûre de son amour, elle aurait été triste, ou inquiète ; et tout ce qu'elle aurait alors pu demander à Nicolas, c'eût été une solide épaule, de la compassion, des propos apaisants. Bref des tisanes ; des tisanes de sentiments amicaux et fades, au lieu de l'alcool chaleureux du désir qu'elle avait de lui. Ce désir qui à présent lui cassait le corps et faisait battre son sang partout, aux poignets, aux jambes, au cœur au plus précis d'elle-même ; et maintenant, à sa bouche, sur laquelle Nicolas, les yeux fermés, appuyait la sienne. Le même disque les retrouva une heure plus tard sur le tapis, devant le feu éteint.

Au moment précis où Nicolas, d'un geste las, tendait la main pour arrêter le pick-up, l'avion géant d'Édouard se posait sur l'aéroport de New York, dans des rafales de vent. Édouard ahuri, se laissa guider avec le troupeau du Boeing ; il eut droit à des formalités, des douanes, des passeports, à un taxi jaune, à la pluie giclante sur la route, à la traversée du pont, et à cette ville fantôme, irréelle et grise dans sa lumière. Puis à l'hôtel, à des voix accueillantes, des valises, des gens, des messages, déjà. Et enfin, fatigué, étourdi mais rescapé de ce voyage, Édouard put décrocher son téléphone et appeler Paris.

Tout de suite il entendit — à l'autre bout de la terre, lui sembla-t-il — la voix basse et tendre de Béatrice, et il lui sembla qu'il revivait, et que malgré ce voyage de cauchemar, il était soudain rassuré et capable de voir vraiment, de trouver belle et stupéfiante, la ville debout à ses pieds. Grâce à sa voix et à la chaleur de sa voix, Béatrice lui offrait New York. « Oui, elle s'ennuyait déjà de lui, oui, elle l'aimait, oui, elle l'attendait ». Il s'endormit apaisé, et d'ailleurs il avait parfaitement raison de l'être. Béatrice ne lui mentait pas.

Elle était dans son lit, en proie à une fatigue mêlée d'euphorie, et là, solitaire et ravie de l'être, fumant une cigarette dans le noir, elle songeait amoureusement à lui.

XXV

Édouard plut beaucoup aux Américains. Il était bluffé, ébloui par New York et il le montrait avec tant de bonne grâce qu'il enchanta les journalistes comme les gens du spectacle. Quel miracle que cet homme de trente-cinq ans qui déclarait innocemment n'avoir jamais auparavant été en Amérique, ni ailleurs ! Quelle nouveauté que ce vieux jeune homme de province qui ne se cachait ni ne se targuait de l'être ! Le naturel d'Édouard ne pouvait que séduire les enfants de son âge, et par bonheur New York en regorgeait. Son air ravi, mais non grisé, son anglais chétif mais appliqué firent que soudain, Édouard devint, avec l'aide du correspondant de Tony, la coqueluche du jour. Des femmes et des hommes se précipitèrent sur lui, et seuls sa politesse et son pauvre anglais lui permirent d'échapper aux étreintes les plus diverses. La principale interprète de sa pièce qui, s'étant machinalement affichée dans ses bras deux soirs de suite, avait décidé d'y rester, fut sidérée d'apprendre qu'il n'était pas pédéraste mais tout bêtement amoureux et fidèle. De charmant il devint original. L'actrice clama partout son échec et ses causes, et ce nouveau Candide devint l'enjeu de nombreux paris ; pari qu'un soir d'ivresse, une ravissante starlette gagna ; ou plutôt perdit, puisqu'au réveil, Édouard misérable et furieux, ne pensait qu'à rentrer à l'hôtel et appeler Béatrice. « Mon Dieu », se disait-il en se rhabillant, non sans une migraine affreuse, « mais qu'est-ce que j'ai? Cette fille est superbe... Pourquoi me suis-je tellement ennuyé? C'est un miracle que je n'aie pas été impuissant : j'avais l'impression de coucher avec une image... Décidément Béatrice m'a séparé de la race humaine ». Et en vérité, Édouard était comme un maniaque de l'héroïne auquel on eût refilé du haschich. Intoxiqué par Béatrice, le corps d'Édouard se retrouvait subitement sevré, chassé de cette zone de sensualité qui l'entourait depuis un an. Il avait vraiment fallu qu'il eût affreusement bu, ou que son corps ait contracté des habitudes bien impérieuses, pour qu'il ait dans un lit essayé d'oublier son cœur — pour une fois plus clairvoyant. Bien entendu, en vain. Il n'y avait rien à voir entre cette pantomime ridicule à laquelle il venait de se livrer, à ce cinquantième étage, et les souvenirs foudroyants d'autres gestes, dans une chambre bleue ouverte sur un jardin d'hiver.

Entouré, bousculé, choyé et photographié, Édouard ne trouva comme soutien que le veilleur de nuit de l'hôtel, un vieil Italien mélancolique, avec lequel il prit l'habitude de discuter la nuit. La nostalgie, la douceur et surtout le fatalisme de ce vieillard lui permirent de supporter chaque jour l'effrayant dynamisme et la non moins effrayante efficacité de ses partenaires. La générale de la pièce étant retardée, il se mit à visiter New York, et fuyant Manhattan, il découvrit les quartiers sales, étrangers, les faubourgs, le port de New York, et en fut fasciné. Au téléphone, il décrivait à Béatrice des endroits extravagants, des bistrots, des recoins dont, malgré ses fréquentes visites à New York, elle n'avait jamais entendu parler.

Enfin, dans un tohu-bohu infernal, la première répétition publique eut lieu. Certains critiques, le soir-même, crièrent au génie, d'autres à l'ésotérisme, mais en rentrant se coucher ce soir-là, à deux heures du matin, Édouard n'était plus inconnu du public américain. Au demeurant, cela lui eût été assez égal (il ne rêvait que de retrouver Béatrice), mais il se sentait assez fier de rentrer non seulement indemne, indépendant — comme un de ces hommes vifs et pressés de Paul Morand — mais en plus, couvert de lauriers. Il savait assez qu'une fois qu'il aurait posé ceux-ci aux pieds de Béatrice, il les oublierait, — et que seule Tony veillerait à ce qu'ils ne se fanent pas trop vite. Il éluda diverses propositions gigantesques et floues qui l'auraient mené dans des villes fantomatiques telles Los Angeles ou San Francisco. Malgré la fascination de New York, il n'y avait pour Édouard qu'une seule ville habitée, donc vivante, et c'était Paris. Il téléphona d'une voix triomphante la date de son retour à Béatrice, et passa la veille de son départ avec son vieux portier italien, dans le restaurant de luxe où il l'avait invité.

— Édouard rentre demain, dit Béatrice d'une voix neutre.

Nicolas, assis par terre comme d'habitude, ne bougea d'abord pas ; puis il se secoua et la regarda.

— Il est content? demanda-t-il. D'après les échos, cela marche bien.

— Oui, dit Béatrice, il a l'air assez content; content de rentrer surtout.

Depuis ce slow, par un accord tacite, ils avaient soigneusement évité tous les deux, d'évoquer Édouard. Nicolas était revenu chez elle dès le lendemain, avec le plus grand naturel, et ils avaient passé ainsi presque tous les après-midis; soit à se caresser, à s'aimer, soit à discuter ensemble comme deux vieux amis. Ils étaient aussi allés danser, mais avec un tel entrain que nul n'aurait pu penser un instant qu'il s'agissait, entre eux, d'autre chose que de camaraderie. On demandait à Béatrice des nouvelles d'Édouard, ouvertement, comme s'il eût été son mari, elle répondait de même, et l'air réjoui de Nicolas interdisait toute suggestion d'un autre ordre.

— Tu penses lui dire quelque chose? demanda Nicolas.

Béatrice sursauta.

— Mais non, tu es fou ! Pourquoi lui faire de la peine?

Le regard de Nicolas la quitta et revint sur le feu.

— Tu crois que cela lui ferait vraiment de la peine? Enfin, uniquement de la peine?

— Que veux-tu dire? dit Béatrice.

Elle était agacée, et tout à coup en colère. De quel droit Nicolas — fût-il son plus vieil ami, son meilleur ami et son amant actuel — de quel droit se mêlait-il de ce qui était tout uniment : la base même de sa vie? Cependant elle aurait aimé être plus surprise de sa question, ou plus indignée.

— Il l'a su une fois, dit-elle, et crois-moi, il ne l'a pas bien pris.

— Il ne peut pas prendre ça bien, dit Nicolas : il t'aime. Mais ne t'aime-t-il pas un peu pour ça?

— Tu veux dire qu'il est masochiste? demanda Béatrice.

— Oh non, dit Nicolas, ce serait trop simple. Quand tout va bien, il est heureux avec toi. Mais je veux dire, quand tout va mal : aussi. Il se sent vivre quand il a peur de tout perdre...

— Il ne risque pas de tout perdre, dit Béatrice, froidement : je l'aime et il le sait.

— Oui, dit Nicolas, il le sait ; comme il sait que tu l'as quitté il y a cinq ans, et trompé il y a six mois... comme il sait que tu peux mentir.

Béatrice qui était assise près de lui, se leva brusquement et alla s'asseoir dans un fauteuil, un peu plus loin.

— Ne te mêle pas de ça, Nicolas, dit-elle, ça ne te regarde pas.

— C'est vrai, dit Nicolas en s'étirant, mais si jamais il apprenait, pour toi et moi, que penses-tu qu'il ferait? Qu'il te quitterait, qu'il te battrait, qu'il te tromperait en retour? Non, n'est-ce pas?

Béatrice se sentait acculée à elle ne savait quelle vérité odieuse, un secret sombre, trouble, caché derrière un mur, un secret qui ne l'intéressait pas du tout mais qui existait. Elle éluda instinctivement :

— Je ne vois pas comment il pourrait le savoir, dit-elle.

— Oh, dit Nicolas en souriant, pas par moi, ma jolie, tu le sais bien. Maintenant que je l'ai découvert, ce rôle d'intérim entre tes amants à venir me paraît une chose exquise. Réellement exquise, ajouta-t-il.

Et il se leva, vint vers Béatrice et lui mit le bras

autour des épaules. Oubliant sa colère, sa peur, elle s'appuya contre lui, machinalement. Après tout, c'était Nicolas. Il lui caressa les cheveux très vite et recula.

— Je te laisse, dit-il. Je suppose que tu ne veux pas de moi aujourd'hui. Range ton appartement et achète des fleurs en l'honneur d'Édouard. Crois-moi, il les vaut bien...

Il agita la main et sortit rapidement, laissant Béatrice interdite. Mais après un instant, elle se rendit compte, tout à coup, qu'Édouard arrivait, qu'il allait rentrer, qu'elle allait retrouver ses yeux marron, sa voix, son rire, que tout allait redevenir éperdument logique, bref qu'elle allait être heureuse. « Heureuse, moi », se dit-elle, « quel terme ! ».

Dans sa lucidité native, elle avait toujours eu le plus grand mépris pour ce goût forcené du bonheur — ce quasi-devoir — qu'affichait son époque. Il importait peu d'être heureux, jusque là, pour elle : il importait d'être debout sur une scène et de découper et de combler l'air autour de soi. Seulement, si elle pensait à l'arrivée d'Édouard, elle devait bien admettre que cette impatience écumeuse, ce désir, d'autant plus vif qu'il allait être comblé, s'appelait bien le bonheur. Il était impossible de ratiociner là-dessus et de douter de ce mot, « bonheur », comme — il serait impossible sans doute, si ce mot disparaissait, de s'en remettre. Elle avait dit « Je t'aime » à Édouard sans lui mentir, comme elle lui avait dit « Nous sommes heureux ». Et soudain, grâce à son absence et à l'imminence de son retour, elle découvrait ce lieu commun, cet étincelant bonheur. Et à l'idée de revoir Édouard, de le tenir contre elle, son corps s'énervait et tremblait comme dans les mauvais romans. Et ce n'était pas seulement de désir physique car jamais, jamais elle n'avait attendu Nicolas, la semaine passée, comme elle attendait aujourd'hui Édouard. Ce n'était pas la même attente, même si jusque-là ni sa sensibilité ni sa vie ne l'avaient habituée à ces distinguo. Là, il lui semblait qu'après avoir été parallèle à Nicolas — parallèle dans le sens le plus poussé du terme — elle allait, grâce à cette convention nommée pompeusement l'amour, se retrouver happée, dissoute et emmêlée à Édouard.

Elle se coucha et s'étira dans son lit avec félicité. Demain il y aurait un pied sur le sien, un poids en travers de son corps, un être humain près d'elle toute la nuit qui l'encombrerait autant qu'il la rassurerait, quelqu'un qu'elle ne pourrait pas, ni ne voudrait pas, rejeter de son lit même s'il la dérangeait dans ses forces vitales, celles du sommeil et de l'oubli ; quelqu'un dont pour une fois elle supporterait qu'il représente l'inconfort, le doute et les complications et auquel, même, elle les réclamerait.

Son bonheur arriva à Roissy à l'heure prévue. Édouard semblait hâlé, vivifié par le vent de New York comme par le vent de la mer, et il avait sans le savoir cet air d'aisance, de succès, (vrai ou faux) que l'Amérique impose toujours à ses passants : New York n'était pas une ville nuancée, où l'on puisse composer avec le triomphe ou l'échec. L'un et l'autre y était rapide, tranché et sans en être toujours conscients, les êtres les plus détachés en sortaient estampillés comme leurs passeports. Ce jeune homme aux yeux marron qui descendait la passerelle dans un costume de tweed et qui courait éperdument vers la porte, ce jeune homme n'avait pas été vaincu, bien au contraire. Et Béatrice, qui avait toujours aimé que ses amants réussissent — car cela confirmait sa réussite à elle —, s'étonna de se sentir déçue par ce voyageur pressé, qui hélait un porteur, retrouvait ses bagages et évitait la douane avec désinvolture. Elle avait été trop habituée à l'efficacité enfantine et vaniteuse d'hommes qu'elle n'aimait pas, pour ne pas la trouver déplacée, criarde chez l'homme qu'elle aimait enfin. Sans se l'avouer, elle s'attendait à voir arriver dans cet aéroport futuriste un émigrant sans valises et sans lauriers, un Édouard blessé, enfantin, à consoler. Elle fut donc déçue, presque attristée, par le jeune auteur triomphant qu'elle crut ramener chez elle. Édouard ouvrit aussitôt ses bagages : il y avait des paquets, et des paquets, pour elle, pour Cathy et pour Nicolas. Le nom de ce dernier, au passage, ne la fit pas broncher, car elle avait déjà à demi oublié — grâce à sa fameuse mémoire sélective — leurs tardives mais délicieuses retrouvailles. Ce fut donc un regard non pas honteux, mais sévère, qu'elle posa sur Édouard ébouriffé, bavard et visiblement fier de lui.

Elle ne pouvait pas savoir que ce dont il était si fier, et si heureux, c'était d'avoir pu résister à tout ce temps passé sans elle, d'avoir survécu à ce cruel et inutile voyage, de l'avoir retrouvée. Elle prit son soulagement pour de la vanité comblée ; elle crut qu'il avait été joyeux sans elle et elle en souffrit. « C'était affreux, se disait-elle — avec une scandaleuse bonne foi — après avoir tant imaginé, craint et souffert pour cet homme, de le retrouver si gai ». Pour elle, Béatrice n'était pas loin de considérer qu'avoir pris Nicolas, l'habituel et discret Nicolas, comme amant, relevait presque de la fidélité : après tout, ce n'était pas la première fois, personne ne le saurait, et cela lui avait assuré, en même temps que son équilibre, un emploi du temps dénué de risques, de fantaisies et, surtout, de rêveries autres que celle d'Édouard. C'était là une des choses que Béatrice avait le mieux retenue, des leçons de son amant : en amour, le grand crime, la grande trahison, c'était d'imaginer, de rêver à quelqu'un d'autre. Elle savait — parce qu'il le lui avait dit — qu'Édouard, lui, n'avait jamais rien rêvé ni imaginé à part elle. Et elle-même avait accordé trop de temps, concrètement, à Nicolas, pour de surcroît, en rêvasser.

A première vue, bien sûr, durant ces quinze jours, Édouard et Béatrice avaient été aussi traîtres l'un que l'autre : si Édouard avait fait l'amour à une nouvelle femme — ce qui laisse toujours la possibilité d'une vraie trahison —, Béatrice, elle, s'était laissée glisser dans les bras d'un vieil ami. Or elle avait plus de trente ans, et la mémoire, l'habitude sensuelle ont à cet âge-là tout autant d'attraits que la nouveauté. Dans l'intention, ils étaient quittes. (Et c'est ce que Jolyet aurait déclaré s'il n'avait pas été depuis deux mois livré à la terre et ne s'était gaiement prêté à nourrir les plantes vertes, les insectes et les éléments mystérieux des cimetières parisiens). Seulement, si ce fameux bonheur tellement prôné par tous et partout, était vraiment un critère, et si de la réussite d'un acte découlait sa moralité, il fallait bien admettre que cette trahison n'avait été positive que pour Béatrice ; il n'y avait rien à voir, en effet, entre un Édouard furieux, égaré dans les couloirs d'un gratte-ciel surchauffé, et une Béatrice comblée, regardant partir le joyeux Nicolas. C'était injuste, mais personne n'y pouvait rien, comme personne n'avait rien pu faire, lorsque cinq ans plus tôt, Édouard qui était un charmant et sensible garçon, avait été rejeté et supplicié par Béatrice qui était une belle jeune femme, au profit d'André

Jolyet qui était alors un charmant quinquagénaire. C'était la vie et son manège brinquebalant.

Tony d'Albret, elle, était rassurée. Tenant pour des raisons publicitaires à ce que les retrouvailles de ses deux poulains soient éclatantes et leur liaison consolidée, elle avait délibérément ignoré la présence permanente de Nicolas dans le salon bleu. Et elle se préparait à donner une fête en l'honneur d'Édouard, lorsqu'un bacille K 672, ignoré des Chinois, craint des Allemands et dédaigné des Espagnols eut le front de s'attaquer à Béatrice. Édouard donc, à peine rentré, se retrouva au chevet de Béatrice.

Elle gisait dans un élégant camaïeu, à base de bleu comme son déshabillé, les murs et les cernes sous ses yeux. Elle se sentait fort mal. Édouard n'ignorait pas que pour Béatrice, toute baisse de tension, toute maladie était un outrage, et il ne voulut pas y confronter sa bonne santé, ni même son bonheur d'être revenu. La comprenant fort bien, enfin croyant la comprendre, il se mit à rôder dans le jardin, la salle à manger, le salon, la cuisine, comme un malfaiteur ou un indésirable. Malheureusement Béatrice ne vit, dans ces ménagements, qu'une forme d'indifférence. « Il y a un an » se disait-elle, « il eût été là, à trembler, avec un thermomètre, des fioles, des médecins, des lectures et des pâtes de fruits. Il ne m'aime plus ».

Le quiproquo devint total : il se voulait discret, elle le croyait ailleurs ; il chuchotait dans la cuisine, elle le croyait dans un bar, clamant ses triomphes.

Dépassée elle-même par le malaise ambiant, Cathy, leur seul trait d'union en ces jours de fièvre, se bornait à faire « Chut-chut-chut » dès que chacun s'enquérait de l'autre. Elle finissait par partager l'inquiétude d'Édouard, et pour se rassurer elle-même autant que

Béatrice, elle en arrivait, quand cette dernière l'interrogeait, à le lui décrire insouciant et joyeux. Et Béatrice, toussant de plus belle, s'énervait, se demandait par quelle terrible erreur cet homme si dévoué et si visiblement fait pour être dans un lit avec elle — en tant qu'amant ou en tant qu'infirmier — n'était jamais là. Ils en vinrent inconsciemment, et malgré eux, à des extrémités ridicules : Édouard, lancé dans une chorégraphie stupide, esquissait trois pas dans la chambre, baisait la main de Béatrice, l'assurait de sa passion d'une voix plate et repartait en courant; tandis que Béatrice, l'imagination faussée par « La Traviata » qu'elle écoutait sans cesse, en arrivait à assimiler Édouard à Armand Duval, et elle à Violetta (au troisième acte). Seuls sa colère, son orgueil, son ambition (ravivée par l'offre d'un nouveau rôle, pour une fois fascinant) l'empêchèrent de feindre l'agonie et prolonger ses toux. Entre eux deux, Tony et Nicolas également désemparés, circulaient sans rien comprendre. Et tel un grand navire égaré, perdu parmi les algues au-dessus de profondeurs intolérables, l'amour de Béatrice et d'Édouard commençait à stagner et à s'incliner à tribord. « Finalement, mon retour la dérange » pensa-t-il au bout de quelques jours. « Finalement, il n'avait pas envie de rentrer » pensa-t-elle. Et cette dernière idée ralentissait le retour de Béatrice, exaspérée, à la convalescence.

Un soir cependant, le vent de la fièvre tomba et Béatrice réclama Édouard. Elle était trop lasse, trop triste, et en même temps que mille poisons chimiques dus à la grippe, l'absence d'Édouard, celle de l'amour tout court, appauvrissait son sang. Il se trouva que le même soir, Édouard, également à bout d'inquiétude et de mélancolie, et craignant de déranger même à travers deux murs, avait jugé bon de sortir. Lorsque Cathy lui eut dit : « Monsieur est sorti », Béatrice fit pour la première fois de sa vie un geste mélodramatique : elle se leva, prit le vieux disque rayé, qu'elle avait au demeurant, retrouvé l'avant-veille, le posa sur le pick-up et malgré les ordres du médecin, ajouta de nombreux cognacs à ses antibiotiques. Elle vit son lit se transformer en radeau et elle-même y dériver, fiévreuse, les cheveux plaqués par la transpiration, vers un océan de moquette et de solitude dont elle n'avait jamais soupçonné l'existence. Elle se crut mal aimée et pleura. Pendant ce temps, Édouard au tabac du coin, se demandait comment il pourrait rentrer dans la chambre sans la réveiller, et retrouver ainsi le profil abandonné, attendri par le sommeil de son seul amour. C'est ainsi que finalement il n'osa pas rentrer de la nuit, et qu'elle ne dormit pas.

XXVI

Installé dans un fauteuil, ses longues jambes respectueusement repliées, Nicolas pensif regardait Béatrice. La maladie, la fièvre lui avait rendu une minceur adolescente, une fragilité qui surprenait chez cette vamp, d'habitude altière. Du fond de son lit, elle le regardait sans le voir et Nicolas, pour une fois, trouvait difficile de l'égayer.

— C'est drôle, dit-il, je ne t'avais jamais vue ainsi.

— Comment ainsi ? demanda-t-elle.

— Eh bien... désarmée, sans épée et sans cotte de mailles.

Béatrice haussa les épaules.

— Tu m'as pourtant déjà vue nue, dit-elle.

— Tu n'es jamais plus armée que dans ces conditions, rétorqua galamment Nicolas. Ni plus explicite.

— Ce n'est pas vrai, dit Béatrice furieuse. Je suis pudique, moi, tous les gens sensuels sont pudiques.

Ils ne s'embrassent pas en public et ils ne pleurent pas non plus.

— Tu peux m'embrasser, — ou pleurer, — plaisanta Nicolas, nous sommes seuls.

Elle rit trop fort et baissa la tête. Quand elle la releva, elle avait les yeux pleins de larmes :

— Édouard ne m'aime plus, dit-elle d'une voix brève. Enfin, plus comme avant. Et cela me fait de la peine.

— Ah, dit Nicolas.

Son petit univers basculait d'un coup, et désagréablement. Que Béatrice ait des sentiments, c'était déjà beaucoup; mais qu'elle en avouât ouvertement l'échec, c'était trop. En même temps il s'étonnait de se sentir inquiet, lui qui aurait volontiers imaginé et qui même, ces derniers temps, aurait souhaité que le règne d'Édouard s'achève et qu'il en soit l'heureux successeur. La reddition subite de Béatrice l'épouvantait d'autant plus qu'il en ignorait les causes. Que lui arrivait-il ? Cette faiblesse inattendue venait-elle de son âge? Là alors, ce serait franchement atroce. Car si Béatrice vieillissait, il vieillissait aussi ; et bientôt il se retrouverait acculé sans aucun fard ni aucun délai à une image de lui-même inexorable et démodée; celle que lui renverrait son miroir aussi bien que le regard des autres : celle d'un comédien raté. Il décida donc aussitôt de tout faire pour éviter cet outrage à Béatrice et à lui-même. En dehors de leur attraction mutuelle, ils étaient réunis aussi par des années de luttes, de combines, de paniques et de plaisirs, bref d'amitié.

— Tu te trompes, dit-il fermement. Édouard t'aime. Il t'a toujours aimée depuis six ans, et il ne changera plus. Qu'a-t-il bien pu te dire?

— Rien, dit Béatrice. Justement, il ne m'a rien dit.

Depuis qu'il est rentré, il parle de l'Amérique, de Broadway, de ses petites affaires, il se pavane.

— Ah non, dit Nicolas, ce n'est pas juste, il ne s'est jamais pavané. Rappelle-toi qu'il n'a jamais été sûr de toi, sinon au fond d'un lit. Et quand il est rentré, tu étais déjà grippée, non ? Tu étais fatiguée et de mauvaise humeur...

Et Béatrice qui en effet aurait trouvé épuisant et déplacé de faire l'amour avec Édouard quand elle était malade, s'écria alors, oubliant sa vie — ou se rappelant un rôle :

— Il n'avait qu'à me violer !

Là-dessus, Nicolas prit un fou rire. Béatrice, se rendant compte qu'elle était allée trop loin, déçue de n'avoir pu maintenir cette sollicitude et cette anxiété chez son confident, éclata en sanglots.

« Cela fait deux fois en quinze jours », se dit-elle, « que j'utilise des Kleenex à d'autres fins qu'à me démaquiller. C'est grave... ». Nicolas, à qui la simple idée d'Édouard brusquant ou forçant Béatrice semblait des plus cocasses, avait du mal à reprendre son sérieux.

— Qu'en pense Tony ? demanda-t-il.

— Tu sais bien que Tony ne pense pas... dit Béatrice. Elle ne voit rien, elle ne comprend rien, son cerveau n'est qu'une machine à calculer. Édouard lui a rapporté « tant », je lui rapporte « tant », c'est-à-dire à nous deux, « beaucoup ». Donc nous nous aimons, donc nous sommes heureux... Quelle salope! ajouta-t-elle de sa belle voix, redevenue claire et acerbe. Et elle se moucha.

Nicolas, soulagé, respira. Les femmes malheureuses qu'il avait connues — et Dieu sait s'il y en avait — n'offraient pas une gamme de sentiments très étendue. Elles ne disposaient que de réflexes élémentaires, toujours les mêmes : la désolation, le doute et l'espoir. Sentiments tous peints en couleurs naïves et éclatantes, et auprès desquels la réflexion ou l'ironie faisaient figure de pastels maniérés — quoique éminemment désirables. Béatrice, pour une fois sensible à l'humeur d'autrui, vit la gaieté renaître chez Nicolas et s'en sentit rassérénée :

— Et puis ça suffit, enchaîna-t-elle. Si ce petit crétin m'agace, j'aurais vite fait de le renvoyer dans ses foyers.

C'était une bravade et Nicolas le sentit bien, mais ce n'était pas le moment de le faire remarquer. Il prit donc la défense (parfaitement inutile d'ailleurs) du pauvre Édouard qui à cinq mètres de là, assis dans le salon vide, s'apprêtait à interroger son vieil ami Nicolas sur les sentiments de Béatrice.

— Tu aurais tort, dit Nicolas en levant la main. Moi qui ai lu la pièce d'Édouard, cet été, je peux te dire que c'est la pièce d'un homme sensible, intelligent et tendre... Mais qu'est-ce que tu as ? demanda-t-il d'une voix changée.

Car Béatrice, qui n'avait été jusque-là qu'obscurément vexée de ce que Nicolas lui eût été préféré comme lecteur, avait de nouveau les larmes aux yeux. Elle tenait là la preuve par neuf de son impuissance, la preuve qu'elle n'était rien d'autre pour Édouard qu'une maîtresse excitante, ou un séduisant bourreau. Elle ne pleurait plus à présent sur elle-même. Elle pleurait sur les efforts qu'elle n'avait pas faits, les cruautés qu'elle n'avait pas fuies; et sur une solitude qu'elle n'avait pas su briser et qui était celle de son amant.

Nicolas était assis dans un autre fauteuil, mais cette fois-ci les jambes dépliées et en face d'Édouard, qui l'avait intercepté au passage. Résigné et légèrement goguenard, il mit son pied gauche sur sa jambe droite — pour changer —, et alluma une cigarette. Il lui fallait vraiment un bon cœur admirable, pensait-il, pour voguer ainsi, telle une sage Œnone ou un gentil Iago, entre ces amants compliqués. Écouter les doléances, tapoter les dos et panser les plaies n'était pas précisément son emploi dans la vie. S'il ne s'était pas rappelé avoir renversé la semaine précédente sur cette moquette — cette même moquette à ses pieds — le corps consentant de Béatrice, il aurait pu être piqué dans sa fatuité de séducteur. Avec une bonhomie fatiguée, il prit le verre que lui tendait Édouard mais, en relevant la tête, il rencontra le regard anxieux de son ami et fut frappé de sa pâleur. Et oubliant le côté vaudevillesque de sa situation, il dut s'avouer tout à coup qu'il aimait énormément ces deux nigauds et qu'ils étaient sans doute ses meilleurs et ses seuls amis.

Les cheveux d'Édouard étaient trop longs, signe infaillible de mélancolie pour l'œil connaisseur de Nicolas ; il arborait même un faux sourire, style « camarade — copain », qui lui allait aussi mal que possible. « Quel nigaud... » se dit Nicolas une fois de plus, avec tendresse, « Quel nigaud, et quelle sotte ! ». Comme Édouard arborait toujours ce sourire niais, faussement ouvert sur le visage, il se décida à l'aider :

— Alors ? dit-il. L'Amérique ? Content, non ?

— Oui, oui, dit Édouard en sursautant, oui, oui, ça s'est pas mal passé, tu sais. Enfin je crois que Tony est très contente.

— Eh bien alors... dit Nicolas, si Tony est contente, tout le monde est content, non ?

Après son désarroi — réel — devant les larmes de Béatrice, il éprouvait une réaction nerveuse, une envie de plaisanter qu'il contrôlait à grand peine. Il continua :

— Et toi ? dit-il. Comment vont les filles là-bas ? Elles ont été gentilles avec toi ?

A sa grande surprise Édouard rougit, ce qui l'enchanta. Nicolas avait été lui-même quelquefois à New York, généralement en suivant une dame, et il se rappelait avoir navigué de plus ou moins bon gré, d'un cocktail à un lit et d'un lit à un cocktail. Ce pauvre Édouard avait dû jouer le « Frenchman », un soir d'ivresse, et il devait à présent s'en mordre les doigts de honte.

— Je ne sais pas, dit Édouard, c'était un bref séjour... Dis-moi, comment trouves-tu Béatrice ?

— Mais bien, dit Nicolas, bien, à part sa grippe.

— J'ai l'impression qu'il y a eu quelque chose en mon absence, dit Édouard, quelque chose ou quelqu'un... (Nicolas déplora un instant que tous les rôles dits classiques, qu'ils soient tenus ou non par des personnages délicats, en arrivent toujours à ressembler à des charges grossières)... Elle n'est plus pareille, je l'énerve. Elle ne me supporte plus dans sa chambre. J'ai l'impression d'être revenu trop tôt ou trop tard. Elle ne t'a rien dit ?

Il regardait Nicolas anxieusement et celui-ci, tout à coup, s'émerveilla de l'existence de ce jeune homme talentueux, transparent, inaltérable, qui lui mendiait une réponse, à lui, le traître. Il était possible, et même probable, qu'Édouard vieillisse plus mal que lui. Il ne songerait sûrement pas à faire de la gymnastique, ni à prendre ses distances sentimentales, ni à contrer le poids des ans, comme Nicolas le faisait lui-même déjà, et depuis quelques années. Peut-être le mince Édouard serait-il, après cinquante ans, chauve, malhabile ou empâté ? Et peut-être son charme physique aurait-il disparu pour faire place au charme si peu payant et si dédaigné de la vertu ? Seulement, lorsqu'il regarderait une femme avec amour, cette femme aurait toujours l'impression d'être aimée pour de bon — et inconditionnellement. Peut-être dirait-on de lui : « Vous savez qu'il a beaucoup plu ? », alors que l'on dirait de Nicolas : « Vous savez qu'il est toujours plaisant ? ». Seulement, si Béatrice, « le soir à la chandelle, assise au coin du feu... » parlait de l'amour avec quelqu'un, ce serait le visage d'Édouard qu'elle verrait émerger du passé, et pas le sien.

— A ta place, dit Nicolas, et il se leva en proie à une rancune des plus inattendues, à ta place, je me poserais moins de questions. J'attendrais que Béatrice aille mieux et je lui ferais l'amour. En attendant, porte lui des fleurs, des bonbons, et ton manuscrit.

La voix d'Édouard l'arrêta à la porte :

— Mais, disait-il, tu crois... tu es sûr qu'elle ne m'a pas trompé ?

Et il y avait quelque chose dans son intonation, son attitude, quelque chose qui ressemblait si visiblement à de l'espoir, que Nicolas en resta interdit. Brusquement il eut l'impression qu'il avait à défendre Béatrice contre quelque chose d'inconnu, de périlleux, de presque douteux. Et c'est réellement en tant que protecteur de cette femme féroce, et non pas en ami de ce garçon sensible, qu'il répondit sèchement :

— En tout cas, je n'ai entendu parler de personne d'autre.

Et il sortit précipitamment afin de n'être pas confirmé dans son intuition. Et de ne pas voir tomber sur le visage de cet amoureux transi, les ombres transparentes de la déception.

XXVII

Ils étaient allongés l'un près de l'autre, Édouard à demi sur le tapis, mais la tête posée sur l'épaule de Béatrice. Il se sentait bien. Il n'y avait qu'une seule lampe d'allumée dans la chambre bleue, et elle formait autour d'elle un gros rond jaune, paisible comme un chien, et qui les réchauffait. Édouard se laissait aller au bonheur. Un an plus tôt, comment aurait-il pu croire qu'il serait là, à cette heure-ci, que Béatrice l'aimerait encore, et que refusant toute autre présence, elle se plairait à rester ainsi contre lui sans dire grand chose? « Ils avaient eu une chance folle » pensa-t-il, « pour tout », et il embrassa doucement la main de Béatrice.

— Dis-moi, murmura-t-elle, j'aimerais bien lire ta pièce.

Édouard sourit. Nicolas avait dû lui faire la leçon avant de partir et malgré sa fièvre, Béatrice était prête à se plonger dans un texte qui l'ennuyait et que, de son propre aveu, elle ne comprenait pas. Bien qu'il souffrît cruellement, mais sans se le dire, de ce qu'elle fût ainsi fermée à sa littérature, Édouard ne pensait pas à le lui reprocher. Il avait deux passions dans la vie : la littérature et cette femme, et il considérait presque normal, voire même salutaire, qu'elles ne se mélangent pas. Pour lui, cela ne voulait rien dire, ni contre son œuvre ni contre sa maîtresse. C'était deux mondes différents. Il l'avait toujours su dès le début, il n'avait jamais rêvé de communion spirituelle avec Béatrice. C'était une envie d'elle, aveugle, possessive qui l'habitait, une obsession aussi éloignée que possible de tout jugement.

— Tu ne vas pas te fatiguer à lire ça, dit-il. D'abord, ce n'est pas fini, et puis tu sais bien que ça t'ennuierait.

En disant que « ça l'ennuierait », il voulait simplement indiquer qu'il y avait en effet, dans ses textes une obscurité qu'il espérait poétique, mais qui était peut-être malencontreuse pour un esprit rapide et rude comme celui de Béatrice. Il parlait contre lui mais elle le prit, bien entendu, tout autrement. Elle vit de la condescendance dans ses mots et presque du mépris. Néanmoins, cette pièce était devenue si importante pour elle qu'elle insista :

— Nicolas, lui, l'a bien lue pourtant, dit-elle. Il n'est pas meilleur juge que moi, je crois, et il m'a dit que c'était superbe.

En mentionnant le nom de Nicolas, elle parachevait le schéma déjà esquissé dans l'esprit d'Édouard : c'était bien Nicolas qui avait suggéré cette lecture à Béatrice, puisque c'était à Nicolas qu'il venait de se plaindre de son indifférence. Attendri, il la regardait. Il avait eu un après-midi rempli de doute et de tristesse, mais là, près de cette femme allongée dans les douceurs du soir et de la convalescence, il savait qu'il était heureux et que Béatrice n'avait nul reproche à se faire.

— Tiens, c'est vrai, dit-il gaiement — et déjà soucieux de changer de sujet et de lui reparler d'amour — c'est vrai que Nicolas l'a lue, mais c'était par hasard, tu le sais bien. Là, je l'ai donnée à ronéotyper, mais d'ici une semaine ou dix jours, j'en aurai un exemplaire à te donner — si tu y penses encore.

Tous ces mots qui étaient pour lui des preuves de tendresse, semblèrent à Béatrice autant d'échappatoires. Elle souffrait, elle s'étonnait de se sentir attaquée et mordue par les mille piranhas de l'humiliation et de la peine. Il lui semblait que la chambre bleue était devenue grise et que cette heure qu'elle vivait n'était qu'une heure de trêve. Car elle le savait bien : elle ne supporterait pas longtemps d'être méprisée. Et déjà, malgré sa fatigue, elle se laissait aller, dans son indestructible santé, à imaginer quelle serait sa vengeance et quelles formes diaboliques elle lui donnerait. Les hommes étaient des animaux d'habitudes et ils souffraient toujours plus de leurs ruptures. Il était temps qu'elle se rappelât tous ces axiomes, ces lieux communs peut-être, mais qui s'étaient toujours révélés d'une exactitude parfaite. Et s'attendrissant d'avance — puisqu'elle l'aimait — sur les souffrances inévitables de ce garçon aux cheveux si doux, elle tourna la tête vers lui et lui sourit à son tour. Ils se regardèrent longuement, aussi sensibilisés et aussi étrangers l'un à l'autre qu'on puisse l'être.

— Quel charmant spectacle ! Quel délicieux spectacle ! déclara une voix bien timbrée.

Et Tony d'Albret, le sac en bandoulière et le cheveu plaqué, fit irruption dans la pièce.

— Je me suis permise d'entrer car Cathy m'a dit

que vous étiez seuls, — déclara-t-elle d'emblée, pensant ainsi en finir avec les assommants règlements de la bienséance. Espoir vite déçu, d'ailleurs :

— C'est justement quand les gens sont seuls, dit Béatrice, qu'il ne faut pas entrer.

— Ma pauvre chérie, marmonna Tony, dans ton état et avec ta fièvre... J'espère que vous êtes raisonnables.

Édouard se mit à rire, s'inclina, et la main sur le cœur, répondit :

— Je vous le jure ! — avec une gaieté fort déplaisante aux yeux de Béatrice.

Tony se tourna vers Édouard. Lui, du moins, était un gentleman. Oubliant qu'avant son succès il ne lui avait paru que désuet, elle s'enchantait à présent de le trouver raffiné. Béatrice et lui étaient en passe de devenir un de ces couples d'amants terribles, couples devenus très rares depuis la guerre. Déjà — et cela après avoir dit pendant plus d'un an qu'Édouard diminuait Béatrice — déjà elle en était à dire qu'il la complétait.

— Eh oui, Édouard, commença-t-elle d'une voix funèbre, eh oui je la connais, notre Béatrice. Quinze ans?... Douze ans?... Je ne sais plus.

— Six, dit Béatrice d'une voix précise.

— Peut-être, mais pour moi, nous nous connaissons depuis toujours. Je m'en souviens : la première fois que je l'ai vue, c'était chez ce pauvre Jolyet, et je me suis dit : mauvaise tête mais bon cœur...

Édouard, à qui ce discours était visiblement adressé, baissait les yeux, tandis que Béatrice bâillait éperdument.

— Depuis dix ans, dit Tony, je l'ai vue se démener, je l'ai vue agir...

— Dis-moi, coupa Béatrice brutalement, tu n'as pas bu un ou deux portos de trop, toi ?

Tony eut un sourire, attendri et las, et revint à Édouard :

— Eh bien, voulez-vous que je vous dise, Édouard ?...

— Il ne veut rien que tu lui dises, il veut que tu lui foutes la paix, déclara Béatrice, excédée.

— Eh bien tant pis, je le lui dirai quand même : Béatrice est une femme fidèle.

La phrase à peine lâchée, on eût dû observer le pouls, la tension, les réflexes et les milliards de réactions chimiques, biologiques et mentales qui se déclenchèrent aussitôt chez Édouard et Béatrice. Ils ne savaient pas pourquoi, ni l'un ni l'autre, mais cette phrase avait eu une résonance catastrophique. Dieu merci, Tony enchaînait déjà :

— Je ne parle pas seulement en amitié, ça elle l'a prouvé, je parle en amour. Vous êtes parti quinze jours, Édouard, non ? Et avec qui croyez-vous que l'on ait vu Béatrice, uniquement, pendant ces quinze jours ? Dînant ou dansant ? Avec Nicolas, le bon vieux Nicolas...

Un instant, Béatrice se demanda si elle rêvait, ou si elle avait pu ignorer à ce point-là pendant six ans que Tony d'Albret avait de l'humour. Mais un coup d'œil la rassura : Tony, perdue dans son porto et ses discours, était sincère :

—... Tous les soirs ils étaient là, comme des enfants, deux vieux enfants, ils riaient ensemble, et quand Béatrice devenait rêveuse — grâce à vous — Nicolas savait se taire. Quel être exquis, celui-là, ajouta-t-elle.

Édouard, pour une fois d'accord avec elle, hocha la tête.

— J'avais un peu peur dit Tony — ravie d'avoir enfin quelqu'un qui l'approuvât — les gens sont si bêtes et Béatrice si imprudente... Elle aurait pu sortir avec n'importe qui, une horreur, même, comme ce pauvre Cyril, ça aurait fait jaser. Mais Nicolas, le fidèle Nicolas ! Ça a rabattu tous les caquets. Les gens ont beau être vicieux...

— Évidemment, acquiesça Édouard, évidemment...

Il était un peu déconcerté et un peu déçu. Il était parti résigné, non pas à ce que Béatrice le trompe — car cela, il ne pouvait même pas y penser sans avoir envie de se tuer — mais résigné à ce qu'elle profitât de son absence, après tous ces mois de cohabitation, pour vérifier son charme auprès d'autres hommes. Nicolas, lui, ayant subi une fois déjà ce charme et y ayant échappé, était pour lui logiquement, mithridatisé. Dans l'imagination d'Édouard, c'était les « Gino » qui étaient à craindre, les nouveaux. Il ne se rappelait pas à quel point cette jolie et nouvelle jeune femme, à New York, lui avait semblé sans charme à côté de Béatrice. Bien sûr, pendant cinq ans, il avait parfois souffert le martyre dans son lit solitaire, en se souvenant de certains gestes de Béatrice, mais il n'avait jamais pensé que ces souvenirs forcenés et brûlants puissent être les plus durables, ni que leur persistance parfois, obligent à la fidélité les cœurs les plus distraits.

Peu habituée à louer la vertu, Tony commençait à s'ennuyer elle-même et retrouvait peu à peu sa férocité naturelle.

— Finalement, s'esclaffa-t-elle, finalement, le beau Nicolas, ce coureur, commence à se fatiguer... A vingt ans il sautait peut-être dans tous les lits mais maintenant, quand il s'y glisse, c'est pour y dormir.

— Tu crois ça ?

Béatrice avait parlé d'une voix unie, paisible, ce genre de voix qui apporte les orages. En fait, elle ne savait pas très bien pourquoi elle avait prononcé cette phrase. Tout ce qu'elle savait, c'est que cela n'avait rien à voir avec son amour pour Édouard, la jalousie ou le mépris de celui-ci, aussi inévitables que les ragots de Tony. Cela n'avait rien à voir avec elle-même, ni avec sa propre histoire. Il s'agissait de tout autre chose : du fait qu'elle avait couché la semaine précédente avec un garçon nommé Nicolas, qu'elle en avait retiré beaucoup de plaisir, et que cela ne se reniait pas. Et si, à ses yeux, les devoirs d'une femme, d'ailleurs, s'arrêtaient là, elle obéissait cette fois-ci à une loi morale, bizarre pour beaucoup, mais, à ses yeux, fondamentale : la reconnaissance. (Loi qu'observaient encore, par bonheur, de rares mais inflexibles citoyens des deux sexes). Car vraiment, il n'était pas supportable que l'on évoquât devant elle, comme d'un eunuque ou d'un pantin, le corps solide, les mains douces, la bouche habile de cet homme qui s'était dévoué à son plaisir comme elle s'était dévouée au sien. Même si elle avait eu très longtemps une idée ridicule de l'amour sentimental, elle ne l'avait jamais eue de l'amour physique. Il lui avait toujours semblé qu'il y avait une dette d'honneur entre un homme et une femme, si cette dette avait été contractée au fond d'un lit. Et que les agios de ces dettes se soient traduits le plus souvent pour elle par des cris, des larmes et de sanglants règlements de comptes, n'était pas important. En revanche il aurait été déshonorant de renier tout cela, tous ces instants superbes passés bouche à bouche, toutes ces impérieuses questions et toutes ces évidentes réponses, toutes ces nécessités absolues, ce besoin que l'on avait eu l'un de l'autre. Même si à l'heure présente elle n'avait plus envie de ce regard, de cette bouche ou de ce corps, et même si le fait de les honorer dans sa mémoire, et de se refuser à les renier ou à les travestir, devait entraîner pour elle la plus cruelle des infirmités, — c'est-à-dire la perte d'un autre corps, d'une autre bouche et d'un autre regard.

Ce sentiment trop noble lui était en même temps trop peu connu pour qu'elle n'essayât pas aussitôt de le minimiser. Il ne s'agissait pas d'honneur, après tout, il s'agissait d'exactitude. De quel droit ces deux pâles figurants accusaient-ils Nicolas d'impuissance, de candeur ou de loyauté, alors qu'ils l'avaient toujours su coureur, dévergondé et sans scrupules ? Elle commençait à se sentir excédée — et par cet amant distrait et intellectuel qu'elle ne pouvait comprendre et par cette impresario avide qui se mettait à bêtifier. De quel droit doutaient-ils de la virilité, de la sensualité de Nicolas et de sa propre perversité ? Comment auraient-ils pu savoir que dans cette vie de décors, de truquages et de faux-semblants, c'était souvent les seuls vrais cris et les seuls vrais cadeaux que les comédiens puissent avoir — quand ils étaient dotés de quelque sensualité, bien entendu. Ils n'étaient pas eux-mêmes des comédiens, ils n'étaient donc pas du même sang qu'elle.

Tony, stupéfaite, enchaînait :

— Quoi ? Je crois quoi ? Que veux-tu dire ? Je ne crois rien, moi...

— Si, dit Béatrice patiemment. Tu viens de le dire : tu crois que nous sommes sortis pendant quinze jours, Nicolas et moi, que nous avons échangé de bons souvenirs et qu'il m'a ramenée tous les soirs devant ma porte, c'est ça ?

— Mais oui, dit Tony déconcertée et qui se refusait déjà à envisager autre chose, et alors ?

— Alors c'était vrai, dit Béatrice. Seulement il

a aussi poussé ma porte, tous les soirs, il est entré avec moi et nous avons couché ensemble.

Il y eut une seconde de silence où tout le monde, c'est-à-dire Tony et Édouard, supplia Dieu, le ciel, Béatrice, le tonnerre, ou un défaut de leur ouïe, que ce ne fût pas vrai. Ou plus précisément, dans le cas de Tony, que cette phrase n'eût pas été prononcée : elle savait combien certaines trahisons, qui paraissent fades dans le secret, deviennent vivaces une fois avouées. Elle regardait Édouard : immobile, pétrifié, il tournait vers elle un visage ébahi mais comme amusé qui exaspéra Béatrice. Il devait croire qu'elle se livrait à une de ses farces, il devait même penser qu'elle allait un peu loin. Il ne souffrait pas encore, il n'avait visiblement pas compris. Et la femme qui se leva alors, la femme intraitable et sanguinaire qui exigeait la vérité, toute la vérité et rien qu'elle, la femme que Béatrice n'avait, de toute son existence, jamais ni approchée ni cotoyée, et encore moins estimée, cette femme qui n'était vraiment pas de sa race prit la parole. Béatrice « s'entendit dire » (et cette expression si usée était pour une fois exacte), elle entendit sa propre voix dire :

— C'était le jour de ton départ, Édouard. J'étais triste. Nous avons déjeuné chz Lipp et Nicolas m'a raccompagnée. Comme Cathy n'était pas là — elle était en vacances, tu sais — il m'a aidée à allumer les lampes.

Et parce qu'elle s'adressait à lui, rien qu'à lui, et parce qu'elle avait repris cette voix lointaine, définitive et presque mondaine qu'elle n'avait pas eue depuis si longtemps, Édouard, reconnaissant cette voix, comprit enfin ce qu'elle disait et la crut. Tout aussitôt, il vit leur rue et le temps qui y régnait le jour de son départ, il vit la brasserie familière, lumineuse et affairée. Et dans un raccourci foudroyant, il vit Nicolas, le beau Nicolas allongé nu sur un autre corps nu, prêt à tout, qu'il connaissait trop bien. Ce fut une image si précise que pris de panique, cherchant un secours, il referma sa main sur celle de Béatrice, oubliant qu'elle était elle et qu'il était lui.

— Tu plaisantes, disait très loin la voix plaintive et nasillarde de Tony, c'est de très mauvais goût, tu sais, comme plaisanterie...

Mais Béatrice était immobile, blanche et noire, la chambre n'avait pas bougé et Édouard, après s'être à moitié relevé, se rassit et se plia en deux très lentement comme s'il eût voulu accomplir un mouvement de yoga des plus difficiles. Pour une fois Tony d'Albret se sentit de trop — enfin, pas à sa place. Elle se dressa, ramassa son sac qui sans qu'elle s'en aperçût s'était éparpillé sur la moquette, et elle se releva, rouge, décoiffée et honteuse — Dieu sait pourquoi. Avant de sortir sans bruit, à reculons, elle jeta un regard étincelant et réprobateur ou qu'elle crut tel à Béatrice qui ne le vit pas : elle regardait la courbe du dos, l'omoplate, la nuque et les cheveux si fins de cet homme plié en deux par la douleur, une douleur délibérément provoquée par elle, elle écoutait son cœur battre, s'étonnait de sa lenteur, et elle avait brusquement, affreusement et pour toujours, lui semblait-il, envie d'être seule.

Édouard en était à son dixième bar, ce qui pour un homme relativement sobre faisait beaucoup. L'alcool lui donnait envie de parler, de se plaindre, et s'il avait été élevé autrement, il se serait sans doute confié au barman sympathique qui lui tendait sans barguigner son énième whisky. Il lui aurait parlé de Béatrice, de cette femme qu'il avait tellement aimée, si longtemps, et qu'il aimait encore. Cette femme en qui il avait tellement confiance — et qui, dès qu'il était parti, s'était jetée dans les bras d'un autre, son meilleur ami, — cette femme qui l'après-midi même avait feint de s'intéresser à sa vie, à sa pièce, suivant les hypocrites conseils de son autre amant. Le barman, il le savait, serait de son côté. Tous les hommes seraient de son côté et tous la condamneraient, elle. Elle aurait dû savoir pourtant, comme il l'avait lui-même toujours su, qu'entre un homme et une femme qui s'aiment, la confiance, l'estime et la fidélité étaient aussi obligatoires et nécessaires que le plaisir physique. Il avait cru de bon ton d'oublier tout cela, mais voilà qu'elle l'obligeait à s'en souvenir, et qu'elle lui prouvait définitivement que c'était lui qui avait raison depuis le départ. L'amour consistait à partager la vie, comme on partage le pain, gaiement ou tristement, mais il ne consistait en aucun cas à faire de la vie cette alternance de caresses et de coups de fouet, cette chose à subir ou à infliger. Béatrice avait bien profité de son aveuglement, elle avait soigneusement camouflé ses armes. Elle avait même laissé croire que ces armes étaient mouchetées, sans tranchant, elle lui avait même dit qu'elle l'aimait enfin. Elle avait bien vérifié sa faiblesse avant de passer à l'attaque et de le couper en deux, le déchiqueter même, lui semblait-il, tant il souffrait. Parce qu'il lui avait, dès le départ, avoué qu'il était malade d'elle, elle n'avait eu de cesse de le transformer en moribond.

Comment avait-il pu la croire, croire qu'elle l'aimait, lui, Édouard? Ridicule Édouard... ridicule amant, ridicule auteur à succès, ridicule voyageur, ridicule ami ! Il se vit dans la glace, il vit son reflet châtain et longiligne de plus en plus flou, l'alcool aidant : elle avait bien eu raison de lui préférer ce rigolo, ce maquereau et ce brillant partenaire nommé Nicolas. Ils avaient dû bien rire de lui ensemble, tandis qu'il téléphonait éperdu de tristesse de son cinquantième étage. Elle avait dû prendre un vrai plaisir à le coincer dans ce rôle de pantin qu'il avait toujours eu, et qu'il s'était même résigné à avoir vis-à-vis d'elle et de son Tout Paris, (ce ramassis de snobs, d'incultes et de parvenus). Elle avait dû avoir un vrai plaisir, oui, à l'insulter ou à séduire ce Gino. A combien de vilenies s'était-elle livrée sans qu'il le sache ? A combien d'égarements protégés par sa présence aveugle et son amour constant à lui Édouard, l'écrivaillon de province, l'imbécile, le mal aimé ?

Mais même à cet instant, dans ce bar obtus, épais et lourd de fumée, il ne pensait pas à se venger d'elle ni même à l'oublier ni même à attendre cyniquement qu'elle fût vieille, qu'elle eût peur et qu'elle vînt le chercher. Il pensait à fuir, à retrouver sa Dordogne, le perron, les pigeons bruyants, ses papiers d'enfant, de mauvais poèmes et un lit de jeune homme. Seulement, dès qu'il en était arrivé à cette étape imaginaire, c'était la mémoire immédiate — et non les souvenirs d'enfance — qui lui sautaient à la gorge. Au lieu d'un lit étroit, contenu par deux battants en bois, et d'un volet ouvert à perte de vue, sur des champs odorants, il voyait se dresser un lit trop grand, sans limites, toujours défait, jeté sur une moquette bleue, et que berçait parfois, venu d'un jardin étriqué, un vent incendiaire, citadin, pollué ; et sur ce lit, il voyait une femme aux cheveux dénoués, les yeux fermés, implorant d'une voix basse quelque chose d'indicible. Et de nouveau il entendait la musique usée d'un vieil opéra, et en suivant cette musique, dans son vertige, il revoyait cette femme brusquement comblée, et criant de plaisir, à l'instant même où lui — le châtain, l'inconnu, le fade — avait l'habitude de l'y obliger. Et il y avait les mêmes tableaux au mur, la même moquette, les mêmes rideaux, et c'était Cathy, toujours impassible, qui s'excusait de n'avoir pas pensé à frapper à cette heure-là, et c'était la même salle de bains trop grande, et ce peignoir d'homme dont il n'avait jamais pu savoir le propriétaire, mais qui, semblait-il, était bien plus solidement accroché à sa patère que ses éventuels et passagers occupants ; et Béatrice bâillant, et Béatrice se blottissant pour dormir, et Béatrice disant « toi », nommant, appelant l'amour de son ton impérieux, et Béatrice faisant, disant, mentant, Béatrice n'importe quoi ...

Quand il revint à l'aube, mal rasé, et défait dans les vêtements et dans l'âme, il retrouva effectivement Béatrice allongée à plat ventre, la tête sous le bras, en proie à un de ces sommeils implacables et brutaux où il l'avait vue sombrer tant de fois depuis un an. Il regarda son profil, la main qui pendait du lit, les longues paupières, et il s'allongea tout habillé à son côté, sans même penser à la réveiller. Son sort, celui de leur amour, ne lui appartenait plus : c'était sans appel, évident. Aussi évident que le fut, en se réveillant trois heures plus tard, le bonheur de Béatrice.

XXIX

Édouard dormait. Il était rentré pour lui demander des détails, se faire mal, la battre ou l'excuser. En tout cas pour « s'expliquer », selon le terme favori des gens trompés. Mais l'alcool a de ces trahisons et Édouard dormait. Béatrice le regardait; en dormant, il avait un air qu'il n'avait jamais, éveillé : celui d'un homme heureux. Ce sommeil avait toujours troublé Béatrice; cet homme compliqué, affamé et sans repos dormait comme un enfant comblé; ses rêves semblaient heureux et lui-même semblait heureux de s'y enfoncer. A le voir allongé, détendu, la main sur le cœur, elle remarquait l'accord tacite de ce corps et de cet esprit. A le voir chercher à tâtons un autre corps dans son lit et à le voir y renoncer et se replier sur lui-même, toujours souriant, elle croyait assister au résumé, au raccourci symbolique de toute sa vie d'homme. Et dans ses rêves, comme dans la réalité, il semblait aussi éloigné que possible des autres amants de Béatrice, de ces hommes qui se crispent, se plaignent, hurlent sans un son — ne s'accordant parfois qu'une grimace épouvantée. Édouard, lui, dormait comme un cœur pur, qu'il était et qu'elle aimait. Et il l'aimait aussi puisqu'il était revenu. Il avait réfléchi, il avait compris que l'histoire de Nicolas était, sinon fausse, tout au moins montée en épingle, et il lui avait pardonné. Elle le regardait, barbu, hâve, confiant, elle se demandait par quelle perversité elle lui avait parlé de Nicolas la veille, quel besoin elle avait éprouvé de dire la vérité à un homme qui ne la supportait pas et que justement, elle aimait pour ça.

En chantonnant, elle passa dans la chambre à côté, la chambre dite « d'Édouard », celle où il entreposait ses papiers; et dans laquelle il dormait depuis qu'elle était malade. « Il faudra changer les rideaux, la moquette et les meubles dans cette chambre », pensa-t-elle, et elle constata avec gaieté que, paradoxalement, c'était toujours à l'instant où l'on avait décidé de garder un homme dans sa chambre et dans son lit, de préférence pour toujours, qu'on se mettait à lui préparer un coin de célibataire, où il serait justement à l'abri de votre amour. En revanche, pour un homme qui ne vous plaisait plus, nulle retraite n'était prévue, et nul repli : il devait refaire dans le même mouvement, (le galop), — mais en sens inverse — le bref chemin qui l'avait mené de la porte cochère à votre chambre. Le cahier bleu d'Édouard était sur la table de nuit et en l'ouvrant, Béatrice s'étonna de le trouver si clair, si propre, écrit d'une manière si appliquée. Elle allait en feuilleter le début puis irait se faire du café.

Seulement, deux heures plus tard, elle avait oublié l'existence du café et celle de son amant, et elle attendait le retour de Frédéric, le héros de la pièce. C'était un homme fort ce Frédéric et un faible aussi, un chien, mais il parlait juste, ses femmes lui parlaient juste ; ils se disaient des choses affreuses et drôles, cocasses et douces. Certaines phrases faisaient lever des images superbes et d'autres, dans leur dénuement, vous trouaient le cœur. Et Béatrice se sentait tout à coup alourdie. Elle portait un nouveau poids, léger et lourd, mais qu'elle ne pourrait plus ignorer ni rejeter : celui du talent d'Édouard. Elle savait déjà qu'il existait, ayant lu ses pièces ; mais dans celle-ci, il avait fait d'immenses progrès, tendu les câbles, épuré le dialogue, et y avait glissé du sang et de la tendresse. Bref, il était devenu un grand auteur dramatique. Et tout cela près d'elle, sans elle, puisqu'il ne lui en avait jamais parlé. Mais de cela Béatrice n'avait cure. Aucun égoïsme ne tenait devant le beau, le fini et le flou de ce texte et loin de se sentir tenue à distance, elle se sentait comblée. Car c'était près d'elle que cette pièce avait été écrite, et si ce n'était pas directement grâce à elle, c'était tout au moins grâce à la chaleur de son lit et à la brutalité de ses coups qu'Édouard avait accompli cette œuvre. Elle se sentait fière de lui, fière d'elle et fière d'eux.

Édouard dormait toujours en travers du lit et elle mit la main sur son front. Il ouvrit les yeux et les referma très vite, étonné d'être là et déjà inquiet : il avait peur qu'elle ne lui en veuille.

— Tu es rentré bien tard, dit-elle. Tu veux du café ?

Alors il se rappela tout et la même vague, née du même amour et du même désespoir, déferla sur lui. Il avait cru tout perdre : ces murs bleus, cette porte-fenêtre, ces meubles et cette peinture moderne, et surtout cette femme brune, si séduisante dans sa robe de chambre russe. Ils les avait tous revus, la veille, dans ce bar, il avait voulu les revoir au passé, comme des souvenirs déchirants, et même à présent, dans la lumière du matin, ils en conservaient comme une obscure et cruelle beauté. Il attrapa Béatrice, mit la tête sur son épaule et lui embrassa le cou. Il avait l'impression d'empester le tabac et le désespoir. Il se rappelait tous ces bars, tous ces inconnus, tous ces regrets, et les yeux lui piquèrent. Mais déjà Cathy apportait le café et disait « Bonjour » de sa voix habituelle, le téléphone sonnait très loin, et tout l'univers s'agitait pour lui prouver qu'il n'avait fait la veille qu'un affreux cauchemar. Cédant au bonheur, il enleva la cafetière des mains de Béatrice, il lui embrassa les bras, les cils, les seins, les joues, redevenu l'éperdu, l'égaré, l'amoureux transi et désarmé, celui enfin qui avait conquis Béatrice.

— Tu sais, dit-elle en lui lissant les cheveux, j'ai lu ta pièce ce matin, pendant que tu dormais...

Édouard eut un mouvement de tête comme s'il s'attendait à un coup, et le sentant, Béatrice ajouta très vite :

— C'est très beau, tu sais, c'est vraiment très beau. Tu es un grand écrivain, Édouard.

Il releva les paupières, rencontra le regard de Béatrice et sut qu'elle disait vrai. Des larmes de triomphe et de fatigue lui giclèrent des yeux. Et alors, en même temps que lui, elle sut que quoi qu'il dise et qu'il se soit dit, son avis à elle, l'instinctive, la féroce, était le seul qui lui importât. Il l'aimait. Ce garçon compliqué, châtain et tendre, ce grand blessé, éclatant sous ses secrets et sous ses dons, cet animal niais, irrésistible et jaloux était à elle. Et se penchant, elle posa la tête sur son front et sentit leurs larmes se mêler, comme dans les romans les plus sots. Ils pleuraient tous deux, sans secousses; et quand le soleil de février, un soleil oublié, incongru et pâle, traversa la chambre et les rejoignit, elle faillit croire en Dieu, au genre humain et à la logique irréfutable de cette terre tournante.

Édouard aussi avait ouvert les yeux et s'abandonnait au parfum de Béatrice, au contact de sa peau et à ce miraculeux éclat de soleil. C'était bien pour elle qu'il avait écrit cette pièce, c'était pour elle qu'il avait dessiné Frédéric, et c'était à Béatrice, et à elle seule, que Frédéric avait été chargé de parler en son nom. Mais secrètement. Dans les différences mêmes qu'il avait établies entre la situation, l'âge, la nature, les ambitions de ses héros — et les leurs, — il avait mis tout son respect pour elle. Il n'y avait rien dans cette pièce qui ressemblât à Béatrice personnellement, rien qui lui permît de s'identifier à l'héroïne. Il avait voulu lui plaire par sa seule force d'écrivain, et sans aucune autre référence que celle de la beauté ; et il n'y avait qu'elle seule, peut-être, qui soit à même de mesurer la rigueur de cette décision, à même d'apprécier la maniaquerie sublime et presque folle qu'avait impliquée pour lui cette objectivité. Il avait espéré qu'elle le comprît mais il n'y avait jamais cru. Et là, devant ses larmes, ses yeux et sa voix, il restait comme foudroyé de bonheur : elle l'aimait, elle le comprenait, elle l'admirait, il était sûr de tout, d'elle, de lui, et même de ses Nicolas à venir. Ils étaient liés à présent par ces larmes heureuses, enfin partagées, après les larmes solitaires de Béatrice sur Jolyet, ou les siennes, à lui, tant de fois et tant de nuits... Ils s'étaient fait souffrir, ils en avaient souffert, et ils pouvaient encore, après un an, se dire « Je t'aime » avec la même terreur sacrée. Et quand il le lui dit, elle se borna à répondre « Moi aussi » d'une voix comme apeurée. Au même instant, le soleil inattendu quitta la chambre en griffant la moquette, et ils le virent s'attarder un instant sur le seuil, goguenard, théâtral, comme amusé de sa facétieuse et rapide apparition.

— Il y a Jonas qui peut te jouer ça, dit Béatrice, et puis Zelda qui peut faire la femme, tu ne crois pas ?

— C'est drôle, dit Édouard, c'est drôle, depuis le début, je pensais à eux.

— Ils peuvent être superbes, dit Béatrice.

Ils se dévisagèrent. Ils avaient une nouvelle complicité à présent, leur semblait-il, cette passion partagée et enfin reconnue pour le théâtre et tous ses charmes : l'odeur du bois frais, le noir des répétitions, l'orchestration des voix, la grâce inconsidérée d'un regard, la peur, le hasard...

— Mais toi, dit-il, tu jouerais une pièce de moi ?

— Si tu m'y vois, oui, dit-elle, bien sûr. Seulement... (Elle s'arrêta tout à coup et se redressa)... Seulement, le jour où tu me démonteras et où tu me montreras en public, comme cette femme, c'est que tu ne m'aimeras plus.

Édouard sourit.

— On n'écrit pas pour les gens qu'on aime ?

— Si, dit Béatrice, mais on écrit pour leur plaire. On ne les décrit pas, on se décrit soi-même, face à eux. Par exemple toi, tu es Frédéric...

« C'est ce que disait Jolyet d'ailleurs » pensa Édouard, très vite. « Ce n'est jamais l'autre qu'on aime, c'est son propre amour. Au théâtre, bien sûr... » ajouta-t-il mentalement.

Elle se laissa glisser contre lui et embrassa sa barbe rèche.

— Nous devons avoir l'air d'une gravure licencieuse, dit-elle, toi en veston, et moi dans ce déshabillé...

Tu as l'air d'un voyou, ajouta-t-elle d'une voix changée, la voix qu'elle prenait pour l'amour.

Cette voix rejoignit Édouard et le précipita contre elle. « Il se conduit comme un soudard » pensa Béatrice, égayée et surprise par cette sauvagerie inattendue, après la douceur de leurs propos. Mais elle avait toujours aimé les soudards, et surtout celui-là. Et quand elle cria son nom, « Édouard », avant de se laisser basculer dans le plaisir, elle pensa que c'était ce nom-là et pas un autre qu'elle prononcerait toute sa vie.

Ils reposaient l'un contre l'autre, et les bruits de la ville les envahissaient, envahissaient la chambre, leur rappelaient qu'il était deux heures ou trois heures de l'après-midi, et qu'ils étaient fous et fatigués et heureux de l'être. Ils étaient incapables de se lever, incapables de s'éloigner l'un de l'autre. Béatrice, appuyée sur son coude, dessinait du doigt le visage d'Édouard et semblait rêveuse. Et c'est d'une voix rêveuse qu'elle lui demanda :

— Et si je te disais Édouard, que ce n'était pas vrai pour Nicolas. Si je te disais par exemple que j'ai inventé tout ça pour te réveiller, pour te rendre jaloux ? Que je ne t'ai pas trompé, bref... qu'est-ce que tu penserais ?

— Je serais déçu, dit Édouard tranquillement.

Béatrice sursauta et eut un léger mouvement de recul qui fit sourire Édouard.

— Je ne serais pas déçu de ce que tu m'aies été fidèle, dit-il, je ne suis pas masochiste — pas encore —; je serais déçu parce que tu aurais fait exprès de me faire souffrir, que j'aurais souffert toute cette nuit pour rien. Toute cette nuit, comme un crétin, dans tous ces bars...

— Oui, bien sûr, ç'aurait été dommage, murmura

Béatrice ironiquement, mais si bas qu'il ne l'entendit pas.

— Mais rassure-toi, reprit Édouard, je ne te croirais pas. Ce n'est pas la peine que tu inventes des choses, tu es bien assez cruelle naturellement...

— Mais, dit Béatrice avec effort, mais si je ne te trompais plus, si je n'en avais plus envie... Si je changeais ?...

Édouard, sans la regarder, sourit un peu, d'un sourire triste, et posa sur sa cuisse une main rassurante :

— Tu ne changeras jamais, dit-il, crois-moi. Mais ne t'inquiète pas, je t'aime comme tu es : c'est même parce que tu es comme ça que je t'aime, peut-être.

Et Béatrice qui avait failli croire qu'elle devait, qu'elle pouvait changer et voire même, dans sa naïveté, qu'elle « avait » changé, Béatrice, rassurée et vaincue, posa la tête sur son épaule. Il avait bien raison : ce n'était pas à son âge que, elle, Béatrice Valmont, comédienne, allait soudain “changer”.

Dix jours plus tard néanmoins, Édouard s'étant montré distrait, Béatrice décida de vérifier la vague et cruelle intuition qu'elle avait eue de leurs rapports. Quand Édouard rentra le soir, vers huit heures, il trouva porte close. Béatrice y avait laissé un mot, fixé par une punaise et qui disait : « Ne m'en veux pas, je veux être seule ce soir. A demain. » Édouard passa la nuit dans le café-tabac d'en face, à épier la porte et à téléphoner. Et c'est parce qu'elle l'aimait vraiment que Béatrice ne répondit que vers sept heures du matin à l'exaspérante et grelottante sonnerie du téléphone. Elle marmonna « Quelle heure est-il ? Allo, je m'éveille » et autres balivernes. Elle n'osa pas lui dire qu'elle avait passé la nuit à compter ses coups de téléphone et à l'écouter souffrir.

Édouard fut là un quart d'heure après, les bras chargés de roses, des roses de jardin, jaunes, rouges et pâles qu'il avait eu le bonheur de trouver au coin de la rue. Il les dispersa dans la chambre et sur le lit, autour de Béatrice qui faisait semblant de s'étirer et de s'arracher à ses rêves. « Il n'avait vraiment plus rien de distrait » pensa-t-elle, tandis qu'il se déshabillait en sifflotant, le souffle un peu court, leur vieil air d'opéra.

Et lorsque levant les yeux, elle aperçut son reflet dans la glace, lorsqu'elle vit cette femme brune, si sombre et si fatale, entourée de toutes ces roses matinales et mortes, embuées de rosée, elle ne put s'empêcher de penser que de toute façon, en même temps qu'un bel amour, Édouard lui avait offert un beau rôle.

ACHEVÉ D'IMPRIMER
LE 24 FÉVRIER 1977
SUR LES PRESSES DE
L'IMPRIMERIE HÉRISSEY
A ÉVREUX (EURE)

N° d'éditeur : 8665
N° d'imprimeur : 19362
Dépôt légal : 2e trimestre 1977